Research in Classics No.4

古典学研究

刘小枫◇主编

第四辑

近代欧洲的君主与戏剧

Monarchs and Drama in Modern Europe

贺方婴◇执行主编

U0331204

华东师范大学出版社

华东师范大学出版社六点分社　策划

本刊由中国比较文学学会古典学专业委员会主办

鸣谢：本辑由北京粉笔蓝天科技有限公司赞助出版

目　录

专题：近代欧洲的君主与戏剧

1. 高乃依悲剧中的权力欲与君权合法性 ……………………… 丁若汀

22. 圣史与肃剧 …………………………………………………… 吴雅凌

43. 何谓"恨世者" ………………………………………………… 贺方婴

66. 罗恩施坦的巴洛克戏剧与古典 ………………… 梅　德（谷裕　译）

84. 戏剧家格吕菲乌斯与被弑的君王 ……………… 姚　曼（王珏　译）

101. 格吕菲乌斯的悲剧《查理·斯图亚特》 …… 瓦格纳（谷裕　译）

论文

113. 启蒙时代的莱辛及其友人 …………………………………… 温玉伟

129. 《尼伯龙人之歌》与《伊利亚特》 ………………………… 李　睿

151. 柏拉图阅读中的几个问题 …………………………………… 成官泯

188. 早期儒学心志论及其慎独工夫 ……………………………… 龙涌霖

书评

201. 沃格林《求索秩序》汉译本指谬 …………………………… 段保良

Contents

Topic: Monarchs and drama in modern Europe

1. Desire for Royal Power and Legitimacy in Pierre Corneille's Theatre
Ding Ruoting

22. History and Tragedy: A Reading of Racine's *Athalie*   *Wu Yaling*

43. What's the Misanthrope?
Moliere's *Le Misanthrope* and Rousseau's *La lettre à D'Alembert*
He Fangying

66. Lohensteins Barockdrama und Klassik   *Volker Meid(Gu Yu* trans.)

84. Andreas Gryphius: *Carolus Stuardus*
Herbert Jaumann(Wang Jue trans.)

101. Gryphius' Trauerspiel *Carolus Stuardus   Hans Wagner(Gu Yu* trans.)

Essays

113. G. E. Lessing and Some of His Contemporaries in the Age of Enlightenment
Wen Yuwei

129. The *Nibelungenlied* and the *Ilias*: The *Nibelungenlied* in the Early Years of Its Rediscovery in the 18th century   *Li Rui*

151. Some Problems in Platonic Readings   *Cheng Guanmin*

188. Early Confucian Theory of Mind-Will and Its Effort of *Shendu*:
An Analysis Beginning From the Concept *Yi* in the Bamboo Slip and Silk Text of *Wuxing*
Long Yonglin

Book Review

201. A Critical Comments the Chinese Version of Eric Voegelin's *In Search of Order*　　　　　*Duan Baoliang*

210. Abstracts

高乃依悲剧中的权力欲与君权合法性

丁若汀 *

（电子科技大学外国语学院）

摘　要：高乃依的戏剧中大量涉及王位继承纠纷与权力争夺等问题。这些主题服务着悲剧情节的展开与人物性格的刻画,也表达出作者对君权合法性的解读。在深入分析剧作本身的同时,重新审视诗学传统对英雄品质和悲剧过错的理解,了解法国王位继承原则,阅读政治哲学作品对统治艺术和君王德行的讨论,可以帮助理解高乃依悲剧作品中美学观念和政治立场之间的复杂关系。本文的细读表明,高乃依常依托法国王位继承法来制造戏剧冲突,并将人物的权力欲转化为构建悲剧困境、推动情节发展的内在动力。这些悲剧均以品德完美的主人公的最终胜利为结局:他们的宽仁和坦荡与 17 世纪推崇的神秘的统治艺术相区别,但其受到的上天庇佑又与当时君权神授的观点呼应。

关键词：高乃依　悲剧　王权　合法性　权力欲

高乃依一生创作了 24 部严肃题材的戏剧,通常分为悲剧、英雄喜剧与机械悲剧等类型。所谓 Comédie héroïque[英雄喜剧]是以君主、王子或英雄的爱情为主题的戏剧,由高乃依首创(《堂·桑丘·阿拉贡》[“Don Sanche d'Aragon”],1650 年),他在《堂·桑丘·阿拉贡》的致辞以及 1660 年出版的《论戏剧的价值及其组成部分》(“Discours de l'utilité et des parties du poème dramatique”)中对该戏剧形式均有所说明。而 Tragédie à machines[机械悲剧]则是兴盛于 17 世纪中期的独特

---

* 作者简介:丁若汀(1986—　),女,巴黎索邦大学文学博士,电子科技大学外国语学院讲师,主要从事法国 17 世纪古典戏剧,尤其是该时期戏剧和政治的关系等研究。

体裁,其主要特点在于使用机械制造炫目的舞台效果,题材多为古希腊神话故事,其与悲剧的区别在于缺少重大的悲剧冲突,与喜剧的区别在于主人公均有极高的社会地位。①

君权的获取与王位继承是高乃依戏剧中的重要主题,在其创作的严肃题材戏剧中,超过一半的作品涉及权力合法性和君权更迭。例如,《西拿》(Cinna)(1643年)将一场"未遂"的政变搬上舞台,奥古斯都在得知西拿等重臣意图谋反后,宽恕了他们,从而彻底获得了原共和党人对其统治的承认。《庞贝之死》(La Mort de Pompée)(1644年)中,克里奥帕特拉被共同掌权的弟弟托勒密排斥,寻求凯撒的帮助而引发托勒密对罗马的反抗。

《洛多古娜》(Rodogune)(1647年)讲述了一位寡后如何设法篡夺其子的权力却最终败露身亡的故事;《赫拉克琉斯》(Héraclius)(1647年)的主人公经过磨难最终从篡权者手中夺回父辈的王位;《尼科梅德》(Nicomède)(1650年)则以比提尼亚的王位继承之争为背景,表现了罗马帝国对其附属国的控制手段。

《贝尔塔利特》(Pertharite)(1653年)中,力图保持自己美德的篡权者面对归来的合法国王,不得不做出抉择;《俄狄浦斯王》(Œdipe)(1659年)在古希腊神话的基础上还增加了忒拜合法王位继承人的角色,她在不知道俄狄浦斯身份的情况下指责其为篡权的暴君。

《奥托》(Othon)(1665年)围绕着政治婚姻与爱情间的矛盾展开,其关键线索则是无嗣导致的罗马帝国王位继承纷争;《阿格西莱》(Agésilas)(1666年)同样把政治婚姻的主题与权力危机相结合:野心勃勃的大臣希望借口君主对外国女子的爱慕而激发民众不满,趁机夺权。

尽管大部分法国古典悲剧均包含政治要素,但高乃依对君权危机的兴趣却尤其突出,这一方面与他的悲剧观息息相关,另一方面也表现出他对君主权力合法性的关注。在《洛多古娜》《赫拉克琉斯》和《尼科梅德》这几部作品中,高乃依尝试了一种新的悲剧模式。

---

① 代表作品有皮埃尔·高乃依的《安德洛美达》(Andromède)(1650年)、《金羊毛》(La Toison d'or)(1660年),布罗耶(Claude Boyer)的《朱庇特和塞墨勒的爱情》(Les Amours de Jupiter et de Sémélé)(1666年),托马·高乃依(皮埃尔之弟)的《喀耳刻》(Circé)(1675年)等。

　　本文将重点解读这三部作品,并结合《西拿》和《贝尔塔利特》对一些主题处理方式的分析,探讨高乃依如何依托法国的王位继承法和历史素材,来构建悲剧的政治背景;以及他如何通过重构亚里士多德至古典主义诗学对悲剧过错和主人公品行的理解,将人物对权力的欲望,设计成推动情节发展的主要内在动力和构成英雄性格的重要因素。这一阅读同时将参照西方政治哲学作品对统治艺术和君王德行的讨论,以期捕捉戏剧作品与其诞生背景的关联,以及高乃依流露出的政治立场与主流意识形态间的对话。

一

　　高乃依戏剧中对君权合法性的定义通常参照了法国自 14 世纪以来建立的基本法则,即禁止女性及其后代继承王位的原则(masculinité)、长子继承原则(primogéniture)①和天主教信仰原则(catholicité)。法学家泰尔维梅耶(Jean de Terrevermeille)在 1419 年撰写的《论文》(Tractatus)中奠定了王位继承法的基本形态。他明确道,法国的王位并非私有财产,因此其继承有别于私有财产的继承,是一种"简单继承"(successio simplex)。也就是说,法国国王并不是王位的所有人,因此他或任何个人都没有权力指定王位继承人,继承权根据习俗,自动由长子获得。②　相应地,法国国王或其长子没有放弃继承权的权力。后世的法学家均沿袭了这一基本论断。

　　与此同时,自 16 世纪中期开始,尤其是波旁王朝建立之后,统治者力图培植另一种观念,即王室的血液拥有神圣性(mystique du sang)。

---

①　这两项法则依托于 6 世纪左右制定的《萨利克法典》。《萨利克法典》原本属于私法范畴,由于 14 世纪的法国王位继承危机,它于 15 世纪左右转化为王位继承法。参见 Ralph E. Giesey, *Le Rôle méconnu de la loi salique. La succession royale*, *XIVᵉ–XVIᵉ siècles*, trad. Franz Regnot, Paris : Les Belles Lettres 2007 ; "The Juristic Basis of Dynastic Right to the French Throne", *Transactions of the American Philosophical Society*, New Series, vol. 51, n° 5, 1961, pp. 3–47 ;以及 Fanny Cosandey, *La Reine de France : symbole et pouvoir* (*XVᵉ–XVIIIᵉ siècles*), Paris : Gallimard, 2000, chap. I。

②　参见 Jean Barbey, *La Fonction royale : essence et légitimité d'après les* Tractatus de *Jean de Terrevermeille*, Paris : Nouvelle Édition Latine, 1983。

王室贵族有别于其他贵族,更为高贵;而长子继承王位不但是遵照了继承法,还因为这种权利是自然的,书写在他的血液里。①

依照古典悲剧的原则,大部分戏剧作品的故事背景均远离当时的法国社会,或是在时间上(故事发生在古希腊古罗马或中世纪),或是在地理上(故事发生在遥远的东方),或是两者兼而有之。高乃依的悲剧也是如此。其以权力争夺为主题的作品均取自历史题材。

然而,尽管悲剧发生的历史文化背景与17世纪的法国截然不同,作品却巧妙地引入法国波旁王朝时期采用的继承原则,或者将其与这些国家历史上真实的继承制度对立起来,并暗示唯有观众熟悉的前者才是合法的原则,由此在构建政治冲突的同时,借助观众固有的观念来使他们有所倾向。

例如在《洛多古娜》剧中,叙利亚的克里奥帕特拉②在设计害死其丈夫之后,拒绝说出双胞胎儿子孰大孰小,以此来阻碍新王登基,拖延自己担任摄政女王的时间。高乃依修改历史事实,将两名王子设计成双胞胎并非偶然。一方面,他们的出生仍有一个时间的先后顺序,使得长子继承的原则仍然适用,也就是说有且仅有一位合法继承人;另一方面,这一顺序只有作为母亲的寡后才知道,因此她可以以此为要挟,达到个人目的。事实上,她私下里同两位王子做出承诺,那个愿意杀死洛多古娜之人,③将成为王位继承人,从而将两位爱慕洛多古娜的王子推向艰难的境地。

《尼科梅德》似乎忠实地介绍了比提尼亚的选拔性继承原则,并将它放在古罗马对附属国的政治干预这一大背景下:比提尼亚国王普鲁西亚斯(Prusias)需要任命继承人;罗马大使以发动战争威胁,希望普鲁西亚斯册立次子,因为长子尼科梅德军功赫赫却对罗马抱有敌意,而次子阿达拉(Attale)自幼作为人质在罗马长大,长期受到罗马政治文化的熏陶,自然在将来也会听命于罗马。

---

① 参见 Sarah Hanley, *Le «Lit de Justice» des rois de France. L'idéologie constitutionnelle dans la légende, le rituel et le discours* [Princeton, Princeton UniversityPress, 1983], trad. André Charpentier, Paris : Aubier, 1991, chap. 9-13.

② 该叙利亚寡后与埃及艳后重名。本文始终称之为叙利亚的克里奥帕特拉,以区别于《庞贝之死》里出场的埃及艳后。

③ 叙利亚的克里奥帕特拉对洛多古娜极其憎恨,因为她自己的丈夫爱上了后者,这也是她设计谋害亲夫的原因之一。

于此同时,次子的生母,也就是长子的继母,深谙罗马的强权统治之道,也在暗地里策划阴谋,以期更进一步挑起国王与尼科梅德间的矛盾。① 然而,从法国法律的角度来讲,长子尼科梅德的合法性是毋庸置疑的,这一点也从根本上为观众所认可。在他们眼中,长子无疑处于受害者的地位。悲剧提出了一个政治困境,即长子继承这一天然应该如此的原则,与国家安全乃至国王的个人喜好之间发生了冲突。悲剧情节的发展取决于国王的抉择,以及王子面对这一决定时的反应。

《贝尔塔利特》从另一个角度将君权的合法性问题与戏剧冲突的爆发结合。伦巴第国王贝尔塔利特在战争中失踪,被认定死亡,随后克里莫阿尔德(Grimoald)凭其德行与能力登上了伦巴第的宝座。但是贝尔塔利特却回到故都,并非为了夺回王位,而是为了带走他的爱妻洛德兰德(Rodelinde)。克里莫阿尔德正疯狂追求着她,既是出于爱慕,也是为了通过婚姻加强自身统治的合法性。贝尔塔利特愿意让出王位来换回妻子。

然而,正是这一看似对克里莫阿尔德有利的提议却让他陷入了困境。高乃依在这里充分调用了法国君权的另一基本法则,即王权不是国王的私产,因此国王并不是王位的所有者,没有权利自行处置,也没有权利主动退位。

换句话说,对于克里莫阿尔德而言,拒绝贝尔塔利特的提议就意味着自己必须离开宝座,而接受之却会彻底断送他通过仁政将自身君权合法化的可能,因为贝尔塔利特的退位没有法律上的依据,克里莫阿尔德若是欣然接受,则与暴力夺权无异,是不可饶恕的过错,将完全玷污他所珍视的美德。还有什么比这样的抉择更令人痛苦的呢?

我们可以看到,高乃依一方面强调悲剧故事的独特历史背景,另一方面却设想这些剧作所表现的国家仍然应当采取法国王位的继承原则,从而让人物们面临一种政治与法律困境。法国自身的法律与历史并没有真正遭遇类似的问题,因而未对这一困境做出解答。这就需要

---

① 继母的手法可谓无比巧妙。她先委派两个心腹去军营"刺杀"尼科梅德并故意让尼科梅德发现。王子在拷问过后得知了继母的险恶用心,虽然没有父王同意其回京的旨意,仍决定亲自带着二人到父亲面前告状。然而,两位"刺客"在御前却翻供,指认这一切都是尼科梅德精心策划的骗局,目的在于污蔑王后。

悲剧人物来通过他们的行动,给出自己的答案。

二

　　高乃依对悲剧人物有着颇为独特的理解。亚里士多德在《诗学》中对悲剧主人公做出了著名的定义:他是介于好人与坏人之间的"另一种人,这些人不具十分的美德,也不是十分的公正,他们之所以遭受不幸,不是因为本身的罪恶或邪恶,而是因为犯了某种过错(hamartia)"。① 亚里士多德对"过错"的定义是学界讨论的热点。学者们一般认为,理解这一概念可以参照《修辞学》第 1 卷以及《尼各马可伦理学》第 3 和第 5 卷。《尼各马可伦理学》第 5 卷指出:

> 　　交往中有三种伤害。当受影响的人、行为过程、手段、结果都与行为者原来认为的不一样时,伤害是出于无知的,是一个过错(hamartèma)。……如果伤害是没有想到会发生的,它就是一个意外(atukhèma)。如果伤害虽然不是没有想到的,但做出这个行为的人却没有恶意,它就是一个过失(就是说,当行为的始因在行为者自身时,他是出于过失而伤了人;当这始因不在他自身时,他是出于意外而伤了人)。如果伤害是有意的,但是没有经过事先的考虑,它就是一种不公正(adikèma)。……而如果伤害是出于选择的,伤害者就是不公正的人或坏人。②

　　《修辞学》中给出的解释较为类似,但没有对 adikèma 做进一步的区分(经过了事先计划和没有经过事先考虑)。对于亚里士多德而言,hamartèma 介于完全无意犯下的过错与完全有意识的不公正行为之间,也就是说,行为者的主观性是模棱两可的。同时,这个行为伴随着某种无知,而行为者需要对这种无知负一定的责任。

　　很多学者指出,hamartia 比 hamartèma 包括的范围更加广泛,囊括

① 亚里士多德,《诗学》,第 13 章,52b34-53a10,陈中梅译注,北京:商务印书馆,1996 年版,页 97。

② 亚里士多德,《尼各马可伦理学》,第 5 卷,第 8 章,1135b12-25,廖申白译注,北京:商务印书馆,2003 年版,页 153。

了因为激情而犯下的过错（有意的但是没有经过事先考虑），或者为了避免更大的恶而被迫做出伤害的行为。① 尽管他们的结论不尽相同，但研究人员一致认为，部分的无知是构成 hamartia 这一概念的关键，并且 hamartia 从根本上不同于故意做出的行为，它既是出于意愿又是违反意愿的，因此他最终受到的惩罚既具有一定的合理性，同时又是过度的。②

需要强调的是，根据扎伊德（Suzanne Saïd）的研究，亚里士多德的这一观念有别于古希腊的悲剧作家，后者一般从两个方面界定"过错"：要么是犯错人的主观意愿，要么是过错的客观后果；而亚里士多德却专注于对主人公的主观责任的思考，认为他意图本身的模棱两可才是悲剧过错的核心所在③。

虽然亚里士多德的这段话为 16 和 17 世纪的诗学理论家和剧作家熟知，但他们对"过错"的理解却与亚里士多德不尽相同。④ 不少人认为所谓的 hamartia 就是主人公无意做下却客观上导致了灾难的错事。这种解读在某种程度上预设了悲剧主人公可以是一个好人。拉梅纳迪尔（La Mesnardière）在《诗学》（1639 年）中强调，主人公犯下的过错不能过于严重，使他可以算得上是个好人：

> 他（即剧作家）尤其应该——这非常重要，也很符合逻辑，虽然这与常规手法有所不同——让他那不幸的主人公在所有的行动中都显露出他几乎完全是个好人……只需要让他（即主人公）犯一个中等的过错，但却因此遭受不幸，并不需要他的形象被一个可憎的罪恶所抹黑。悲剧所能激发的最好情感便是怜悯，如果诗人只是让人看到一个可恶的人获得了应有的惩罚，那么他是不能让

① 见 Suzanne Saïd 在 La Faute tragique（Paris：François Maspero, 1978）一书中做的总结，页 22 - 24。

② 参见 Adrien Walfard, "Justice et passions tragiques. Lectures d'Aristote aux XVIᵉ et XVIIᵉ siècles", Poétique, n° 155, 2008/3, pp. 259 - 281；Enrica Zanin, Fins tragiques：poétique et éthique du dénouement dans la tragédie de la première modernité（Italie, France, Espagne, Allemagne）, Genève, Droz, 2014, chap. X.

③ Suzanne Saïd, La Faute tragique, ibid., pp. 22 - 24.

④ Adrien Walfard 和 Enrica Zanin 已作出较为系统的研究，此处我们仅介绍二人较少提及的文本。

观众们感动的。①

在拉梅纳迪尔看来,在"怜悯"与"恐惧"这一对悲剧情感中,前者才是真正重要的,而为了保证能够激发起观众的怜悯之心,主人公的过错不能是故意的:

> 能够激起同情的第二个因素便是主人公的"无知",他们因为无意中犯下的过错而变得不幸。②

高乃依在某种程度上继承了这一理解,并更进一步地有所发挥。他认为,"怜悯"和"恐惧"可以由不同的人物激发,而且并非缺一不可。因此,悲剧主人公可以是个彻底的好人。他在 1660 年出版的《论悲剧》中写道:

> 完美的悲剧要能够通过主人公激起怜悯和恐惧,就像《熙德》里的罗德里格和《忒奥多尔》里的布拉希德,但是这并不是绝对必要的,我们也可以利用不同的人物来激发这两种感情,就像《洛多古娜》那样;甚至只让观众感受到其中一种感情,就像《波利厄克特》,它只能引起怜悯而完全不能激发恐惧……我认为不应该拒绝在舞台上演出一个完全的好人或者一个完全的坏人遭遇不幸。③

高乃依设想了一种新的悲剧模式,即一个完全的好人遭遇不幸。④造成不幸的不是他主观上因为激情或者无知做了错事,而是客观上受到了迫害。高乃依对政治危机的偏爱在很大程度上与这一理解有关:

---

① Jules de La Mesnardière, *La Poétique*, éd. Jean-Marc Civardi, Paris : Honoré Champion, 2015, chap. V, p. 171.

② *Ibid.*, p. 224.

③ Pierre Corneille, *Discours de la tragédie, et des moyens de la traiter, selon le vraisemblable ou le nécessaire*, éd. Bénédicte Louvat et Marc Escola, [*in*] *Trois discours sur le poème dramatique*, Paris : GF Flammarion, 1999, pp. 103–104.

④ 关于高乃依的悲剧英雄观,可进一步参见 Georges Forestier, *Essai de génétique théâtrale*, Paris : Klincksieck, 1996, chap. IV。

还有什么比权力纷争更能将无辜的主人公置于艰难的境地呢？另一方面，上文提到的继承危机也唯有在主人公品德高尚的情况下，才能制造悲剧张力。此时，高乃依对权力欲的解读，成了将客观的政治冲突内在化并塑造人物性格的核心。

三

在《洛多古娜》剧中，洛多古娜为了对寡后做出反击，也向王子们提出了条件：她将嫁给兄弟二人中愿意杀死克里奥帕特拉的那一位。面对母亲的刁难和心爱之人的无理要求，两位王子深陷忧愁。然而事实上还有一条路可走，即退出对王位和爱情的竞争。其中一位王子，塞勒库斯（Séleucus）便作出了这项决定。他与安提奥修斯（Antiochus）的态度截然相反：

> 塞勒库斯：
> ……让我为难的
> 是你这样忍耐与坚持！
> 是否还应该登上王位？是否还应该享受爱情？
> 安提奥修斯：
> 对于我们爱慕的人，应当更加尊敬。
> 塞勒库斯：
> 只有强烈地依恋她，或者那宝座，
> 才会想要用如此代价来爱，或者取得王位。
> 安提奥修斯：
> 只有对她或者那宝座毫不在意，
> 才会抗拒得如此快速而彻底。①

塞勒库斯最终选择了放弃一切，安提奥修斯则决定积极采取行动，在母亲和爱人间斡旋。更重要的是，他始终执着如一地想要尽到继承

---

① éd. Georges Couton, [in] *Œuvres complètes*, Paris, Gallimard, coll. Bibliothèque de la Pléiade, t. II, 1984. 第3幕，第5场，第1053–1060行。笔者译。以下对高乃依原文的引用均采用此版本。

人乃至国王的使命。安提奥修斯对权力的欲望构成了他与塞勒库斯性格上最大的差异,而正是这差异,让两位双胞胎兄弟的命运走向了不同道路。安提奥修斯前去说服洛多古娜放弃她的条件。这位公主最终道出了她对安提奥修斯的爱慕,并且承认她之前提出的条件并非出于真心,不过,她坚持只会选择未来的国王作为夫君。

安提奥修斯随即前往见他的母亲,让她说出关于两位王子身份的真相并收回最初的要求。在经过一番激烈的争论过后,克里奥帕特拉最终让步,承认安提奥修斯实际上是大王子,并同意将王位和洛多古娜都交付给他。然而,这只是王后计谋的一部分。她叫人找来塞勒库斯,告诉他王位已经属于安提奥修斯,虽然他自己才是真正的长子。克里奥帕特拉希望以此刺激他,好借机怂恿他与兄弟决裂。塞勒库斯的回答却出乎她的意料:

> Vous ne m'affligez point de l'avoir couronné, [...]
> Les biens que vous m'ôtez n'ont point d'attraits si doux,
> Que mon cœur n'ait donnés à ce frère avant vous.
> 您为他加冕并不能使我忧伤,……
> 您从我身上夺走的东西不能吸引我,
> 在您之前我已将它们让给了我的兄弟。①

克里奥帕特拉无论如何也不能在塞勒库斯心中激起嫉妒之情,只得作罢。心中不甘的她最终决定派人刺杀塞勒库斯,并且想亲手在安提奥修斯的登基大典暨婚礼之际除掉这个儿子。她制作了毒药并将之放入新国王的酒杯当中。然而洛多古娜感到了异样。她阻止丈夫饮那毒酒,并质疑克里奥帕特拉的心意。寡后做出了惊人的举动:她决定与儿子同归于尽。为了劝说安提奥修斯与洛多古娜喝掉毒酒,她自己先饮一口以表明酒并无问题。幸运的是,毒药的效力太快,在安提奥修斯接过酒杯之际便发作了。克里奥帕特拉在愤恨中死去,新国王得以获得安宁。

在《洛多古娜》中,两种截然不同的权力欲构成了悲剧发展的内部动力。克里奥帕特拉的贪欲是冲突形成的直接原因,而安提奥修斯的

---

① 第 4 幕,第 6 场,第 1426、1429–1430 行。

权力诉求则是构建悲剧效果的关键。唯有对权力的不懈追求，唯有对继承权的执着，才能将外部的压迫转化成内部的悲剧矛盾：一方面，对合法权力的向往使安提奥修斯不愿妥协；而另一方面，作为一位品德高尚的王子，他对母亲充满敬畏，因此也无法采用武力抗争，只能一次次奔走劝说。与《熙德》(Le Cid) 不同，主人公面临的困境不是在爱情和荣誉中做出选择，而是"欲求之而不能"的心理状态。弗莱斯铁(Georges Forestier) 如此总结这一全新的悲剧张力：

> （高乃依独特之处在于，他）将一位主人公–国王置于一种被禁锢的状态。人们等着他做出行动——他有这样的能力——，然而他的完美的品格——作为一个王者——阻止他使用暴力来回应他所遭受的攻击。①

亚里士多德在《诗学》中写道，悲剧应该表现发生在亲人间的争斗，并且这一争斗最好是在不知情的情况下发生的。② 高乃依在《洛多古娜》一剧中对这一原则做了重大改变：纷争确是发生在最亲密的亲属之间——母与子，但却是有意的，并且是单方面的，即一方迫害另一方。如果说主人公的极端遭遇能够引起读者的怜悯，他对美德的坚持也能引起观众的另一种情感，即欣赏与赞叹。

高乃依同一时期创作的另一部悲剧《赫拉克琉斯》也在很大程度上采用了这一悲剧模式。戏剧开场便是篡权者弗卡斯(Phocas) 与其女婿的一段对话：前者回忆自己如何推翻了原东罗马帝国皇帝莫里斯(Maurice)，并处死了他家的全部男丁。然而，坊间却传说莫里斯的一个儿子赫拉克琉斯归来了。从宫廷女官雷昂蒂娜(Léotine) 口中观众们得知，在赫拉克琉斯还是婴儿的时候，她将其与弗卡斯的儿子马尔蒂安(Martian) 调包，并将马尔蒂安作为自己的儿子养大，为其取名雷昂思(Léonce)，从小教导他应该除暴安良。

对于这一切，赫拉克琉斯是知情的，而弗卡斯和马尔蒂安却被蒙在鼓里。赫拉克琉斯希望雷昂蒂娜能公开这个秘密，以便面对面地挑战杀父夺权的仇人，然而雷昂蒂娜却拒绝这样做。事实上她酝酿着一个

---

① Georges Forestier, *Essai de génétique théâtrale*, ibid. , p. 255. 笔者译。

② 亚里士多德，《诗学》，前揭，第 14 章，页 105–107。

计谋:她想让雷昂思(也就是马尔蒂安)认为自己是皇帝莫里斯的儿子,以促成他和弗卡斯,也就是亲生父子之间相互仇杀。艾格祖佩尔(Exupère)向弗卡斯告发了这一"秘密",后者立刻抓捕了马尔蒂安。赫拉克琉斯此时站出来表明自己的身份,而马尔蒂安却拒绝接受自己是暴君之子的事实,雷昂蒂娜也否认这一说法。难以决断的弗卡斯决定处死马尔蒂安。主人公虽然心急如焚,却完全无法行动。

赫拉克琉斯所处的境地表面上符合他的利益,因为暴君依旧信任他。然而,王者应有的品格使他不能够欣然利用处于危机中的马尔蒂安,也不能够同意密谋夺权。虽然他已蛰伏于暴君之侧,却拒绝采用暗杀的手段,而是希望以真实的身份号召人民起义。这一计划也有政治上的考虑:一方面,关于赫拉克琉斯归来的传言已使得民众蠢蠢欲动,提供了很好的时机;另一方面,如果他此时仍旧保持沉默,别有用心之人可以趁机冒名顶替。

因此,正当他夺回王权的愿望和可能性达到最高峰时,他却甚至无法证实自己的身份,陷入彻底的被动。《赫拉克琉斯》剧中的政治冲突有两个层面,一个是公开层面,即暴君和谋划推翻他的人之间的矛盾,在这一冲突中,主人公没有真正参与其中,反而被排斥和边缘化了;这使得另一个隐藏的、内在的冲突成为可能,即主人公的政治愿望和身份危机之间的冲突。换句话说,前者围绕着暴君维系自身利益的欲望与对敌人的惧怕,后者则在很大程度上依托于赫拉克琉斯对完成自己君王使命的追求。

与《洛多古娜》相同,悲剧主人公是完美的君主,因为政治动荡而受到迫害,不过赫拉克琉斯遭受的不幸不但来源于篡权者,更来源于他的同谋们——后者虽然在根本上忠实于王子的利益,却选择了采用阴谋达到目的。同样,赫拉克琉斯走出这一困境(也就是悲剧的突转),依靠的是一种外部力量:艾格祖佩尔声称抓捕到了带头暴动的民众,并将他们押送至皇宫。出人意料的是,他借机杀死了弗卡斯,并最终证明了赫拉克琉斯的身份。原来他一直在暗中帮助谋划弑君的人,而之前"出卖"马尔蒂安则是为了博取暴君的信任。

陷入困境的王子也出现在高乃依的另一部悲剧《尼科梅德》中。笔者在前文中已经介绍了高乃依如何构建比提尼亚的王位继承危机。尼科梅德的态度十分明确。一方面他坚持自己的继承权不可侵犯。每次与同父异母的弟弟对质时,他都强调自己的长子身份,与弟弟在地位上有本质区别(第 1 幕第 4 场,第 3 幕第 6 场)。

另一方面,他呼吁父亲坚持本邦的主权独立,指责罗马干涉比提尼亚的内政,并不惜与罗马使臣多次发生正面冲突。对于 17 世纪的观众而言,尼科梅德的立场无疑是正义并且合法的,他受到的不公待遇以及他将面临的危机——国王是否会除掉长子,罗马是否会借机报复——牵动着观众的心弦。后续的情节发展一波三折。

在第四幕的开头,国王普鲁西亚斯最终指定小王子阿达拉为继承人,并将尼科梅德送往罗马当人质。尼科梅德并未反抗。而钟情于他的亚美尼亚女王拉奥迪斯(Laodice)此时正在比提尼亚避难,获知情况后发动了人民起义。普鲁西亚斯想杀死尼科梅德,而罗马使臣则觉得除掉罗马人质将伤及外交豁免权,建议悄悄将王子送往罗马。拉奥迪斯以为胜券在握,却获悉尼科梅德已被秘密转移。

情节再次突转:阿达拉带来了尼科梅德越狱成功,而普鲁西亚斯出逃的消息。第三次突转:普鲁西亚斯自愿回到了比提尼亚,准备接受自己的命运,哪怕是尼科梅德的报复。第四次突转:王子平息了起义的民众,将君权还给了父亲,而罗马使臣也决定不再参与到比提尼亚的内政中。

高乃依再一次采用了这一悲剧情境,即一个完美的君子的合法追求遭到了压制。然而,这种“求而不得”的痛苦并没有阻碍他服从父王的安排,并在最后原谅了他。同样,他没有通过实际行动改变危机,而在很大程度上取决于他人(拉奥迪斯以及阿达拉)的自发帮助。与前面两剧略有不同,阿达拉的行为很大程度上受到了尼科梅德美德的感染。[1] 尼科梅德据理力争,但同时也选择不反抗君主,这一行为在阿达拉心中留下了强烈的印象,使他彻底信服哥哥作为合法继承人的地位,也让他认识到自己之前立场的过错,从而选择帮助哥哥扭转局面。在某种意义上,悲剧危机的解除是内因与外力共同作用的结果。

这三部剧作的结局充满了突转。高乃依通过巧妙编排,使这些曲折起伏变得可信。然而悲剧主人公被动的地位虽然能激起观众的怜悯,却似乎显得不够英武。长期以来,由于读者对高乃依作品的了解往往集中在他早期的几部作品,尤其是《熙德》和《贺拉斯》(Horace),因

---

① 对这一问题的具体分析,参见 G. Forestier, *Essai de génétique théâtrale*, ibid. , pp. 266-267。

此人们常常认为他笔下的主人公都是战功累累、气概不凡的英雄人物，传达出已经没落的封建旧贵族的理想价值。①

然而，在这三部剧作当中，虽然从旁人口中我们得知三位王子英勇异常，他们在剧中的处境却没有给他们真正行动的机会：换句话说，虽然主人公受到合法欲望的驱使，但要么他们的实际行动受制于他人，无法通过自己的能力改变现状，要么他们主动选择弱势地位，采取没有实际效力的温和策略。始终有一个外在的助力使他们达成愿望，权力秩序的维持似乎依靠某种"天佑"。在进一步探讨这个问题之前，我们先回到欲望的问题上。

<h2 style="text-align:center">四</h2>

我们看到，在高乃依戏剧作品中，人物对权力的欲望与其政治地位有着密切关联。唯有在法律上具有继承权的人物才能真正渴望权力，而其他所有人觊觎王位的行为都是一种暂时的堕落或者极端恶的表现。例如在《洛多古娜》中，两位王子的母亲对权力的欲望使她成为一个彻底的恶魔。《尼科梅德》中，阿达拉在受到罗马的蛊惑而要求不属于自身的君权时，一度陷入盲目。而具有合法继承权的人物追求权力的行为是他英雄品质的表现。宽仁的品格不但指他们拒绝犯罪，还体现在他们不顾危险，勇于承担作为君王的责任。对权力的欲望是他们君主品格的重要部分。

反过来，当疑问产生时，对权力的向往也是君主身份的信号。《洛多古娜》中，两位王子的身份秘密始终没有被正面揭示，因为寡后的话根本不可信，而塞勒库斯的死亡自动解除了探寻秘密的必要。但是我们知道，积极行动的那一位才是真正的王位继承人。并且，这一点也被洛多古娜印证了：在高乃依的悲剧里，女主人公总是本能地知道选择配得上自己的人。

在《赫拉克琉斯》中，主人公曾一度对自己的身份产生疑惑，不知道自己到底是暴君的儿子还是已逝国王的儿子。此时他的妹妹告诉他，如果在危急时刻他渴求死亡，那么他就是真正的王子（第5幕，第2场）。因为渴求死亡不仅代表他具有勇敢的灵魂，还说明他将自身的

---

① 例如 Paul Benichou, *Morales du grand siècle*, Paris：Gallimard, 1948, chap. I。

命运和王位完全结合在了一起:若不可登基,便宁愿身灭。

　　同样,权力欲望性质的转变也伴随着权力合法性的变化,《西拿》一剧充分体现了这一点。学者们长期关注的焦点,都在奥古斯都为什么会在最后一幕原谅密谋推翻他的人,[1]以及他的宽恕行为背后的哲学或者神学传统。[2] 事实上,奥古斯都在剧中更早的时候,已经做出了另一件唯有宽仁的君主才会做的事情,即同意继续掌权。《西拿》的第 2 幕只有两场,第 1 场表现的是奥古斯都与他的亲信西拿和马克西姆之间的交谈(其实是已经决定背叛他的两人)。

　　受够了政治动荡和他人的质疑,奥古斯都想主动退位,并为此咨询他所信赖的二人。马克西姆借机劝奥古斯都放弃权力,如此便可以中断他们的政治阴谋,和平解决矛盾;而西拿却恰恰相反,恳求奥古斯都保留至高权力,以免让罗马再度陷入战乱。事后我们知道,西拿那么做是为了能让弑君的计划继续进行,因为这一计划不仅是为了推翻奥古斯都的统治,也是为了满足他所深爱的艾米丽的愿望——给被奥古斯都杀害的父亲报仇。

---

① 也就是说,他的宽恕是受到神启,还是出于某种政治上的考虑,或是道德演变的结果? 参见 Michel Bouvier, "*Cinna ou la disgrâce critique*", *Papers on French Seventeenth Century Literature*, XXIII, n° 44, 1996, pp. 219 – 228 ; André Georges, "L'évolution morale d'Auguste dans *Cinna*", *L'Information littéraire*, vol. 34, 1982/2, pp. 86–94 ; C. J. Gossip, "La clémence d'Auguste, ou pour une interprétation textuelle de *Cinna* de Corneille", *Dix-septième siècle*, n°184, 1994, pp. 546–553, "Potentialité et actualisation chez Corneille : remarques sur la clémence d'Auguste", *Papers on French Seventeenth Century Literature*, XXIV, n° 47, 1997, pp. 373–381 ; Louis Herland, "Le pardon d'Auguste dans *Cinna*", *La Table Ronde*, février 1961, pp. 113–126 ; Jean-Pierre Landry, "*Cinna* ou le paradoxe de la Clémence", *Revue d'histoire littéraire de la France*, vol. 102, 2002/3, pp. 443–453 ; René Pommier, "Quand Auguste décide-t-il de pardonner ?"*Dix-septième siècle*, n° 178, 1993, pp. 139–156。

② 例如 Gérard Defaux, "*Cinna*, tragédie chrétienne ? Essai de mise au point", *Modern Language Notes*, 119, 4, 2004, pp. 718–765 ; Antoine Soare, "*Cinna* ou la clémence au deuxième degré", [*in*] Milorad R. Margitie et Byron R. Wells (dir.), *L'Image du souverain dans le théâtre de* 1600—1650. Actes de Wake Forest, Paris/Seattle/Tübingen, 1987 (*PFSCL*, Biblio 17–37), pp. 103–121 ; Constant Venesoen, "*Cinna* et les avatars de l'héroïsme cornélien", *Papers on French Seventeenth Century Literature*, XVIII, n° 35, 1991, pp. 359–381 ; P. J. Yarrow, "Réflexions sur le dénouement de *Cinna*", *Papers on French Seventeenth Century Literature*, XI, n° 21, 1984, pp. 548–558。

　　然而,与西拿所期望的相反,奥古斯都接受他的建议这一行为本身,彻底改变了他的权力欲的性质,从而变成了合法的君主。在悲剧的开头,西拿对奥古斯都的权力欲做出了分析,认为那是罗马所遭受的一切灾难的来源。

> [...] Sont les degrés sanglants dont Auguste a fait choix
> Pour monter dans le trône et nous donner des lois :
> [所有的这些不幸]都是奥古斯都选择的血淋淋的台阶,
> 以便让他能登上王位而主宰我们。①

　　然而,当奥古斯都厌倦了权力却依然选择继续掌权之时,他考虑的完全不是一己私欲,而是罗马的和平与稳定,因为他知道,自己一旦退位,便会有新的内战发生。奥古斯都做出决定时如是说:

> N'en délibérons plus, cette pitié l'emporte,
> Mon repos m'est bien cher, mais Rome est la plus forte,
> Et quelque grand malheur qui m'en puisse arriver,
> Je consens à me perdre afin de la sauver.
> 不必再商议了,怜悯之心获得了胜利,
> 我的宁静固然重要,罗马却更为关键,
> 不管我将遭遇怎样的不幸,
> 我都将牺牲自己以拯救罗马。②

　　此时他对保留权力的希求——虽然在很大程度上为形势所迫——已经成为合法君主不惜牺牲个人利益,也要履行自己义务的勇气。从这个意义上来说,不是奥古斯都因为最后做出的宽宥而成为合法的君主,而是因为他已经是一个合法的君主,他才能实现这一高尚的行为。③ 奥

---

① 《西拿》,第 1 幕,第 3 场,第 219-220 行。
② 《西拿》,第 2 幕,第 1 场,第 621-624 行。
③ 在此,我们印证了 Georges Forestier 的观点。他在分析《西拿》的创作过程时提出了"由地位决定的英雄价值"这一概念,指出"奥古斯都只是完美地完成了他作为君王的角色"。参见 *Essai de génétique théâtrale*, *ibid*., pp. 212-213。

古斯都最有名也最能引起评价家的争议的那句话——

> Je suis maître de moi comme de l'Univers ;
> Je le suis, je veux l'être[...]
> 我是我自己的乃至全宇宙的主宰
> 我是，我想如此。①

——似乎可以如此理解：句子的结构，即奥古斯都把"我是"放在"我想如此"之前，完全不是偶然，因为他并不想表达"因为我想如此所以我是"的逻辑顺序；他似乎是想说："我是宇宙的主宰，因此我想在所有人眼中都是这样的角色，因此我需要做出唯有君王才能做出的崇高行为来使众人认识我。"不是意志和愿望让他成了英雄，而是他已经确定下的君主身份让他有了如此的欲望。

换句话说，在高乃依的世界中，身份决定了品格与欲望。正如赫拉克琉斯自己所说的那样："宽仁的美德追随着高贵的出生。"②

五

因为品格与欲望由身份决定，所以这几部悲剧中的王子们维护自身权利的抗争都是自然而然的，坦坦荡荡的。正大光明地追求拒绝一切建立在暴力或是欺骗之上的手段。王子们散发出某种纯粹的美德之光，而这光芒又正是他们合法性的最好证明，是激起观众的同情和欣赏的关键。

然而，这种对宽仁和坦荡的赞扬，与 16 及 17 世纪欧洲推崇的统治艺术似乎是背离的。塞内拉尔（Michel Senellart）在《统治的艺术》一书中，将欧洲从中世纪到启蒙主义时期的政治思想发展分为几个阶段。12 世纪之前，世俗权力的统治服务于宗教目的，权力对身体的制约是为了引领灵魂通向救赎之路。从 13 世纪开始，世俗权力逐步取得了一定的独立性，开始脱离宗教权威。

---

① 《西拿》，第 5 幕，第 3 场，第 1696-1697 行。

② La générosité suit la belle naissance.
　　《赫拉克琉斯》，第 5 幕，第 2 场，第 1603 行。

　　文艺复兴之初,中世纪时期倡导的引领性目的和权力的实际暴力操作发生了根本性断裂。伴随诞生的是马基雅维利的理论:对统治艺术思考的核心变成了力量本身,而操作的有效性成了判断好与坏的唯一标准。17 世纪的政治理论中,统治活动即帝王对其主权的行使,其目的在于保障国家的生存,发展经济,维护稳定。① 统治观念的转变深刻地影响了对统治活动"可视性"(visibilité)的思考:

　　　　中世纪的国王是上帝在此世的形象,他应该被每一个人看到,以此通过他的德行之光照亮那个他赖以获取其存在基础的隐秘原则;从 16 世纪开始,君主愈发倾向于通过隐藏自己来观察一切。②

　　塞内拉尔指出,中世纪的"君王之镜"(prince-miroir)这一观念不仅是指君王需要模仿优秀的前任统治者,以之为镜,也指君王自己是他的子民的镜子,他的光亮引导着子民。对王权的行使在很大程度上就是展现君主的美德。③ 从 16 世纪中叶开始,这一观念彻底被推翻,政治理论家们纷纷认为君主需要掌握伪装甚至欺骗的艺术。④

　　转折点便是马基雅维利。他认为君主应该用理性的计算取代美德,应该学会使用隐秘和特殊的手段,从而寻求一种力量来对抗变化多端的命运。这种对秘密的推崇也是为了增加统治的神秘性和神圣性。众多的政治哲学家对这个问题进行了思考。例如,诺德(Gabriel Naudé)在其《对非常统治手段的思考》⑤一书中,论证君王的行动应快速、大胆和不可预料。

---

① 参见 Michel Snellart, *Les Arts de gouverner. Du regimen médiéval au concept de gouvernement*, Paris: Seuil, 1995, partie I, chap. I。
② *Ibid.*, pp. 279 - 280.
③ *Ibid.*, pp. 47 - 52.
④ *Ibid.*, pp. 54 - 59.
⑤ *Considérations politiques sur les coups d'État* 于 1639 年初版于罗马,只印刷了 12 册,后于 1667 年和 1673 年在法国再版,获得了巨大成功。17 世纪的法语中 les coups d'État 的意思与现代法语不同:现代法语是指"政变",常常以夺取政权为目的;而在 17 世纪,该概念是指统治者在特殊情况下采取的非常规统治手段与策略,以行动的快速性和隐秘性为特点,例如未经审判突然抓捕和处死对统治者有威胁的人员。

对理性统治的强调自然引发对君主品质的重新思考。例如"谨慎"和"节制"这两个美德的内涵便发生了一些变化。前者在中世纪被视为一种贤者的智慧,而在马基雅维利那里却成了一种脱离道德的能力;利普修斯(Justus Lipsius)还更进一步地区分出一种"混合性的谨慎"(prudentiamixta),即在非常情况下,君主可以采取一些有违道德的手段。① 很多政客都深谙这种观点。

黎塞留在《政治遗书》中便写道:

> 在某些事关国家安危的时刻,需要一种更加强硬的、超出普通谨慎的美德。②

同样,节制,尤其是对愤怒的控制和对他人的宽容,也从一种单纯道德意义上的品格变成了含有理性谋略色彩的行为:君王需要控制愤怒,是因为这一情绪可能会导致不理性的判断;喜怒不形于色可以迷惑他人,而宽恕敌人也是一种买通对手的方式。

在上文分析的几部有关继承危机的悲剧中,高乃依笔下的君主或王子们都拒绝这种功利性的思考模式。尽管主人公们面临的情况十分特殊,事关生死,但隐瞒和欺骗都被视为有违道德;或者更准确地说,只有在不以此作为伤害途径的时候,隐瞒和欺骗才不会损害君主的尊严。

赫拉克琉斯尽管接受扮演假身份,但却坚决不利用这一手段来阴谋夺权:而正是这一希望公开对抗而不能的情况构成了他所遭受痛苦的根源。安提奥修斯和尼科梅德也都是选择正面说服,尽管这让他们陷入被动处境。奥古斯都的宽恕行为并非出于算计。在第 4 幕第 3 场,奥古斯都的妻子劝他试着用宽宏大量来感化想暗杀他的人,结果遭到拒绝。在笔者看来,这一拒绝更多针对的是功利思考的方式而不是宽恕行为本身。因此,高乃依笔下的英雄似乎更符合文艺复兴以前所推崇的君主形象,具备"旧式"的品格与行为风格;他们的行为是透明的,是对其美德的直接而真实的表达;他们是反马基雅维利主义的。

---

① *Politicorumlibrisex* (1589),lib. III et IV.
② Richelieu, Armand Jean du Plessis, cardinal duc de, *Testament politique*, chap. I, éd. François Hildesheimer, Paris : Société de l'Histoire de France, diff. Honoré Champion, 1995, p. 70.

　　需要注意的是,这种美德的"可见性"与戏剧结构本身密切相关。前文已经分析过,悲剧情景的建立在很大程度上采用了"危机—解除危机"的模式:获取应有的权力或者将权力合法化,正是主人公需要完成的任务或需要超越的困境,而这一超越行为并不能诉诸暴力,也就是说,对抗困境的过程只能是一个展现美德的过程。

　　另一方面,主人公这种由身份所决定的、恒常的美德使得他的行为变得符合逻辑、真实可信(vraisemblable):悲剧的发展与终结不是完全由偶然因素导致的,而是遵照着某种必然。是高乃依对塑造品德高尚的主人公的写作探索让他倾向于描绘旧式君主?还是他对君主品格的理解促使他选取英雄超越悲剧困境的戏剧模式?他的美学观点和他的政治立场也许更多的是一种相互滋养、相互影响的关系。

　　同样,这几部悲剧中的美好结局所透露的"天佑君主"的意味也既是诗学考虑的结果,又符合某种政治意识。古典主义诗学认为,悲剧展现的世界不是它本来的样子,而是它应该的样子。在君主美德的光芒照耀之下,世界所应该的样子难道不该是秩序的重建么?并且,惩恶扬善的美好结局也符合 17 世纪普通观众的心理期待。高乃依在《论戏剧的价值及其组成部分》(1660 年)中写道:

　　　　事实上,我们都希望看到舞台上的正人君子一帆风顺,并因他的不幸感到难过。因此,若是他被不幸所压倒,我们离开剧场的时候心中悲伤不已,并对作者和演员抱有某种愤怒。但若是剧情的发展符合我们的愿望,美德得到回报,我们将愉快地离开剧场,对作品,也对将它搬上舞台的人感到满意。美德在艰险之后获得胜利的结局激励我们去实践它,而罪恶和不公最终的失败会增加我们对它们的恐惧,因为我们惧怕经历类似的不幸。①

　　陷入困境的王子在上天的庇佑下最终取得胜利,于是观众们在获得美学上的满足后欣然离场。与此同时,这样的情节设计与 17 世纪的君权神授的观点相互呼应:拥有合法继承权的王子们即使难以有实质性作为,也能摆脱不幸;从某种意义上说,这证实了法国长子继承制度

---

① *Discours de l'utilité et des parties du poème dramatique*, [*in*] *Trois discours sur le poème dramatique*, *ibid.*, p. 70.

的优越性，证实了被选中的君主血液里流淌着某种神秘的力量。最终，高乃依推崇的君王品格的"可见性"与君王行为的"透明性"，并不是为了质疑当时盛行的统治艺术，恰恰相反，它们通过激起美学愉悦，在某种意义上成了一种宣传绝对君主制的工具。

　　＊本文系电子科技大学新进教师科研启动基金项目"法国 17 世纪古典戏剧中涉及的君权问题"（课题编号 ZYGX2017KYQD187）的阶段性成果。

圣史与肃剧

拉辛的《亚他利雅》

吴雅凌 *

（上海社会科学院）

摘　要：《亚他利雅》取材旧约故事，受同时代法国作家波舒哀的《论普遍历史》影响。该剧虽是应邀为圣西尔修院女学生所作，但君王路易十四才是拉辛预设的首要观众。拉辛既忠于圣史记载和圣经书写传统，又着意贯彻亚里士多德的肃剧理论，甚至尝试性地恢复《诗学》规范的歌队要素。基督宗教预象问题在拉辛晚年这部复杂深沉的诗剧中得到多维度的思考。

关键词：拉辛　亚他利雅　波舒哀

　　1689 年，拉辛退出文坛十年有余，其间任宫廷史官，伴君出行，专事文书记录。[①] 他在五十岁这一年受路易十四的第二任妻子曼特农夫人委托，为圣西尔修院女学生撰写《以斯帖》。[②] 有别于拉辛以往的诗剧，《以斯帖》取材圣经故事，乃是专供修院内部使用的学习教材，旨在寓教于乐，秘不外传。拉辛事后追述："原本是小孩子的娱乐，未料整个王宫争相追捧，乃至惊动国王带领王公显贵亲临观演。"（OC1，页946）据说路易十四连看六场，国王夫妇兴味盎然亲拟观演名单。大名

---

* 　吴雅凌（1976—　），女，法国巴黎第三大学文学博士，上海社会科学院研究员，研究领域：法国近现代文学，古希腊文学。

① 　拉辛担任史官以来的重要史稿多数毁于火灾，仅存两份官方印制文件和若干笔记，详见 Jean Racine, *Œuvres complètes*, Tome 2, Prose, Raymond Picard（éd），Paris：Gallimard, 1952, pp. 193-334. 本稿译文均由作者所译。

② 　Jean Racine, *Esther*, in *Œuvres complètes*, tome I, Théâtre & Poésie, Georges Forestier（éd），Gallimard, Pléiade, 1999, pp. 945-1013.《拉辛全集（戏剧诗歌卷）》下文简称 OC1，涉及《亚他利雅》正文引文，将随文标注出处行数，非正文引文则标注出处页码。

鼎鼎的赛维涅夫人只获邀出席最后一场演出。不久,她在写给女儿的信中透露:"拉辛即将再写新剧,国王着了迷,除此以外不看别的。"(OC1,页 1679、1713)

新剧即 1691 年问世的《亚他利雅》。① 如标题所示,仍系"依据圣经改编的悲剧"(tragédie tirée de l'Écriture sainte)。《以斯帖》改编自旧约的一卷书(《以斯帖记》共十章),本意"就信仰道德题材作一点诗,歌唱故事两相宜,情节活泼不枯燥"(OC1,页 946),简单小巧(共1286 行诗),与其说是"悲剧",更似一部"神剧"(oratorio)。相形之下,《亚他利雅》显出拉辛大获成功之余的雄心壮志。全剧气势磅礴,共 1816 行诗(所依据经文在和合本中不过千言),含五幕三十五场戏,在拉辛生平写下的十二部诗剧中篇幅最长,出场人物最多(达十四人次)。该剧表面系为女学生创作,但拉辛预设的第一观众是君王路易十四。这部最后的作品大约也是拉辛最复杂神秘的诗剧。观者从中再度见识到,基督教圣史与古希腊肃剧两种精神传统相遇迸发出谜般的力量。

一

《亚他利雅》取材《列王纪》和《历代志》,讲述犹大王后亚他利雅被废,大卫王族第九世孙约阿施(Joas)立做新王的故事(王下 11:1-21;代下 22:10-23:22)。拉辛在剧中表现出忠于圣经书写的努力。前言详细交代以色列王族历史和利未支派祭司传统(OC1,页 1009-1010)。

公元前 9 世纪,以色列王国南北分裂。南国犹大定都耶路撒冷。有别于北国以色列,耶路撒冷圣殿依然保存祭司利未传统,且犹大王室是大卫的嫡传后裔。犹大王约兰(Joram)娶以色列王亚哈(Achab)之女亚他利雅为妻,"行耶和华眼中看为恶的事",信奉巴力神,在耶路撒冷造巴力庙。约兰之子亚哈谢(Ochosias)继王位亦如此。当时以色列新王耶户(Jéhu)顺应神意,杀亚哈谢,剿灭亚哈家族,清扫以色列国中的巴力神庙祭司。亚他利雅听闻消息,在耶路撒冷夺王权,并为父母复仇,下令剪除犹大王室,杀光约兰与她自己

---

① Jean Racine, *Athalie*, in OC1, pp. 1009-1084.

的子孙。只有尚在襁褓中的小王子约阿施获救,藏身圣殿隐姓埋名,由大祭司耶何耶大(Joad)亲自养大,最终从亚他利雅手里夺回王权……

拉辛写作此剧时重新研读圣经,并大量参考历史文献,诸如 1 世纪拉丁史家约瑟夫斯(Flavius Josèphe)的《犹太古史》(Anitiquité judaïques, IX, VII)、4 世纪拉丁神学家塞维鲁斯(Sulpice Sévère)的《圣史》(Histoire sacrée)、拉丁教父安布罗修斯(Ambrosius)的《论神职责守》(Des devoirs des ministres de Dieu)乃至莱特富特(John Lightfoot)、普尔(Matthew Poole)等 17 世纪英人著作屡见于笔记文稿中(OC1,页 1085－1088)。不过,对拉辛影响最大的当推同时代法语作家波舒哀的《论普遍历史》。

波舒哀于 1670 年被路易十四召入凡尔赛宫,十年间担任太子法兰西路易(Louis de France)的傅保。《论普遍历史》书名全称为《向太子殿下讲解宗教历程和帝国变迁之普遍历史论》,成书于 1670 年代末,1681 年出版。此书融贯圣史与俗史,有代表性地呈现了西方中古晚期以来基督教的世界理解。值得一提的是,此书给予亚他利雅和约阿施的事迹不同寻常的重视,记叙篇幅长达三十余行,相形之下,有关大卫和所罗门的交代分别不过六七行笔墨。波舒哀更以平行笔法在亚他利雅当政时代插叙两段希腊文明的“俗史”事件,一段是以荷马和赫西俄德为代表的诗教传统,另一段是斯巴达王吕库戈斯传承米诺斯的律法传统。①

波舒哀为何强调亚他利雅和约阿施的事迹? 这与拉辛选择这一诗剧题材是否直接相关? 无论如何,拉辛在前言中解释这段历史在基督教“圣史”中的分量时引经据典,《列王纪》经文以外,更点名时任莫城大主教的波舒哀,一连援引《论普遍历史》的两处文字:

> 此事不只是在大卫家族内部保存王杖,也是确保在这位伟大君王的后代中出现弥赛亚。“因为弥赛亚多次被应许为亚伯拉罕的子孙,也必是大卫和历代犹大王的子孙。”②卓越睿智的莫城大

---

① Bossuet, *Discours de l'histoire universelleà Monseigneur le Dauphin pour expliquer la suite de la religion et les changements des empires*, Paris 1681, pp. 23－28.

② Bossuet, p. 214.

主教故而称约阿施是"大卫家族仅存的珍贵血脉"，①我在剧中援用这个表述②……圣经也说，耶和华没有灭绝约兰全族，"照他所应许大卫的话，永远赐灯光与他的子孙"。③ 这灯光岂不是总有一天照亮万国的灯光吗？（前言，OCI，页 1012）

大卫王族第九世孙约阿施做王，乃是耶稣祖先在危难中保存王族血脉的经过，连贯新旧约传统，弥赛亚的预言终得实现，堪称基督教圣史的重大事件。波舒哀更在书中将太子称为大卫的直系后裔，意在捍卫神意授权的法兰西王室谱系。《论普遍历史》故而用这句话开始相关记叙："彼时犹大国发生了改头换面的事件……"④依据波舒哀的编年算法，亚他利雅灭王室自立发生在公元前 884 年；亚他利雅被杀，约阿施登基发生在公元前 878 年；前后历时六年，与圣经记载相吻合（王下 11：3，代下 22：12）。在拉辛剧中，约阿施化名埃利亚坎（ELiacin，意思是"大祭司"）藏身圣殿八年，即位时大约九到十岁。如此改编处理似乎违背圣史传统，实则拉辛另有苦衷，乃遵守 17 世纪戏剧逼真性（la vraisemblance）的审美规则，使约阿施在剧中的谈吐与年龄相符。

我相信王子的谈吐没有超出他那个年龄的孩子的心智和记忆。即便略有超出，也应考虑这是个极不寻常的孩子。他在圣殿由大祭司亲手养大，被视同犹大王国的唯一希望，年幼时即被教授关乎宗教王政的全部功课……我敢说法兰西国眼下就有一位八岁半的王子足以向世人证明优异天资加上出色教育的显赫成效。倘若我把小约阿施写得真如这位年轻王子一般，谈吐应对有如是出众的机智见识，那么诸位倒是有理由批评我违反逼真性规则。（前言，OCI，页 1011）

拉辛在前言中恭维赞美八岁半的法兰西王子，即路易十四的长孙、法兰西路易的长子勃艮第公爵。"优异天资"得自小王储的出身家世，

---

① Bossuet，p. 27.
② 行 256，参行 1626.
③ 列王纪下 8：19。
④ Bossuet，p. 26.

"出色教育"则当归功于继波舒哀之后的宫廷教育家费奈隆。费奈隆于 1689 年至 1695 年间担任小太子傅保,撰写"为太子劝学"的传世作品《特勒马科斯历险记》和《死人对话录》。费奈隆本人还出席观看 1691 年《亚他利雅》在圣西尔修院的最后一次演出(OCI,页 1714)。君王的教育呼应《论普遍历史》的根本旨趣,也是拉辛创作《亚他利雅》不能绕过的严肃问题。小王子约阿施在剧中首次开口说话,即在圣殿中与亚他利雅对话(第二幕第六场)。其中她问有谁照看他,他回答神照看他。

> 神可曾抛弃受难中的子女?
> 他赐食给小小鸟儿,
> 他的慈爱遍满大地。
> 我日日祈祷,他是父亲,
> 用圣坛上的供品养育我。(646-650)

王后与小童的对话,也是祖母与孙儿的对话。这场戏让人想到欧里庇得斯的《伊翁》。伊翁也是身世不明的孤儿,也在神庙长大侍奉阿波罗神,有一天也像这样在德尔斐神庙与母亲克瑞乌萨不期而遇形同陌生人。

> 克瑞乌萨:你怎么得到食物,养你到成人呢?
> 伊翁:那神坛喂养了我,还有随时到来的客人。……
> 克瑞乌萨:你有点钱财么?因为你衣着很好。
> 伊翁:我所侍候的神把这些给我穿着的。
> (《伊翁》322-326,周作人先生译文)

但拉辛着意在约阿施身上突出"优异天资加上出色教育的显赫成效"。小王子谈吐高贵纯洁,信仰自然深沉,引发在场所有人的怜惜和赞叹(654,657,690)。他的应答句句有典可查:"你是从小明白圣经,这圣经能使你因信基督耶稣有得救的智慧。"(提后 3:15)其中第 647-648 行援引自《诗篇》:"他赐食给走兽和啼叫的小乌鸦"(诗 147:9);"你的慈爱遍满大地,求你将你的律例教训我"(诗 119:64)。第 649-650 行提到圣坛上的贡品乃利未人祭司的当得之物,出自《民数记》的规定："凡从他们地上所带来给耶和华的初熟之物也要归于你。"（民18：13）拉辛又借约阿施的每日功课展示犹太君王教育："每个犹太人一生中必须亲手抄录一遍律法书，王者甚至得抄录两遍"（前言，OCI，页1011）——

> 我赞美主，聆听主的律例。
> 我用律法书学习读书认字，
> 我已开始亲手抄录经书。（662—664）

约阿施在圣殿长大，跟随大祭司侍奉神："我在圣坛上把香料和盐递给大祭司；我倾听众人颂唱神的无上荣耀；我亲眼见证神的庄严仪式。"（674—676）除学习祭司职守以外，约阿施还接受耶何耶大针对未来王者的"苦心教育"（1271），常聆听犹大王的故事（1275），耳闻目染王者的自我规范（1276—1277）。《申命记》有关立王的指示：

> 他登了国位，就要将祭司利未人面前的这律法书为自己抄录一本，存他那里，要平生诵读，好学习敬畏耶和华他的神，谨守尊敬这律法书上的一切言语和这些律例，免得他向弟兄心高气傲，偏左偏右，离了这诫命。（申17：20）

约阿施在另一处回应耶何耶大的教诲，恰如以上经文规范的翻版：

> 明智的王由神亲自拣选，
> 他不可为自己加添金银，
> 他敬畏神，心中念念不忘
> 神的诫命律法和严厉审判，
> 绝不使弟兄遭受不公重负。（1278—1282）

在新王加冕仪式上，耶何耶大仿效《诗篇》对有权力者的训示——"当为贫寒的人和孤儿伸冤，当为困苦和穷乏的人施行公义"（诗82：3），要求约阿施发誓"忿对恶人，庇护好人"（1405），不忘"你也曾穿这身麻衣，和他们一样穷苦，和他们一样是孤儿"（1407—1408）。

新王约阿施确乎显出好君王的风范："众人狂喜中，独独他平和亲

切,毫不傲慢,握这人的手,用目光安慰那人,发誓以他们的诚挚谏言为榜样,他称呼众人父亲或弟兄。"(1525-1528)

然而,在拉辛剧中,好王者约阿施登基并非故事的结局。依据《历代志》的记载,约阿施虔诚为政三十年,在耶何耶大死后听信谗人恶言,命人在耶路撒冷圣殿用石头打死大祭司之子也即新任大祭司撒迦利亚(代下 24:17-22)。拉辛借耶何耶大的预言(第三幕第七场)和亚他利雅的诅咒(第五幕第六场)两次点明这个悲剧故事的真正结局。《亚他利雅》带有一股拉辛诗剧中极罕见的精神力量,迷人且让人不安的,原因也许就在于好王者的败坏,出色的君王教育不足以向世人承诺胜利的信心和明朗的欢乐,一场看似皆大欢喜的戏在阴郁不祥的氛围中落下帷幕。

《论普遍历史》开宗明义是给君王习读的史书。《亚他利雅》虽系应邀为圣西尔修院女学生所作的诗剧,拉辛预设的首要观众无他,始终是君王路易十四。约阿施初登基时,耶何耶大循循善诱,久居王位难免遇到"致命荣誉的诱惑、绝对权力的迷醉,谗言者的媚惑声音"(1387-1390);难免听见小人谗言:"最神圣的律例也须得服从君王,君王唯有个人意愿别无约束"(1392-1393)。这些教训终在约阿施身上印证,"在陷阱和沉沦中败坏纯洁的习性"(1399)。《亚他利雅》的最后三行诗借先知耶何耶大之口道出波舒哀式①的终场训诲:

> 犹太人的王啊,莫忘了前车鉴!
> 须知天国有列王的严厉判官,
> 无罪的必伸冤,孤儿也有父亲。(1814—1816)

二

公元前 878 年,五旬节日出后第三个时辰(155),以色列信众进耶路撒冷圣殿献燔祭。不敬耶和华的王后亚他利雅出其不意闯入现场。戏剧情节就此展开。

---

① 如见波舒哀于 1689 年出版的布道文集:"只有天国的神能为君王立律法,并随心所愿给予君王或伟大或可怕的教训。"Cf. Bossuet, *Oraison funèbre de Henriette-Marie de France*, in *Œuvres*, Paris, 1689, p.57.

圣史未提及约阿施在哪一天登基。若干注经家主张是某个节日。我选择犹太人三大节庆之一的五旬节。犹太人在这一天纪念西奈山上颁布律法，并向神敬献当年新熟谷物做的新饼，故也叫初熟节。（前言，OCI，页1012）

拉辛将戏剧时间设定为五旬节当日，地点在耶路撒冷圣殿内，并严格依循旧约圣经传统，忠实还原五旬节祭祀仪式。犹太人的五旬节乃是从逾越节算起第五十天，《民数记》又称七七节（民28:26-31）。据《利未记》记载，五旬节当日应将"初熟麦子"或"新素祭献给耶和华"，同时宰杀牺牲做赎罪祭和平安祭（利23:15-21）。

> 是的！我走进圣殿敬拜神。
> 我遵循古老庄重的习俗前来，
> 万众同庆这闻名的日子，
> 神在西奈山赐我们律法。（1-4）

然而，五旬节当日走进圣殿的犹太人押尼珥（Abner）随即大声疾呼：时代变了！（5）从前的节日人潮涌动，犹太信众供奉当年初收，祭司主持燔祭忙不过来（6-12）。自从亚他利雅当政以来，只有极少数人坚持循旧礼，多数犹太人遗忘他们的神，簇拥到巴力祭坛前（17-19）。这是因为约阿施的秘密不为人知。犹太人以为大卫王族血脉已断，"古老勇气的火光在同一日熄灭"（96）。他们丧失信心："神就此隐没了"（97），"神圣的约柜从此不再发神谕"（103）。

传统信仰式微："美好的节日沦为黑暗的日子。"（14）大卫王和所罗门王的黄金时代一去不复返。大祭司耶何耶大在圣殿主持五旬节传统燔祭（第二幕第二场），应该放置在这样的背景中予以理解。整个仪式包括供奉新收麦饼，献祭牺牲，用鲜血浇灌祭坛，严格依循《利未记》所规范的五旬节仪式（利23:15-20）和日常燔祭条例（利1:10-13），此外也让人想到摩西在西奈山下献牛为平安祭（出24:4-8）。

> 大祭司向养育凡人的神
> 供奉上初熟麦子烤的面饼，
> 沾血的双手捧起

平安祭的冒烟内脏。
年幼的埃利亚坎侍立在旁，
与我（撒迦利亚）同穿细麻长袍侍奉神。
大祭司用宰杀牺牲的血
洒在祭坛周围百姓身上……（385—392）

这场苦心经营的神圣仪式被亚他利雅王后打断了。在界限分明的耶路撒冷圣殿里，有些场所只允许大祭司和担任圣乐卫队等职守的利未人踏足（443—444，参代上23—26），有些圣地只有亚伦的子孙即大祭司才能一年一次进去主持大礼（出30：10），还有的燔祭现场只向以色列男性开放（397）。身为异教女子，亚他利雅骤然闯进女人禁区，还差点儿踏进只对祭司利未人开放的神圣场域（400），实乃僭越信仰和性别的双重禁忌（405）。在场的犹太信众惊恐不已四散逃开（401）。

半途不得不中断圣礼的耶何耶大怒视亚他利雅，目光中的威力直逼摩西当年怒视埃及法老（404）。依据信徒的转述，大祭司当众喝止王后（407）。但按照亚他利雅本人的说辞，她退出圣殿另有原因，非畏惧耶何耶大的威严。巴力祭司说过，王后的见识和顽强远远超乎"她那害羞的性别"（872）。大祭司捍卫的神圣禁忌也根本不在她眼里。她甚至如此解释犹太信仰的式微："一大堆迷信致使你们向异族关闭圣殿的大门。"（453—454）

开场后的宗教仪式（第二幕第一场）与终场前的国王加冕仪式（第四幕第一至四场）遥相呼应。依据圣经记载：

祭司领王子出来，给他戴上冠冕，将律法书交给他，膏他做王。众人就拍掌说："愿王万岁！"（《王下》11：12；《代下》23：11）

在拉辛笔下，利未祭司带领年幼的撒迦利亚和约阿施走向圣坛，三人依循礼拜传统均蒙着头（1039）。① 利未祭司执大卫之剑在前，撒迦利亚（未来的大祭司）手捧律法书，约阿施（未来的王）手捧冠冕（1237—1246）。耶何耶大宣布约阿施为王（1292—1193）。在他的主持下，利未

---

① 从拉辛手稿上的注释看，他在此处参考了格劳秀斯注《哥林多前书》第11章的说法，参看OC1，页1088。

人撒迦利亚对圣经宣誓效忠新王(1370),新王约阿施也宣誓忠守律法书(1382)。拉辛依循圣经记载的同时似乎参考兰斯大教堂的法兰西国王加冕仪式传统。如凭圣经立誓是基督教习俗,希伯来旧约从未提及:兰斯大教堂的加冕仪式上,新王对福音书宣誓并亲吻经书(OC1,页1746)。又如耶何耶大与约阿施的长篇问答(第四幕第二场),让人想到兰斯大主教与新王就君王职守的问答……①

这场政治礼仪未像五旬节燔祭那样被打断。然而,亚他利雅随后被诱入圣殿,等待她的是武装起来的利未卫队(1730起);亚他利雅在赴死前诅咒约阿施终将背弃信仰玷污王权(1769-1790),为这场加冕式蒙上永恒的阴影。更有甚者,拉辛戏剧头一遭在舞台上表现武力冲突,且是大祭司策划组织的发生在圣殿里的"圣战"!伏尔泰在《哲学辞典》中称赞《亚他利雅》是"人类精神的杰作",但批评大祭司耶何耶大以神为名的阴谋暴力。② 罗兰·巴特后来以此为据,提出拉辛笔下的好人形象狂热专断,远不如坏人形象生动逼真,进而主张拉辛戏剧中存在某种"道德与美学的矛盾"。③ 无论如何,类似的矛盾张力似可从亚里士多德的肃剧传统中寻觅根源。如《诗学》第十三章谈肃剧人物如何激发怜悯和恐惧,乃是拉辛在几乎每部作品中反复实践的理论规范。④

戏剧开场时,耶何耶大之子撒迦利亚跑来报信王后闯入燔祭现场,他张口喊的第一句话:"圣殿被玷污了!"(380)拉辛时代的观众熟知《列王纪》或《历代志》的圣史记载:约阿施终将在圣殿里残杀的大祭司无他,就是撒迦利亚本人。

> 这起圣殿里的罪行导致犹太人为神愤怒,成为随后一连串不幸变故的主要肇因。自那事发生以后,据称神在圣殿里完全隐没了。(前言,OC1,页1013)

---

① 参看 Pierre David, *Cérémonies pratiquées pour le sacre*, Paris, 1654。

② Voltaire, *Dictionnaire philosophique*, tome 1, Paris: Garnier, 1879, «De la bonne tragédie française», p. 413.

③ Roland Barthes, *Sur Racine*, Paris, Seuil, 1963, p. 123.

④ 参看拙文《拉辛与古希腊悲剧传统》,收入《拉辛与古希腊经典》(作家出版社即出)。

《亚他利雅》一方面严格还原耶路撒冷圣殿的礼仪传统,另一方面从始至终讲述圣殿一次次被玷污的事实。此种矛盾张力同样在希伯来圣史传统中有迹可循。

三

《亚他利雅》充分显示拉辛忠于圣经书写的努力。有法国学者统计,全剧有 209 行诗文(占全文 12%)直接援引自圣经经文,加上间接援引的诗文共 766 行(占全文 42%)。① 下文以大祭司耶何耶大和歌队为例试作说明。

在五旬节仪式正式启动以前,耶何耶大出场交代前情提要。前后一百来行诗中,耶何耶大援引经书不下三十次,并直接借用大卫②、以赛亚③、以西结④、以利沙⑤等旧约先知的言说,此外有数处援用新约经文⑥。

耶何耶大的预言尤其说明问题。拉辛在前言中承认,在舞台上表现先知受神意感召或许是过分大胆的做法,为此他小心审慎,"从耶何耶大口里说出的话全部引自经书里的先知言说"(OC1,页 1012)。事实也确乎如此。在耶何耶大正式预言以前,拉辛首先化用两个先知通灵的典故(1130-1131,1135-1138),一处是巴兰"得听神的言语,得见全能者的异象,眼目睁开而仆倒"(《民》24:4),另一处是摩西死前的歌:"我的教训要淋漓如雨,我的言语要滴落如露,我要宣告耶和华的名。"(《申》32:2-3)

耶何耶大的正式预言大致分成两部分,第一部分预言圣殿倒塌耶路撒冷沦陷,共十八行诗(1139-1156),第二部分预言基督教会这一"新耶路撒冷"的诞生,共十六行诗(1159-1174)。

---

① André Durand , *Athalie de Jean Racine*, cf. www.comptoirlitteraire.com. 本文列举拉辛援引圣经经文的情况,主要参考全集本的编者注释。
② 第 129 行 = 诗 89:49,第 136 行 = 诗 72:11,第 158 行 = 诗 111:7-8,等等。
③ 第 88 行 = 赛 1:11,第 108 行 = 赛 42:20,第 286 行 = 赛 40:24,等等。
④ 第 267-268 行 = 结 18:19-20,等等。
⑤ 第 121 行以利沙预言耶洗别的下场,第 124 行以利沙预言妇人怀孕生子,均出自《列王纪》。
⑥ 比如第 228 行 = 林后 12:9,等等。

天啊,要听! 地啊,侧耳而听!

约伯呦,莫再说你的主尽睡不醒。

罪人从地上消失,主必兴起。

纯金为何沦落做坏铅?

那被杀在圣所的大祭司是哪一个?

耶路撒冷啊,哀哭吧,背义的城啊,

为不幸被杀的神圣先知哀哭吧!

你的神抛弃不再爱惜你。

你供奉的香料是他所憎恶的。

你们要把这妇孺带往何处?

主发怒灭了万众城邦的王后。

先知被掳,诸王尽废。

神不能容忍众人来守严肃会。

倾倒吧圣殿! 起火吧香柏木!

耶路撒冷啊,我心中的痛,

是哪只手旦夕之间坏了你的魅力?

是谁把我的双眼化作泪的泉源,

让我为你遭难昼夜哭泣? (1139-1156)

第一部分的十八行诗句句有典可查。

第 1139 行出自《以赛亚书》1:2。

第 1140 行出自《诗篇》44:23——"主啊,求你睡醒,为何尽睡呢?"

第 1141 行出自《诗篇》104:35——"愿罪人从地上消失。"

第 1142 行出自《耶利米哀歌》4:1——"黄金何其失光! 纯金何其变色!"纯金变成铅石,暗指约阿施的败坏。

第 1143 行暗指约阿施在圣殿里杀死大祭司撒迦利亚,出自《历代志下》24:20-22。

第 1144-1145 行出自《耶利米哀歌》1:4——"她的城门凄凉,她的祭司叹息",或《马太福音》23:37——"耶路撒冷啊,耶路撒冷啊! 你常杀先知,又用石头打死那奉差遣到你这里来的人。"

第 1147 行出自《以赛亚书》1:13-14——"香品是我所憎恶的;你们的月朔和节期,我心里憎恶,我都以为麻烦。"

第 1148-1150 行出自《耶利米哀歌》2:1-3 耶和华惩罚耶路撒冷。

万众城邦的王后,即耶路撒冷。

第 1151 行出自《以赛亚书》1∶13——"作罪孽,又守严肃会,我也不能容忍。"

第 1152 行,所罗门的圣殿由香柏木所造,参《列王纪上》6∶9-18;圣殿倾覆,参《耶利米哀歌》2∶3-6。

第 1153-1156 行出自《耶利米书》9∶1——"但愿我的头为水,我的眼为泪的泉源,我好为百姓中被杀的人昼夜哭泣。"

> 从哪里给她生这些子女,
> 又将这些子女养大呢?
> 耶路撒冷啊,兴起,抬起高贵的头!
> 你举目看列王惊奇你的光辉。
> 他们将脸伏地向你下拜,
> 并舔你脚下的尘土。
> 万国和万民要来就你的光。(1164-1170)

拉辛在前言中解释预言的第二部分:

> 先知通常会在威胁的言辞里混合慰藉,本剧讲述耶稣的祖先登上王位的经过,我于是模糊提到所有古代义人期盼的救世主终将来临。(OC1,页 1013)

耶何耶大预言新耶路撒冷(1159-1163),出自《启示录》21∶2——"我看见圣城新耶路撒冷由神那里从天而降预备好了……"

随后七行诗全部改写自《以赛亚书》。

第 1164-1165 行出自《以赛亚书》49∶21,

> 谁给我生这些,谁将这些养大呢?撇下我一人独居的时候,这些在哪里呢?

第 1166-1167 行出自《以赛亚书》60∶1,4——"兴起,发光!……你举目向四方观看。"

第 1168-1169 行出自《以赛亚书》49∶23,

列王必作你的养父，王后必作你的乳母，他们必将脸伏地，向你下拜，并舔你脚下的尘土。

第 1170 行出自《以赛亚书》60:3——"万国要来就你的光。"

这场（先知预言的）戏如某种插曲，很自然地引出音乐，正如旧约中多位先知在乐声中进入通神状态。扫罗遇见一群先知，前面有鼓瑟的，有弹琴的（撒上 10:5）。以色列王和犹大王向以利沙求问未来，先知在如耶何耶大这般预言前说："给我找一个弹琴的来。"（王下 3:15）这个预言在歌队和主要演员中引起震惊造成不同反应，有助于强化戏剧的不安效果。（前言，OC1，1013）

在最后两部圣经题材的诗剧中，拉辛尝试性地恢复了亚里士多德《诗学》第十八章所规范的歌队这一古希腊肃剧要素。戏剧是希腊古人城邦生活的重要组成部分，肃剧的歌队由刚成年的青年组成，训练青年歌队舞蹈歌唱，有教诲年轻人的意味。《以斯帖》和《亚他利雅》有别于拉辛全盛时期的写作，教诲目的远胜于娱乐功效。拉辛为圣西尔修院女学生量身定做，由以色列少女组成的歌队在剧中扮演推动情节发展的角色。《以斯帖》前言声称"仿效古希腊肃剧，将歌队与剧中情节紧密相连，安排歌队在合唱中赞美天主，就像古代异教徒在合唱中赞美虚妄的诸神"（OC1，页 946）。《亚他利雅》前言进一步明确歌队与四场合唱歌的设定用意：

歌队由利未少女组成，我让撒迦利亚的妹妹领头。她带歌队去母亲家，和歌队一起歌唱，代歌队发言，担任古时被称为"歌队长"的角色功用。我还仿效古人做法，使歌队推动情节的延续，整出戏没有中断，幕与幕由歌队的咏唱衔接，这些咏唱与剧情相关，带有教诲意味。（OCI，页 1012）

歌队在第一幕结尾处正式出场。她们是一群前来参加节日礼拜的以色列少女，全系利未支派的女儿，"手捧花饰，头戴花环"（303），由大祭司的女儿领头进圣殿。在五旬节的节庆氛围下，第一合唱歌多番援引《出埃及记》，追溯以色列人的祖先在摩西带领下往迦南路上见证的神迹,诸如第 14 章过红海(356),第 16 章得赐吗哪(352),第 17 章击石出水(357),第 19 至 20 章耶和华降临西奈山顶(332-342)、摩西代以色列人领受十诫(343-346),等等。此外,第一合唱歌仿效诗篇风格赞美神的荣名,比如歌队与歌队长反复三次唱道:"举世称耶和华为大,让我们一同歌唱高举他的名。"(311,314,319-320,321-322)这两行形同"副歌"的诗文出自《诗篇》:"你们和我当称耶和华为大,一同高举他的名。"(诗 34:3)

第二幕,歌队在场见证亚他利雅与约阿施的殿中相会。第二合唱歌赞美神的荣名,集中表现为王子教育的成效:约阿施好比撒母耳从小在神所侍奉耶和华(765,撒上 2:21);约阿施不受王后的诱惑(693-698),好比耶稣在旷野受试探(754),好比以利亚面对四百五十名巴力先知(760,王上 18);约阿施是"主所爱的孩子,早早得听神的声音,并由神亲自管教"(768-771),如经上所写:

> 耶和华啊,你所管教、用律法所教训的人是有福的!(《诗》94:12)

第三幕耶何耶大的预言现场,歌队扮演见证者和对话者的重要角色。第三合唱歌表现出利未少女得知预言的反应。她们在危难中惊惶不安:"在我们害羞的眼前是何种景象? 谁能相信我们要在和平的圣所亲见杀人的刀和长枪?"(1191-1194)歌队长随后带领歌队向神祷告。

第四幕,约阿施加冕做王,亚他利雅的援兵围困圣殿。第四合唱歌多番援引《诗篇》谴责恶人进犯:"恶人弯弓把箭搭在弦上,要在暗中射那心里正直的人"(诗 11:2),前来破坏神的节日(诗 74:8),求告耶和华前来伸冤(诗 94:1),并引著名的上行之诗(de Profundis):"主啊,你若究察罪孽,谁能站得住呢?"(诗 130:3)。利未少女鼓励族人勇敢迎战保卫圣殿,自然衔接到第五幕的戏剧情节。

四

拉辛一方面表现得忠于圣史记载和圣经书写传统,另一方面不忘贯彻亚里士多德论肃剧的理论规范。亚他利雅的几场戏尤其能够体现诗人的戏剧才华。虽系女主角,亚他利雅只在第二幕和第五幕正式出场,全部台词共计235行诗文,不超过耶何耶大(占496行)的一半戏份。但亚他利雅的几次出场带有令人屏息的戏剧张力,诸如梦的解说(第二幕第五场)、殿中对话(第二幕第七场)、临死诅咒(第五幕第五至六场)等情节本是圣经中没有的,完全出自拉辛的文学想象。

开场未见亚他利雅真人,关乎这位王后的传说如阴影般笼罩五旬节的耶路撒冷圣殿。犹太信徒惊惧地观察到:"两天以来,骄傲的亚他利雅好似陷入阴郁的悲痛……狂怒的目光不住投向圣殿。"(51-54)连巴力祭司也大感不解:

> 老友,两天以来我认不出她来。
> 她不再是那个王后,见识顽强
> 远远超乎她那害羞的性别……(870-872)
> 她犹豫,拿不定主意,她变回女人。(876)

亚他利雅一反常态,乃因她得了异梦。她梦见母亲耶洗别的魂影带来凶兆。以色列王后耶洗别本是西顿王之女,信奉巴力神,迫害犹太先知(王上18:4),后被从窗户扔下摔死,应了先知伊利亚的预言:"在耶斯列田间,狗必吃耶洗别的肉,耶洗别的尸首必……如同粪土,甚至人不能说这是耶洗别。"(王下9:36-37)。亚他利雅跟随母亲公开信奉巴力神。耶洗别的悲惨下场似在暗示亚他利雅本人的下场。

> 她说,战栗吧,肖似我的女儿哟!
> 无情的犹太神也必打击你。
> 我疼惜你落入那神的可怕手中,
> 女儿哟!她这样说完恐怖的话,
> 她的形影好似降临我床前。
> 可我伸手想要拥抱她,
> 只摸到一团骇人的物事,
> 被屠杀的骨肉混在泥浆中,
> 还有血衣和残陋肢体。
> 狗子抢着吞吃,打起架来。(498-507)

　　亚他利雅还两次在梦中看见(520-521)"一名幼子身披希伯来祭司常穿的那种光彩夺目的圣衣"(508-509)。① 那孩子的"温和高贵谦卑"让她赞叹(512),与此同时她感到"一把杀人的利刃刺穿她的心脏"(513-514)。从梦中醒来的亚他利雅惊惧不安。她随后闯入圣殿,看见站在大祭司身旁的约阿施,和梦中的孩子一模一样(536)。

　　《创世记》有过不止一次关乎梦兆的记载。亚伯拉罕与神立约那天,梦中"有惊人的大黑暗落在他身上"(创15:12);雅各在伯特利梦见天梯(创28:12);约瑟做了让哥哥们嫉恨的梦(创37:5),稍后他为法老解梦(创41:1-36)。这些例子均系义人从神那里蒙获关乎自身命运的预兆。亚比米勒的异梦或许更接近亚他利雅,他抢走亚伯拉罕之妻撒拉,夜里神来梦中警告他(创20:3)。不过,梦兆作为推动情节发展的戏剧要素,同样接近诸如索福克勒斯笔下的神谕:赫拉克勒斯的神谕(《特剌喀斯少女》),埃阿斯的神谕,菲罗克忒忒斯的神谕……更不用说与俄狄浦斯的身世之谜难解难分的神谕。亚他利雅不知约阿施的身世之谜,拼命想弄清楚:"他是谁? 出生自哪个世家支派?"(546,参624,634)殊不知真相大白之际,亦是梦中预言她走向灭亡的时刻。

　　在拉辛笔下,王后亚他利雅拥有非凡的治国能力。她有勇有谋平定外敌内患(474-483),为耶路撒冷带来稳定和平(473)。她安享智慧治国的成效(484):"从红海到地中海无人不尊敬亚他利雅。"(472)亚他利雅似乎还具备某种更开放的宗教姿态。她得了梦兆去向巴力神求告,同时不忌讳进犹太圣殿献礼:

> 　　某种本能令我走进犹太人的圣殿,我心中起意要去安抚他们的神,我以为献礼物能平息神怒,不论何方神圣总会变温和。(527-530)

　　她批评犹太人向异族紧闭圣殿大门(453-454)。耶何耶大教导约阿施相信:"必须敬畏我的神,只有他是真神。"(685-686)亚他利雅却向约阿施保证:"我不想强制你忘记你的神"(681);"我侍奉我的神,你侍奉你的神;这是两个强大的神"(684-684)。

---

① 此处呼应旧约圣经对祭司圣服的规定:"用金线和蓝紫朱红色线并细麻去作。"(出28:5)

　　亚他利雅本是骄傲无情的王后,终在无名的殿中小童面前暴露弱点。她受约阿施吸引,对他心生怜惜。这怜惜也就成为她的软肋。她的愤怒变得动摇不定(886),她的复仇计划自行坍塌(887)。她见他在圣殿过得清苦,想带他回宫殿(679)。

> 显然你不是寻常的孩子;我是王后,没有继承人……我愿与你分享财富……我保证把你当成亲生孩儿对待。(691-698)

　　她甚至打算放弃武力冲突,与耶何耶大谈判和解。她为此受诱走进圣殿。在利未人的围困中,她得知梦中的孩子眼前的约阿施乃是她想杀而没有杀成的孙儿:"最神圣的君王的继承人"(1719),"死而复生的大卫之子"(1765)。

　　王后亚他利雅犹如重复一遍俄狄浦斯式的解谜经历。真相大白之际,她不再自信,开始自我寻问:"我在哪里?"(1731)"我陷入何种陷阱?"(1738)她开始"看清楚上天的旨意"(610)。她如古典肃剧英雄那般受困于人神矛盾,犯下渎神的罪并受惩受难。她直接对神呼喊:

> 犹太人的神啊,你战胜一切!(1768)
> 无情的神哪,你单独行下一切。(1174)

　　整部诗剧贯穿复仇的主题循环往复。"复仇"或"复仇者"(venger/ vengence/vengeur)等同根词先后出现不下三十次,乃至全剧最后一行诗也有(1816)。耶洗别从前迫害犹大先知(715-716),神于是派人灭绝亚哈家族。亚他利雅为亚哈家族复仇(23),又去杀戮犹大王族。但"神在圣殿的神圣避难所养育一位复仇者"。在第56行,拉辛援引了波舒哀《论普遍历史》中的句子(Bossuet, p. 28)。约阿施长大以后率领利未人杀亚他利雅,实现新一轮复仇。拉辛笔下的复仇主题显见于希伯来旧约传统:"耶和华是伸冤的神!"(1471,同诗94:1)

　　与此同时,亚他利雅骄傲地声称:"但凡我做过的事,我相信我不得不做。"(466-467)在她眼里这是以牙还牙、以血还血(720),这是"公正的愤怒"(709):"我杀戮子女后代好为我父母伸冤"(710),把亚哈家的不幸还给大卫的子嗣(720-722)。她在临死前挑衅耶和华那"伸冤的神",预言约阿施必将败坏,而她本人必将雪耻——

> 他终将不顺服你的约束,厌倦你的律例,
>
> 忠于他从我身上继承的亚哈血脉,
>
> 顺从他的祖先,肖似他的父亲,
>
> 总有一天,大卫的可憎传人
>
> 终将废除你的荣誉,玷污你的圣坛,
>
> 为亚他利雅、亚哈和耶洗别伸冤!(1785-1790)

轮到被诅咒的约阿施惊惧不安(1797-1800),一如当初得了梦兆的亚他利雅:"我寻觅的平安在逃避我。"(438)约阿施为家族复仇杀死亲祖母并终将受惩,与俄瑞斯忒斯的命运何其相似!亚他利雅的诅咒何尝不让人想到俄狄浦斯王死前诅咒两个儿子自相残杀?拉辛笔下的复仇主题同时还可以追溯至古希腊肃剧传统。

早在拉辛少年时代的古典笔记中,我们得以窥见古希腊与基督教两种思想传统的相遇痕迹。少年拉辛将异教神话与圣史经书很自然地摆在一起,住在奥林波斯山顶的宙斯家族是"诸神",耶和华派去找亚伯拉罕的天使也是"诸神"(OCI,页776)。以荷马为首的古代诗人虽未能蒙神圣启示,却留下含有基督宗教教诲意味的诗作。关乎基督宗教预象问题的沉思在拉辛晚年诗剧《亚他利雅》中得到多重视角的总结。

《亚他利雅》的实演情况远无《以斯帖》风光。虽系路易十四钦点之作,该剧排练伊始即受各方重重阻力。拉辛不得不在宫中显贵面前朗读剧作寻求支持。卢浮宫迄今藏有一幅19世纪初女画家菲利鲍尔(Julie Philipault)的油画:《拉辛在路易十四夫妇面前读〈亚他利雅〉》(1819年)。1690年12月12日,似乎为了弥补失望的诗人,路易十四破例升任拉辛为国王寝宫侍从。

《亚他利雅》于1691年初公开"排演"(répétition)共三次。之所以不像《以斯帖》那样称作正式演出,因为几次非正式排演均在圣西尔修院的高年级女生教室里进行,没有舞美、服装和道具,也没有乐队,只用一台古钢琴伴奏。国王和太子出席第一次彩排(1月5日),曼特农夫人及少数贵妇人观看第二次彩排(2月8日),第三次彩排的贵宾包括流亡法国的詹姆斯二世夫妇及费奈隆等少数近臣。

经路易十四奏准,《亚他利雅》于1691年3月付梓出版。批评界反响甚微。赞美声音主要来自拉辛旧日的冉森派导师。彼时拉辛与波

尔-罗亚尔修院重新修好,①故而有一种假说,由于冉森派常年受路易十四和天主教廷联手打压,拉辛剧中描述大祭司耶何耶大带领下的利未人遭受亚他利雅的暴政迫害,颇有为逆境中的冉森派辩护之意(OC1,页1715)。持此看法的学者常引用冉森派作者葛奈尔(Pasquier Quesnel)在一封信中的说法:"无须多言此剧的若干人物与现实中哪些人相似","某些段落堪称由诗和音乐谱写成的宣言"。②

还有第二种假说。拉辛改编这则圣经故事正值英国爆发光荣革命(1688—1689)。③ 这场革命罢黜了信奉天主教的詹姆斯二世,奥兰治亲王登基成为威廉三世。法国人熟知这起英国事件,因为詹姆斯二世当时就在凡尔赛宫避难,还出席观看了拉辛的最后两出戏!拉辛笔下的王后亚他利雅似乎可以看成对威廉三世的影射。二者均系信奉异教的外国人(威廉三世在荷兰出生,信奉新教),均凭靠姻亲关系篡夺王权(威廉三世乃詹姆斯二世的女婿),也均拥有让人生畏的外国盟军——尽管圣经中只字未提,拉辛笔下有不同的人连续五次说起亚他利雅的"推罗援军"(616,1361,1428,1504,1757)。众所周知,路易十四与威廉三世为敌,尤其忌惮后者牵头的欧洲大同盟军。

关乎《亚他利雅》的历史背景的第三种假说涉及路易十四与教宗英诺森十一世的冲突。伴随法兰西绝对王权崛起,1780 年代兴起高卢派运动,支持法王享有教会之上的俗世权利。1682 年,波舒哀草拟著名的《四条款声明》(Déclaration des quatre articles),本意乃是要调和路易十四与教宗冲突的姿态,不料适得其反。《四条款》集中再现《论普遍历史》的思想理念。拉辛的诗剧既受波舒哀圣史观念的影响,不可能不带一丝现实痕迹。④

以上三种假说均无定论。众说纷纭为《亚他利雅》再遮一层神秘的轻纱。无论如何,作为"依据圣经改编的悲剧",《亚他利雅》自觉依

① 拉辛初入文坛曾与波尔-罗亚尔修院导师公开论战,参看拙文《法国十七世纪古今之争中的拉辛》,收入《外国文学评论》,2018 年第 2 期。

② Raymond Picard, *Nouveau corpus racinianum*, Paris: Edition de CNRS, 1976, p. 273.

③ Jean Orchibal, *La Genèse d'Esther et d'Athalie*, Vrin, 1950; Raymond Picard, *La Carrière de Jean Racine*, Gallimard, 1961, pp. 417–422.

④ 参看雷努姆,《波舒哀的论普遍历史》,收入刘小枫编,《从普遍历史到历史主义》,北京:华夏出版社,2017 年,页 237–269。

循"圣史"和"肃剧"两种书写传统，自然也表现出这两种传统的冲突张力。诗人笔下有大胆严肃的政治问题，有暴力恐怖的故事情节，有深刻残酷的人性刻画。对于圣西尔女学生而言，这无疑是太危险的学习剧目。自1791年起，曼特农夫人更改修院教学理念，从此不再对外开放学生演出。路易十四终生未撤销禁止专业剧团演出的诏令。拉辛在有生之年无缘亲见最后一部诗剧正式演出。如是艰难暧昧的问世过程，大约诗人也始料未及。与《以斯帖》的盛况相比，只能说此一时彼一时也。

《亚他利雅》之后，拉辛重归史官本职，未再有文学创作，唯应曼特农夫人之托写过若干圣歌（Cantiques spirituels，1694）。拉辛生前最后几年继续见证路易十四治下法国文坛的沉浮变迁。1694年，古今之争的两派主将布瓦洛和佩罗在法兰西学院当众和解。1695年，费奈隆与波舒哀就"寂静主义"灵修神学掀起新一轮论战。拉辛于1699年去世。同一年，在论战中败北的费奈隆出版《特勒马科斯历险记》，因书中批评路易十四的政治而失宠。这多少让人想到拉辛之子的一段回忆。据说拉辛晚年上书谏言，提出长年征战致使国困民穷，怎奈龙颜大怒："他懂得写好诗就什么都懂吗？他是个大诗人就想当大臣吗？"（OC1，页1191-1192）

路易十四晚年深患无后，长子法兰西路易卒于1711年，长孙勃艮第公爵卒于1712年。太阳王于1715年驾崩时，仅余一个五岁的曾孙路易十五，与约阿施年龄相仿，堪称法兰西家族"仅存的珍贵血脉"。新政权未顾及尚在世的曼特农夫人，于次年解除《亚他利雅》的禁演令，颇有另一番耐人寻味的新意象。1716年3月法兰西喜剧院在巴黎公演，到场者中有年方二十的伏尔泰。半个世纪后，伏尔泰念念不忘当年盛况，将此剧奉为历代法语悲剧的亚军之作（仅次于同系拉辛的《伊菲革涅亚》）。[1]

历史的机缘巧合如一出好戏，大约可充作谜般的《亚他利雅》的一个注脚。

本文系国家社科基金一般项目"法国现代戏剧与古希腊传统研究"（16BWW070）。

---

① Voltaire, *Dictionnaire philosophique*, tome 1, pp. 405-414.

何谓"恨世者"

莫里哀的《恨世者》与卢梭《论剧院》的信

贺方婴 *

（中国社科院外文所）

摘　要： 卢梭撰写《致达朗贝尔论剧院的信》（1758 年）时，法国的绝对王权政制已显衰相，王国内部危机重重。在这一政治语境中，启蒙文人的戏剧开始占据巴黎的戏剧舞台，剧院成为启蒙智识人宣讲启蒙思想最有力的场所。在这封长篇公开信中，借反对启蒙派提议在日内瓦共和国建一座剧院为契机，尤其是借评论喜剧前辈莫里哀的《恨世者》，卢梭严厉针砭启蒙戏剧。本文围绕何谓"恨世者"这一政治哲学问题展开论述，呈现启蒙戏剧论战的复杂性，以及论战背后的思想史脉络和政制歧见之争。

关键词： 卢梭　莫里哀　《恨世者》　喜剧　启蒙戏剧

> 他迁就时代的尺寸，却没有把自己封锁在时代里面。①

1666 年春天，莫里哀仅用了一个月就完成了法兰西最伟大的喜剧《恨世者》（ *Le Misanthrope：ou l' Atrabilaire amoureux* ，又名《恼怒的恋人》），②这部喜剧被后人视为莫里哀最重要的作品，更是以"《恨世者》的作者"称谓他。

莫里哀创作这部喜剧作品时，他的个人生活正陷入内外交困的艰难

---

*　作者简介：贺方婴，广东吴川人，中国社会科学院外国文学研究所副研究员，主要从事西方政治哲学、古希腊-罗马文学研究。

①　［法］圣勃夫，《莫里哀》，收入《圣勃夫文学批评文选》，范希衡译，南京：南京大学出版社，2016 年，页 213。

②　本文所引《恨世者》中译采用赵少候/王了一译，《莫里哀喜剧选》（三册），北京：人民文学出版社，1981 年，凡有改动，根据全集本 *Oeuvres De Molière* ，Arthur Desfeuilles ed. Nabu Press, 2010。

处境。两年前,《伪君子》前三幕刚在路易十四(1638—1715)的凡尔赛宫上演,就迫于教会当局的强大压力,被法王路易十四宣布禁演,风头正劲的莫里哀剧团受到沉重打击。紧接着,莫里哀的婚姻生活也出现裂痕,年轻的妻子阿尔曼达(Armande Béjart,1640—1700)是剧团首席女演员,与莫里哀在生活中已经形同陌路,在舞台上的别扭难免日益加深。

有研究者认为,莫里哀写作《恨世者》是为了发泄自己的郁闷,尤其是他还亲自出演了男主角阿尔赛斯特(Alceste),阿尔曼达则饰演有众多追求者的交际花色丽曼娜(Célimène),似乎要通过舞台表演来报复变心的妻子。

值得一提的是,卢梭在1758年发表的那封著名的公开信《卢梭致达朗贝尔论剧院的信》(Lettre à d'Alembert,简称《论剧院》),不惜以大量篇幅讨论莫里哀的《恨世者》。据卢梭自己在《忏悔录》中记述,他当时正卷入一桩让他痛苦不已的社交纠葛,生活也处于艰难之中。①

事情的缘由是:两年前,卢梭就因为嫌恶巴黎上流社会的浮夸与虚伪,专门避居在巴黎远郊的蒙莫朗西退隐庐(l'Ermitage de Montmorency),过起更符合他天性的乡村生活。正是在这里卢梭结识了房主埃皮奈夫人(Mme d'Epinay)的小姑子,年轻美丽的乌德托夫人(Mme Sophie d'Houdetot),这位聪慧夫人与卢梭性情相投,给他的隐居生活带来很多欣喜。他谋划与乌德托夫妇结成志趣共同体,实验一种微型的生活乌托邦……②这一秘密计划,卢梭仅对老友狄德罗(Denis Diderot,1713—

① 本文采用的《论剧院》版本是卢梭于1762年亲自修订,由卢梭好友阿姆斯特丹出版商雷伊(Marc Michel Rey)出版的第三版,卢梭的改动都保留在注释中,收入 J. J. Rousseau, *Œuvres Complètes*, Gallimard, 1995(简称OC.)。中译依据卢梭,《论戏剧》,王子野译,北京:生活·读书·新知三联书店,1994(简称王本);凡有改动,依据法文版 J. J. Rousseau, *Lettre à d'Alembert sur les spectacles*, éd. par Marc Buffat, Paris G/F 2003(简称[M. B.]); *Discourssur les sciences et les arts*, *Lettre à d'Alembert sur les spectacles*; éd. par Jean Varloot, Gallimard, 1987(简称[J. V.]);参考李平沤译本,北京:商务印书馆,2011(简称李本)。

② 凯利将这种"三人共同体"视为卢梭关于家庭联合体的试验,是卢梭继与华伦夫人及情人结成的三人共同体的后续。基于德性与教育品质的信任,卢梭对乌德托夫妇有更高的期待。这种"小圈子的方案"是卢梭为期待保全自然天性的文明人所提供的次好生活方案之一。相关论述见氏著《卢梭的榜样人生:作为政治哲学的〈忏悔录〉》,黄群等译,北京:华夏出版社,2009年,页173-175。

1784)私下倾吐过,未料很快就传遍了整个巴黎沙龙圈。一时间圈内人议论纷纷,迫于舆论和家庭的压力,乌德托夫妇开始疏远卢梭,最终断交。①

卢梭怀疑狄德罗把他的私事变成了启蒙文人沙龙圈中的谈资,十分恼火。1769 年卢梭在《忏悔录》第 9 卷中详细记述了这一事件,当时狄德罗等友人们借这事在巴黎说他归隐乡村不过是为了哗众取宠,博取情人的爱慕。时隔 11 年,卢梭仍对此事件感到愤懑,称之为"我命运的大剧变"(la grande révolution de ma destinée)。②

沉浸在回忆中的卢梭仍对狄德罗的背叛愤怒不已,甚至夸张地斥之为启蒙阵营的阴谋。这一时期的卢梭陷入了阴谋论的猜疑当中,③事隔 11 年,卢梭在《忏悔录》悲愤地发表了"恨世者"式的宣言:

> 虽然我在欧洲已经享有盛名,我还是保持了我最初喜好的那种质朴(la simplicité)。我对一切什么党啊、派系啊、阴谋啊憎恨至极。这种憎恨维系了我的自由和独立,除了心灵有种种依恋之外,我没有其他锁链。孤身,独处异乡,与世隔绝,既无依靠,又无家庭,只坚持我的原则和义务(mes principes et mes devoirs)。所以,我勇往直前,绝不奉承,但也绝不宽容(ménageant)任何人,持守正义(la justice)与真理(la vérité)。两年来,我退隐孤寂,不通消息,断绝世务,对一切外事既无所闻知,也绝无好奇之心。我住在离巴黎约四里的地方,远离京城,要不是我的疏忽,我本该隔海住在提尼安岛(l'île de Tinian)。④

憎恨、孤独、正直——这是卢梭自我描述的三个关键词,恰恰也是莫里哀笔下恨世者的性格特征。于是有学者认为,卢梭在《论剧院》中用大段篇幅讨论莫里哀的《恨世者》,为的是公开驳斥狄德罗对他的指

① 卢梭,《忏悔录》,范希衡译,徐继曾校,北京:商务印书馆,1997,页 587(凡译文据 OC. 本修订,不一一注明)。

② 卢梭,《忏悔录》,前揭,页 587。

③ 卢梭对启蒙阵营的阴谋论的揭示,往往被研究者视为作者本人的精神病症候,详见卢梭研究专家 Jean Starobinski, *Jean-Jacques Rousseau: La Transparence et l'obstacle suivi de septessais sur Rousseau*, Paris: Gallimard, 1971, pp. 430-444。

④ 卢梭,《忏悔录》,前揭,页 607-608。

责:离群索居的孤独者是一种恶。另一方面,他也借此攻击启蒙文人圈,与曾经的战友们公开决裂,用他的话说:要与自己曾经的"阿里斯塔库斯"永别。

阿里斯塔库斯(Aristarchus of Samos,公元前 310—230 年)是亚历山大时期著名的语法学家,曾修订过荷马史诗,以为人正直、作风严谨而著称。卢梭在《论剧院》前言中曾把狄德罗比作阿里斯塔库斯,似乎夸他为人正直、作风严谨。但是,卢梭紧着又引用《教士书》中的一段话,正式宣告了他与狄德罗的决裂。①

无论莫里哀的《恨世者》还是卢梭《论剧院》中对《恨世者》的评议,究竟与他们的个人生活事件有怎样的关联,其实很难说清。何况,大作家的作品中即便有私人生活的痕迹,也丝毫不会减低文本的思想论题本身的严肃性和重要性。《论剧院》与《恨世者》相隔近一个世纪,这与卢梭同启蒙阵营决裂究竟有什么联系,并不是那么简单事情。单单《恨世者》这个名称就让人难免产生联想:这不是在任何政治共同体中都可以见到的一种类型的人吗?

卢梭身处的时代与莫里哀的时代已大不相同:莫里哀身处法国的绝对王权政制时期,而卢梭的时代,启蒙智识人似乎成了真正强势的国王。但是,在两种不同的政治语境中,"恨世者"的含义难道没有什么变化? 如果"恨世者"算得上一种灵魂类型,那么,这种心性品质在不同的政治语境中会有什么差异吗?

由此来看,《论剧院》不仅仅是在讨论如今所谓文艺理论或戏剧理论问题,而是在探讨一个政治哲学问题:何谓"恨世者"? 让我们先回到莫里哀的喜剧,看看他笔下的恨世者到底是个什么样的人。

一　莫里哀笔下的"恨世者"是谁

莫里哀身处的时代,教权与王权的关系非常紧张。② 法兰西王国的教会当局对于莫里哀的喜剧《伪君子》恨之入骨,因为,主教们认为"伪君子"是在讥讽教士。法王路易十四虽然喜爱莫里哀的喜剧,但迫

---

① 　见《论戏剧》,王子野译,前揭,页 7。
② 　参见特雷休尔,《黎塞留与马萨林》,赵立行译,上海:上海译文出版社,2003,页 19。

于教会压力只得禁演了《伪君子》。与此同时,国王又公开宣布,自己是莫里哀长子的教父,以示与这位喜剧诗人有特别的君臣关系,似乎要以此表明王权未必完全屈从于教权。[1]

有了国王撑腰,莫里哀随即写下了《恨世者》。

《恨世者》讲述了一位愤世嫉俗的贵族青年的故事:他不慎陷入一场多角恋爱,由于心直口快惹恼了一位情敌,为此吃上官司。最后虽然在朋友帮助下识穿情人的骗局,却心灰意冷地想要避世乡野。这位贵族青年名叫阿尔赛斯特,字面意思是"强悍或大胆的"。[2] 这家伙言辞辛辣、犀利,难免让人觉得是作者趁机讽刺路易十四时代的上层贵族圈子。换言之,如果说《伪君子》的讽刺对象是教会,《恨世者》的讽刺对象就是法国贵族。

明明路易十四暗中力挺莫里哀批评教会,这位喜剧诗人何以会转而讽刺贵族?原因很简单,要建立绝对王权政制,必须同时管住教会和贵族这两大封建制度的支柱。[3] 在路易十四亲政时期,法国社会中的第一等级是教士阶层,第二等级是贵族阶层,它们共同构成了社会中的特权阶级:

> 特权阶级只占全人口的极少数,法兰西的两千五百万人口中,贵族的人数不超过 15 万,教士的人数不超过 13 万,差不多每百人中只有一个特权阶级。[4]

特权阶级掌控着法兰西绝大部分的财富,据说,

> 法兰西全国之财富,有三分之一归教会所有,收入有二分之一,资本有三分之二,握于基督教会之手。(同上,页 352)

---

[1] 布尔加科夫,《莫里哀生先生传》,译者,杭州:浙江文艺出版社,2017,页 155。

[2] *The Cambridge Companion to Moliere*, ed. by David Bradby, Andrew Calder, Cambridge University Press, 2006, p358.

[3] 比较埃贝尔/萨尔芒,《枫丹白露宫:千年法国史》,程水英译,上海:上海社会科学院出版社,2019,第五章"太阳王在枫丹白露宫"。

[4] 海斯,《近世欧洲政治社会史》(上、下卷),黄慎之译,杨积讯,胡小纯勘校,何勤华主编,北京:中国政法大学出版社,2007,页 351。

　　这些少数人一方面享受着国家给予的特供和福利，另一方面却不肯承担相应的责任和义务。与前朝相比，路易十四时代的贵族们"更加怠惰、更奢侈、更好娱乐，中产阶级就更自私、专注于他们自己的阶级利益，广大农户则因为沉重的赋税，生活悲苦"（同上，页201）。对于立志"在法国建立一个让欧洲肃然起敬的绝对君主制"的年轻君主路易十四而言，[1]凡此都是亟待整治的乱象。由此来看，莫里哀讽刺贵族的喜剧作品很可能掺入了君王的授意。

法兰西的"时代病"

　　路易十四亲政之初，国家治权其实掌握在王家总管柯尔伯（Jean-Baptiste Colbert, 1619—1683）的手里。[2] 精明的柯尔伯极其推崇路易十三朝的宰相、枢机主教黎塞留（1585—1642）的治国方略，继续推进黎塞留要建立"强大的中央集权化的文化机构"的遗训（同上，页247），重视王国的文教建设，推行戏剧改革，重组巴黎的戏剧团体，还积极扶持黎塞留创立的"法语研究院"和"绘画与雕塑研究院"。[3]

　　到了莫里哀的时代，这两个研究院成了吹捧君主的御用机构。路易十四25岁那年（1663年3月），柯尔伯建议君王向学人和文人发放"赏金"，"把所有的文化活动置于王权的控制之下，以便更好地颂扬国王"，在法国文人中开启了阿谀逢迎之风。[4]

　　在这样的历史语境中，莫里哀创作了《恨世者》。他的戏剧风格发生了明显的变化，即抛弃了惯用的搞笑桥段。在出演主人公阿尔赛斯特时，莫里哀特意刮去了他那长期以来被视为滑稽标志的大黑胡子。总之，这是一个全新的舞台形象。[5]

　　显然，我们不能仅仅看到这些所谓艺术表现风格上的变化，就忽视《恨世者》主题的复杂性，以及莫里哀喜剧的政治哲学品质。无论是《吝啬人》（*L'Avare*）、《伪君子》抑或《恨世者》、《无病呻吟》（*Le Malade-*

---

① 米盖尔，《法国史》，蔡鸿滨等译，北京：商务印书馆，1985，页195。

② 列维，《路易十四》，陈文海译，上海：人民出版社，2011，页243。

③ 列维，《路易十四》，前揭，页249。

④ 列维，《路易十四》，前揭，页252-255。

⑤ Molière, *The Misanthrope*, *Tartuffe*, *and Other Plays*, note and trans. by Maya Slater, Oxford University Press, 2008, p. xx.

imaginaire），莫里哀在这类剧作的标题上就已经表明，他非常关注人性中的负面政治品性。问题在于，莫里哀为什么要在舞台上展现这类人性品性？既然莫里哀以及高乃依、拉辛等剧作家都是领受国王"赏金"的御用文人。

有研究者认为，莫里哀的喜剧揭示了"一个僭主式权力关系的世界"（a world of tyrannical power-relationships），"他对 17 世纪中叶法国上流社会的某些方面的讽刺是如此准确，以至于他的同时代人竭力阻止他的部分戏剧不能在舞台上演"。① 倘若如此，我们就值得问：谁拥有"僭主式的权力"（tyrannical power）？似乎教会、贵族乃至路易十四都可装进这个概念里。

一个作家之所以伟大，首先在于他所关注的时代问题总是与人世中的根本政治问题相关。可见，即便从君主那里领赏钱，奉旨写喜剧，也丝毫不妨碍莫里哀在作品中针砭当朝乱象。况且他一直有意识地在作品中探究人性的诸种性质，以至于他显得像是思考政治哲学问题的诗人。②

情形是否如此，让我们通过看莫里哀笔下的"恨世者"形象来做出回答。首先我们值得问：在王权与教权的紧张时期，莫里哀笔下为何会出现这样一个贵族人物？

"我愿你做个诚实的人"

《恨世者》的标题 misanthrope 是个古希腊语词，由 μῖσος［恨］与 ἄνθρωπος［世人］复合而成。据研究者考证，这个词最早见于罗马帝国初期著名的希腊语作家路吉阿诺斯（Lucianus Samosatensis, 125–180）笔下的喜剧《提蒙或恨世者》（*Timon, or The Misanthrope*）。路吉阿诺斯虽然生活在罗马帝国时代，但他有意用纯正的古典希腊语创作，模仿阿里斯托芬和柏拉图，以对话人物的论辩性言辞推进故事情节。③ 莫里

---

① *The Cambridge Companion to Moliere*, ed. by David Brad by, Andrew Calder, Cambridge University Press, 2006, p. xiii.

② 参见拙文《莫里哀的"伪君子"与卢梭式的启蒙：近代法国两次国家转型时期的诗学问题》，《国外文学》，2018 年第 4 期。

③ 安德森，《第二代智术师：罗马帝国早期的文化现象》，罗卫平译，北京：华夏出版社，2011。

哀的《恨世者》剧名使用希腊文，至少表明他熟悉古典作品。事实上，莫里哀在中学时就热爱古希腊-罗马经典作家的作品，尤其爱读路吉阿诺斯。

在路吉阿诺斯的诸多作品中，《提蒙》显得"最为夺目"，它形象地刻画了伯利克勒斯时代的一个小人物提蒙，由于被朋友们骗了钱，他变成了一个恨世者。通篇对话看起来都在插科打诨，其实，路吉阿诺斯关注的是一个严肃的政治哲学话题，即如何看待财富。① 文艺复兴时期伟大的荷兰古典学者伊拉斯谟（Erasmus，1466—1536）在书中曾记载过提蒙的一则传闻。有人问雅典人提蒙为何对所有人都充满仇恨时，提蒙回答说："我当然憎恨恶棍，同时也恨那些不恨恶棍的人。"有研究者指出阿尔赛斯特在第一幕第一场（行262）中的一句台词正是出自伊斯拉谟记述的这则典故。②

当然，莫里哀与路吉阿诺斯身处不同的政治语境，两个时代的"恨世者"必然差异很大。莫里哀的创作时期是法国绝对王权崛起的重要时刻，国力正处于上升阶段。③ 我们很难想象，他要为剧场包厢里的治国者们奉上一个什么样的恨世者。

《恨世者》全剧共5幕（29场），主要人物有4位，次要人物有3位，主人公阿尔赛斯特能否识破交际女郎色丽曼纳（Célimène）的虚假爱情，成为全剧的悬念或戏剧的推动力。

戏一开场，莫里哀就让台下观众首先看到一场激烈的争吵，贵族青年阿尔赛斯特与他的友伴菲林特（Philinte）就做人是否应该率真展开了一场激辩。"Philinte"一词出自古希腊语 philia，字面意思是"友善的"。果然人如其名，菲林特在莫里哀笔下向来是温和、理智的代表，他还出现在莫里哀的另一部喜剧《太太学堂》中。在《恨世者》这部戏

---

① Lucian, *Selected Dialogues*, trans. with and introduction and notes by Desmond Costa, New York: Oxford University Press, 2005, p26.

② Molière, *The Misanthrope*, *Tartuffe*, *and Other Plays*, note and trans. by Maya Slater, Oxford University Press, 2008, p359.

③ 按沃格林所言，这一时期国王的权力是整个欧洲的问题，法国率先成为民族王权的典范，成为自立自足的主权国家的典范的原因是多方面的。但是东、西两个帝国在法国王室的手上统一，则是法兰西几代治国者的梦想。见沃格林，《政治观念史稿（卷三）：中世纪晚期》，段保良译，上海：华东师范大学出版社，2019，页58-63。

里,他与友人阿尔赛斯特在对待人世的看法上形成尖锐的对立。阿尔赛斯特看不惯菲林特的"老好人"做派,不分好赖地对谁都友好宽容。在阿尔赛斯特看来,不辨好坏对错逢人就夸是虚伪,实在有损他们的共同信念和友谊。阿尔赛斯特不屑于上流社会的繁缛礼仪,奉迎谄媚,只求自己的率真。在《恨世者》的开场戏中,他嚷嚷着要跟菲林特绝交:

> 我愿你做个诚实人,不是真正从心眼里出来的话一句也不说,这才不失为正人君子!(《恨》第一幕第一场,行29-30)

在菲林特看来,阿尔赛斯特的愤怒显得矫情,是不懂得上层交往世故的孩子气。他反驳说,与人交往得以礼相待,对热情的拥抱就应该回以同样热情的拥抱。不过,菲林特没有理会阿尔赛斯特批评的要害,即是否应该做诚实人。莫里哀让我们看到阿尔赛斯身上特有率真的天性,他没办法扭曲自己天性来适应上层社会的社交规则,莫里哀斥之为"时代病"。舞台上,恨世者面对台下那群身份显赫的特殊观众,疾呼自己最痛恨那种号称宽容一切人、对所有人都友爱的态度,理由是一个人绝不可能爱上所有的人。让笔者好奇的是,面对台上恨世者的呐喊,台下有谁会是他的同路人呢?

激愤之下,阿尔赛斯特口不择言,他刻薄地把菲林特式虚伪态度斥为"娼妓式的尊敬"(une estime prostituée,行54):

> 如果有人把我们跟全世界的人都混在一起对待,最光荣的尊敬也就分文不值了,无论这个人的尊敬心是根据什么偏爱滋生的。他尊敬任何人,其实就是对任何人都不尊敬。既然你也染上这些时代病(ces vices du temps),你就不能再做我的朋友了,我不能接受那种对个人才德不加任何区别的广泛的情谊。我要你把我跟别人区分开来,干脆说吧,谁把所有的人都当作朋友看待,我就不喜欢这样的人。(《恨世者》,第一幕第一场,行54-64)

阿尔赛斯特的这番话看来有三层意思:第一,"有人把我们跟全世界的人都混在一起",这里的"我们"指谁,"有人"又指谁? 令人费解!第二,"你也染上这些时代病"当指"把我们跟全世界的人都混在一起"是这个时代的病症,听起来像是在攻击所谓的类似"人道主义"的信念或基督教的泛爱;第三,他拒绝"对个人才德不加任何区别",看起来像是一种古典式的哲人德性。

由此看来,菲林特与阿尔赛斯特的分歧并非在于是否要顺应社会现实。毋宁说,莫里哀通过探察他那个时代的病症,让我们看到的是何谓朋友这个颇为古典的论题——个人才德相同才会是朋友——在近代发生的变异。颇有古典心性的阿尔赛斯特认为,"我们"应该是一个有才德之人的共同体,既然"我们"有才德,就不应该"跟全世界的人都混在一起"。既然友人菲林特是"我们"中的一员,他就不应该不加区分地与所有人交友。阿尔赛斯特的逻辑与雅典提蒙一致:世道人心发生了变化,本应对"时代病"保持警惕哲人族不仅麻木不仁,反而推波助澜,拉低了整个哲人族的品质。这逼得提蒙、阿尔赛斯特这类少数头脑清明的人只得既痛恨患上时代病的多数人,又痛恨姑息养奸的少数人,最终痛恨整个人类。因为他们在自己时代找不到一个同路人。

问题在于,如果在阿尔赛斯特看来,有才德之人"跟全世界的人都混在一起"是一种"时代病",那么,这个才德之人的共同体就出现了分歧,这意味着什么呢?

"你这哲人式的忧伤呵!"

对于阿尔赛斯特的指责,菲林特不以为然地反驳说,他这种不看场合的坦直非常可笑,也不现实。有必要在"有些时候把心里的话隐藏起来"。这意味着,菲林特其实并没有真的让自己"跟全世界的人都混在一起"。换言之,正因为世上有各种各样的人,"我们"才需要用一套彬彬有礼的外观来隐藏自己。譬如,我们没必要对某个自己很讨厌的人直接表达自己的厌恶之情,面对一个韶华远逝的老妇,斥责其不该涂脂抹粉,有什么必要啊!

对于朋友的辩解,阿尔赛斯特颇不以为然。他坚持认为,任何情况下都应该说真话,哪怕这些话会得罪人。阿尔赛斯特这番话很可能会引来台下观众一片笑声,因为他的过分率真在生活中行不通。有时候,真话犹如一把锋利的刀,谁会怀揣一把脱了鞘的刀呢?

尽管如此,台下的观众未必能理解两位朋友为此起口角的真正原因。菲林特当即表示不能接受朋友的观点,质疑他是不是在开玩笑。阿尔赛斯特没有理会菲林特质疑,也不关心台下观众的反应。他继续痛心地说:

　　我一点也不开玩笑,在这点上我是谁也不会放过。我的眼睛实在看不惯;无论在宫里或在城里,所见所闻全都是惹我恼火的事;我看见了那些人的处世方式,我就感觉非常悲观,万分痛苦;我到处只看见卑污的谄媚、不公、自私、卖友与奸诈;我真忍受不了,我要发狂了,我计划要和全人类正面打一场。(《恨世者》,第一幕,第一场,行89-96)

　　莫里哀刻画的到底是怎样一位贵族青年呢? 我们值得注意到,他说的是"无论在宫里或在城里",通过这段戏白,我们大致可推测,这是一位出生贵族阶层,却又拒绝贵族生活礼仪的青年人。社交场合的一切行为都让他感到虚伪和造作。这意味着,似乎他要回归自然,过上合乎天性的生活才能平复他的愤懑,但他又说自己"要和全人类(tout le gengre humain)正面打一场"。莫里哀一定能料想得到,凡尔赛宫的小剧场里,正在看戏的观众中有路易十四、孔蒂亲王等权贵大臣。在恨世者阿尔赛斯特的面具之下,舞台上的莫里哀似乎要把这腔怒火引向王宫和城里,直斥他目之所及的丑恶和不义。

　　这时,面对阿尔赛斯特的忿然,菲林特说了一句让今天的我们应该感到纳闷的话:他说,阿尔赛斯特身上的"这种哲人式的忧伤(ce chagrin philosophe)未免太过分了"(行98)。如此说来,阿尔赛斯特是"哲人",前面所说的"我们"指"哲人"共同体?

　　奇妙的是,菲林特也承认,自己的冷静与阿尔赛斯特的恼怒同样具有"哲学意味",尽管这个语词到后来(行166处)才出现:mon flegme est philosophe, au tant que votre bile[我的冷静与你的恼怒同样有哲学意味]。换言之,第一场戏演到一半时,观众这才恍悟,菲林特口中的"我们"的确是指向哲人族。而阿尔赛斯特与菲林特分别代表着两类哲人,无论是个人性情,抑或哲学品质方面均差异很大,然而,莫里哀却偏偏把这两类品质迥异的哲人设计成一对生活中的好友,这多有喜剧效果! 卢梭难道不是从阿尔赛斯特与菲林特身上看到了他与狄德罗的影子?!

　　看来,阿尔赛斯特的愤怒指向哲人族:"我们"这些具有"哲人式忧伤"的人原本应追求率真的生活,如今却与这个现世的虚伪造作的生活妥协,放弃了哲人高贵的品性。同属哲人族的菲林特却并不这样认为,他并不觉得这是一种妥协,而是一种实践性的明智。这样一来,面对阿尔赛斯特的愤怒,菲林特自觉承担了为哲人生活辩护的角色。

倘若如此,我们可以说,哲人也有个体性情差异:阿尔赛斯特的性情像柏拉图对话《斐德若》中拉着灵魂马车的那匹黑马,暴躁易怒;菲林特的性情则像另外那匹温和沉稳的白马。显然,阿尔赛斯特这种哲人为了持守自己对率真的信念很容易与文明社会决裂,内心涌起革命的激情。由此可以理解,在他看来,菲林特放弃了哲人的品性和行动原则,是染上了"时代病",自觉趋近低俗和平庸。

菲林特则有自己的理由,他劝阿尔赛斯特对现世不要过于苛求,更无须心怀忿怒。理由是世人非但不会因"哲人的忧伤"而改变,反而会把率真的阿尔赛斯特视为怪物。反之,一味说真话也会让世人的生活变得艰难。阿尔赛斯特听了菲林特的话更为生气,对世人生活会因哲人的率真之言而变得艰难,他反驳说:

> 那才好呢,活该! 那才好呢,我正要他们那样。那才是一个好的标志。我反而要觉得十分高兴:所有人在我看来是如此卑鄙(odieux),我如果成为他们眼中的智者(sage),我倒要不痛快呢!(行108-111)

阿尔赛斯特说的是"所有人",莫里哀让我们看到,有"哲人的忧伤"之人会与"所有人"作对,因为他们活得不率真——这就是"恨世者"。菲林特与阿尔赛斯特一样有"哲人的忧伤",但他并不因此与"所有人"作对。在阿尔赛斯特眼里,这无异于与世人同流合污。令人费解的是,阿尔赛斯特为何会把菲林特的行为方式视为"时代病"? 难道以前有"哲人的忧伤"之人并非如此,现在却道德败坏了?

面对阿尔赛斯特的愤怒,菲林特禁不住问阿尔赛斯特:"你这么痛恶人性啊!?"(行112)阿尔赛斯特回答得很决绝:

> 是的,我对世人憎恨到了极点!(行113)

现在我们可以理解,卢梭为何会在《论剧院》中用大量篇幅讨论莫里哀笔下的"恨世者"。且不谈他与狄德罗之间的瓜葛,以及他与乌德托夫妇的友谊在他自己看来是一种率真的表现,就凭莫里哀笔下的这些言辞,他也会有兴趣大谈特谈一番。

谁是真正的"恨世者"

要做率真人的阿尔赛斯特却爱上了虚伪造作的交际女郎,这令菲林特感到困惑:这怎么可能呢? 要么他宣称的率真是虚伪,要么他没有认识到色丽曼纳是个虚伪的女人。菲林特忍不住问阿尔赛斯特,你"这位痛恶时下风尚的诚实人"怎么会爱上"生性搔首弄姿,爱诽谤他人"的女人? 你身边不是一直有个深情质朴的女孩爱丽央特吗?

看来,阿尔赛斯特缺乏辨识人的伦理品质的能力。问题是,要看出色丽曼娜生性轻浮并不需要特别的辨识能力,这个浪荡女人在男人中周旋,假装深情专一,好让男人们都对她死心塌地。阿尔赛斯特就是众多追求者之一,他却以为自己独得了色丽曼娜的爱情——阿尔赛斯特究竟怎么啦?

尤其让人感到奇怪的是,阿尔赛斯特这位"恨世者(mis-anthrope)恨不得遁逃到乡村去"(第五幕第八场),而他迷上的色丽曼娜偏偏喜欢在人世中像蝴蝶一样翩飞。这里的所谓"世人"(anthrope)指城市生活,所以阿尔赛斯特"恨不得遁逃到乡村去",是一种对自我的不真诚。倘若他灵魂中有逃避浮华热闹的希冀,那他就不会爱上一个迷恋交际的女人。

菲林特苦口婆心地劝阿尔赛斯特,应该去爱色丽曼娜的表妹爱丽央特,因为这女孩天性质朴真挚,而且钟情于阿尔赛斯特。然而阿尔赛斯特执迷不悟,当色丽曼娜的假面具偶然被揭穿后,他居然宁可被色丽曼娜继续欺瞒,也不愿正视真相。

从《恨世者》的结局来看,莫里哀笔下的阿尔赛斯特才是真正的伪善之人,而他攻击的伪善之人菲林特反倒不是。现在我们更能理解,卢梭为何会在《论剧院》中大谈"恨世者"。因为,阿尔赛斯特是假"恨世者",菲特林才是真正的"恨世者",而假的"恨世者"却说真的"恨世者"虚伪。毕竟,卢梭早在 7 年前就因《论科学和文艺》而得了"恨世者"之名。

当然,阿尔赛斯特与色丽曼娜及其表妹爱丽央特之间的关系,也让卢梭看到了为自己与乌德托夫妇的关系辩诬的契机。

二 理解卢梭的"恨世者"为何很难

1751 年,卢梭发表了名噪一时的《论科学和文艺》,这篇言辞犀利、具有演说风格的获奖征文让卢梭显得是个"恨世者"。一个有趣的问题浮现出来了:在莫里哀笔下,"恨世者"有真假之分。如果卢梭的社会形象是"恨世者",而他的老友狄德罗又散布言论说他跑去乡下生活不应该,那么,他在启蒙文人圈里岂不就是阿尔赛斯特那样的假"恨世者"?由此来看《论剧院》中讨论《恨世者》的段落(长达 28 个自然段),让人觉得充满陷阱,要把握卢梭言辞的真实意图非常困难。

卢梭《忏悔录》中的恨世者

在卢梭的自我描述中,他的确曾以"恨世者"(Misanthrope)自居。我们不妨看看《忏悔录》中的一段言辞:

> 我的羞涩既出于害怕失礼,我就决心去践踏礼俗,使我的胆子壮起来。害羞使我愤世嫉俗与尖酸刻薄(cynique et caustique);我不懂得礼节,就装作蔑视礼节。这种与我的新生活原则合拍的粗鲁在我的灵魂里成了一种高尚的东西,化为无所畏惧的德性。而且我敢说,正因为它有这样庄严的基础,所以我这种粗鲁的态度,本来是极端违背本性的一种努力做作,竟能维持得出人意料之外地好和长久。①

我们不能忘记:《忏悔录》是文学写作,并非基督徒奥古斯都或托尔斯泰那样的忏悔,在这部与《论剧院》相隔 9 年的作品中,②卢梭尖锐地剖析自己的性情特征,让自己显得是个与生俱来的"恨世者",文辞颇为机巧:他说自己天性害羞的个人性情驱使他以一种违背自己天性的方式进入上层社会的社交圈"去践踏礼俗",显得像是"恨世者",但他又说这是自己的"极端违背本性的一种努力做作"——"我不懂得礼节,就装作蔑视礼节"。这岂不是说,他的"恨世者"姿态是装出来的?

倘若如此,我们就在莫里哀笔下"恨世者"之外看到了第三种"恨世者"的样式:阿尔赛斯特是真正的伪善之人,假的"恨世者",菲林特是真的"恨世者"但装得不是"恨世者",而卢梭则未必是真的"恨世

---

① 卢梭,《忏悔录》,,范毅衡译,徐继曾校,北京:商务印书馆,1986/1997,页 455。

② 凯利,《卢梭的榜样人生:作为政治哲学的〈忏悔录〉》,黄群译,北京:华夏出版社,2009,页 42 – 45。

者",但他却"做作"成"恨世者"。由此我们值得提出一个问题:卢梭眼中的"恨世者"与莫里哀笔下的"恨世者"是同一种心性品质吗?

如果我们考虑到卢梭在《论不平等》中刻画的自然人形象,那么我们更有理由说,这的确是个问题。倘若如此,更棘手的问题来了:卢梭故意在外表上标新立异,穿着打扮刻意与众不同,更像是一种做戏,但真正的自然人会这样做戏吗?如卢梭自己所言,他的反抗是一种"极端违背本性的努力做作"。问题是,卢梭生性害羞,本应低调避世,为什么他却要以标新立异的装扮引起更大的社交关注?

我们可以说,事情的起因都是由于当年那篇《论科学和文艺》惹的祸。卢梭生性害羞,不等于他看不到启蒙行动的问题。他以演戏的方式反启蒙行动,本来是为了避免"社会关注",未料不但没有为自己带来安静,反而惹来烦人的如今所谓"社会舆论"。所以,他在《忏悔录》中忍不住挖苦自己是"靠外表和几句妙语"享有了一种"恨世者"的名声,私下的生活"却毫无疑义地老是唱不好这个角色(personnage)"。①

随后,卢梭不得不继续在生活中扮演"恨世者",这意味着他的天性与"恨世者"并不相同,"恨世者"不过是卢梭的面具。问题在于,卢梭为何要继续戴上一副"恨世者"的面具?

由此来看,要把握卢梭在《论剧院》中对莫里哀的"恨世者"的评论更加困难。如果确如有的研究者所言,莫里哀在喜剧中描述"耿直的男人"(honnetes hommes)和"耿直的女人"(honnetes femmes)是意在提醒同时代的人,不应忽视诸如正义、审慎、节制和勇敢之类的基本德性,②那么,我们就很难理解卢梭在《论剧院》中对《恨世者》的评议。

要解决这个难题,我们只有注意细看卢梭的修辞,这意味着重新辨识"恨世者"的灵魂底色。

卢梭如何谈论"恨世者"

卢梭认为,与其说阿尔赛斯特是一个恨世者,毋宁说他不过是个"愤世嫉俗的人"(un homme emporté)。他出于对友人姑息罪恶、宣称友爱一切的愤慨,才一时冲动说出自己痛恨人类的气话。就本性而言,

---

① 卢梭,《忏悔录》,前揭,页455。
② Andrew Calder, *Moliere: The Theory and Practice of Comedy*, London: The Athlone Press, 1993, p.94.

阿尔赛斯特实际上对世人怀有深切的爱,正所谓爱之深,责之切,他非但不是恨世者,简直就是爱世人如爱其子。

卢梭随即用了一个比喻,他说正如父亲严厉管教孩子,是出于真挚的父爱和最深的关切,才会对自己淘气的孩子发火,至于别人家的孩子如何淘气顽皮,他都无动于衷。卢梭由此推断说,阿尔赛斯特的古怪脾气很符合人道,这个青年人痛恨的无非是"他那个时代的坏习俗和同代人的恶意(méchanceté)"。倘若这一切不存在了,那么阿尔赛斯特的仇恨也就会消失。

接下来,卢梭用了四个段落来论证阿尔赛斯特为何不是一个真正的恨世者。首先,在他看来,真正的恨世者应该是这样的:

> 真正的恨世者恰恰是那些并不像他那般思考的人,因为实际上,我不知道还有什么比与一切人为友更危险的人世敌人了,他们总是讨好所有人,不断地鼓动那些坏人,通过他们带罪的友善迎合那些肇始社会失序的邪恶。(第53段,页48)

这话说得非常含混:"真正的恨世者"会"思考",这意味着他不会"与一切人为友"。倘若如此,菲林特并非恨世者,阿尔赛斯特是真的恨世者,但卢梭又为何说"真正的恨世者恰恰是那些并不像他那般思考的人"?

但是,这段含混的说法中又透露出某种值得注意的东西,即卢梭认为,没有"比与一切人为友更危险的人类敌人了"。启蒙文人的领袖人物伏尔泰不就是在宣言一种爱一切人的人道主义教义吗?他并不区分人性的差异,即不区分常识所说的"好人"、"坏人"。这里出现的"思考的人"别有意味:启蒙友人看起来推崇"理性",其实并不"思考"。

看来,卢梭所谓"真正的恨世者"其实是启蒙文人,这些高举博爱、平等的人才是"危险的人世敌人",这与《论科学和文艺》中的立场完全一致。相比之下阿尔赛斯特至多是一个坏脾气的愤青,远非真正的恨世者。

这时,卢梭转而以虚拟的对话方式讨论"恨世者",即对一个虚拟的"你"说话。在先前谈到戏剧中的人性是否与现实的人性一致时([25],页29),卢梭曾用过这种虚拟的对话。在讨论过巴黎剧院中的悲剧和喜剧能否教化民众之后(相隔26个自然段),卢梭与"你"的虚拟对话再次出现。

卢梭以毋庸置疑的口气迫使对话者"你"同意如下两点:第一,阿尔赛斯特本质上"正直(droit)、诚实(sincère),配得上尊重",是个"真正的好人"(homme de bien)。第二,喜剧诗人莫里哀把他写成了一个滑稽可笑的人。这意味着,莫里哀错误地使用了"恨世者"这个名称。

在这场虚拟对话中,卢梭又引入第三个对话人物。他假设有人而非对话者("你"消失了)会反驳上述两点:其实莫里哀并非嘲笑阿尔赛斯特身上的自然美德,而是嘲笑他身上真正的缺点:恨世人(la haine des homme)。对此卢梭斩钉截铁地反驳说,阿尔赛斯特从不恨世人。这一刻的卢梭似乎在为自己申辩。他的理由是:真正的恨世者是世人的敌人,因为恨世人的行为是"对自然的败坏和最大的恶德"。

卢梭区分了 Misanthrope[恨世者]这个名称与真正的恨世人者之间的差异,并进而指出,尽管莫里哀的《恨世者》使用了 Misanthrope 这个语词作为剧名,由于他没有理解这个名称的真实含义,当他把阿尔赛斯特说成"恨世者"时,难免张冠李戴。

卢梭为何替阿尔赛斯特辩解

卢梭替阿尔赛斯特辩解,看起来是在替自己辩解:这个正派人痛恨"他那个时代的德性和他同代人的恶行(méchanceté)",恰恰表明了他对世人的友爱。卢梭似乎暗示,《论科学与艺术》和《论人类不平等的起源和基础》表明,他就是这样一个"正直(droit)、诚实(sincère),配得上尊重"的人。他痛恨科学与艺术的进步,乃因为这必然导致自然美德的丧失,社会伦理基础的崩塌,人与人之间为了私人利益陷入战争状态。

可是,自发表《论科学与艺术》和《论人类不平等的起源和基础》以来,卢梭一直备受争议,最著名的指责就是:卢梭仇恨一切人类文明,要让世人回到野蛮的原始社会。1755 年,伏尔泰在给卢梭的回信中曾经就《论科学与艺术》挖苦卢梭,说他试图让世人变回野兽,阅读他的书,只会让人想到四足爬行的社会。[①] 在同年出版的小说《老实人》(Candide)中,伏尔泰还借老实人憨第德(Candide)之口,讥讽卢梭的《论科

---

① 伏尔泰,《论科学与文明的进步致卢梭》,转引自塔伦泰尔,《书信中的伏尔泰》,沈占春译,吉林:吉林出版集团,2017,页 177。

学与艺术》中关于社会文明有悖于自然本性的观点。

面对这些訾议,卢梭毫不客气地在回信中说,只有上帝或魔鬼才会妄想让人倒退到爬行的生活状态。① 次年(1756),卢梭就离开巴黎,去到蒙莫朗西的隐庐(l' Ermitage de Montmorency),脱离了与启蒙友人的交往。

没过多久,巴黎的启蒙文人圈就开始把卢梭说成"恨世者"。1757 年 2 月,狄德罗发表了小说《私生子》(Le Fils naturel suivi des Entretiens sur le Fils naturel),其中出现了"只有恶人才孤独"这样的话。显然,对身处困境的卢梭来说,自己最亲密的思想挚友此举无疑是雪上加霜,够狠。在差不多同一时间(1757 年 2 月 26 日),伏尔泰在给他的英国友人的信中提到卢梭与休谟的争吵时说,"这个人我看是彻底疯掉了"。②

由此看来,1755 年至 1757 年初,启蒙友人圈里对卢梭的訾议因卢梭离开巴黎而升级,而仅仅一年后(1758),卢梭就发表了《卢梭致达朗贝尔论剧院的信》。

在 1755 年至 1762 年的一堆残稿中,我们可以看到这样一段话:

> 要表明我是什么人,我获得的比失去的更多。即使我想让自己有价值,我也被当成一个奇怪得人人都要夸大其词的人,而我只有听任公众的舆论:它比我自己的赞辞更好地为我效力。因此,只要询问我的私心,那么让别人谈论我将比自己谈论自己更机智。③

这段话虽然无法确定具体时间,但对我们理解《论剧院》中的"恨世者"论题不无启发。我们至少可以确定,卢梭对启蒙友人的訾议耿耿于怀,一直在想如何反击。可以设想,当《百科全书》第七卷出版时,卢梭从达朗贝尔的词条看到了反击机会:谈论戏剧是一个多么好的题目。因此,在《论剧院》中出现了对莫里哀的《恨世者》的批评,卢梭既可借恨世者之口为自己的哲人生活方式辩护,又可通过为他者辩护的

---

① 卢梭,《致伏尔泰先生(1755 年 9 月 10 日)》,见《卢梭自选书信集》,刘阳译,上海:译林出版社,1998,页 226。

② 塔伦泰尔,《书信中的伏尔泰》,沈占春译,前揭,页 241。

③ 卢梭,《我的自画像》,辑语 15,见《卢梭自选书信集》,前揭,页 47。

方式巧妙地摆脱自我辩护的角色。

另一方面，当卢梭指责莫里哀没有正确如实地刻画恨世者时，他同样把攻击的矛头对准了菲林特。他批评莫里哀不应该为了突显阿尔赛斯特的狂怒（emportement）而刻意把他的朋友菲林特刻画得冷静理性（le flegme raisonneur）。

可是，卢梭有没有误读莫里哀呢？难道莫里哀会认同这种侏儒式的现代哲人吗？卢梭并没有明确表达这一判断，但从上文来看，卢梭相当理解莫里哀的创作意图。实际上，莫里哀对菲林特这类谙熟上流社会行动法则，惯于明哲保身的精明人，表面赞扬他礼貌周到，其实借朋友阿尔赛斯特对他的激烈斥责暗中批判了现代哲人的德性败坏和精神矮化。

卢梭看到，莫里哀又假意挖苦和引导观众嘲笑恨世者，其实是暗中借恨世者之口痛斥这个时代的虚荣和伪善。因此，我们说卢梭是莫里哀的知音，是因为他看到恨世者身上承载了太多莫里哀的观念，"恨世者的观点就是作家的观点"（第54段）。换言之，卢梭看到了恨世者面具背后的莫里哀，他在这个被被众人嘲笑的喜剧人物的面具背后，对他的同时代人发出了最尖锐的批判和规劝：

> 我的恨是普遍的，我恨所有的人：有些人，我恨他们，是因为他们凶恶伤人；有些人，我恨他们，是因为他们对待坏人也一团和气，凡是纯洁心灵对人间罪恶应有的憎恨，他们丝毫都没有。（《恨世者》第一幕第一场）

对于阿尔赛斯特的尖锐和不妥协，世故的菲林特劝他要对人类的本性宽容，不要用"太严峻的尺度"来衡量和观察。菲林特为自己的宽容作如下的辩护：

> 古老年间过于生硬死板的道德，与我们这个时代以及日常习俗实在格格不入；那种道德对于人类要求实在过高；我们应该适应时代趋向，不可过于固执；如欲挺身作改革世界的工作，那才是无与伦比的疯狂行为。《恨世者》第一幕第一场）

菲林特不是一个冷漠的人，他并非没有看到社会需要改革的地方，也不是对恶行无动于衷,他只是对自己的时代抱有"同情性的理解",相较阿尔赛斯特对时代恶行的愤怒和仇恨,他认为自己的温和与节制"同样具有哲学意味",因为他在借坏人坏事磨炼自己的心性。(《恨世者》第一幕第一场)。

正是在理解莫里哀良苦用心的基础上,卢梭也对他提出了最严厉的批评。他指出莫里哀的错误在于,为了制造喜剧效果,没有依照这个人物的天性安排他的戏剧行动。莫里哀不应该把阿尔赛斯特塑造成一个莽撞、沉不住气的孩子般的心性,否则,阿尔赛斯特的愤怒就是出于他的少年心性,是不能理解世界的复杂性的幼稚表现。在卢梭看来,真正的阿尔赛斯特恰恰与此相反,他的愤世是基于他的清醒和反思,是对人类世界的败坏和道德下滑有切肤之痛。他的道德感和洞察力远超同时代的人,是"弦断有谁听,只恨知音稀"的精神孤独。卢梭认为这是一种出自"伟大的和高尚的心灵"的激情:

> 这种激情就是疾恶如仇,出于对美德的热爱并因经常看到人间的罪恶而愈烈愈强。因此只有伟大的和高尚的心灵才能经受得住这种激情的发作,由激情在内心培育起来对缺德行为的厌恶和轻蔑有助于把它们从内心驱逐出去。除此之外,不断地洞察社会上的混乱现象迫使他忘掉自己,而把注意力集中到人类的问题上去。这种习惯足以提高他的思想水平,扩大他的视域,减少他身上那些贪求、自私自利的低级趣味。所有这些结合一起就产生出性格坚强、勇敢和崇高的人物,在他的心灵深处除了可敬的感情之外,其他感情都没有容身之地。([56],页50–51)

熟悉卢梭的读者,肯定能看得出卢梭是按照《论不平等》中野蛮人的模板在改写恨世者,按文明人的样式改写菲林特。卢梭在那里曾用过一个非常形象的比喻,他用未经驯化的马比拟野蛮人,用驯化的马比拟文明人,面对人类的驯化工具,两种马的反应截然不同,正如文明人与野蛮人的差异:

> 文明人面对桎梏,束手就擒,毫无怨言;而野蛮人则决不会低头就范,他宁要动荡不定的自由,也不愿做奴隶苟且偷安。(《论不平等》,页125)

显然,卢梭是以这两类性格样式来评判《恨世者》中的阿尔赛斯特和菲林特。卢梭认为,莫里哀为了"引起剧场的笑声"不惜破坏人物的真实性格。为贬低恨世者,诗人设计了有悖人物性格的戏剧行动。诸如阿尔赛斯特在评论十四行诗优劣时,面对仆人的轻佻,阿尔赛斯特的愤怒有悖情理,显得非常愚蠢冲动。

在卢梭看来,应该依照自然人与文明人的标准来改写阿尔赛斯特和菲林特,野蛮人-阿尔赛斯特虽然时常怒气冲冲,但这是出于对社会的缺陷和恶的憎恨,绝不会为个人利益受损而怒不可遏;相反,文明人-菲林特应该是对社会上的恶事百般容忍,冷静讽言。可要是一旦涉及到他个人利益,他就会怒火冲天。这里显然又暗自呼应了卢梭对启蒙哲人的批判:他们漠视社会生活中的苦难和不平等,却对损己之事睚眦必报。

卢梭在这里用了一个爱尔兰房客的例子来讽刺那些不能超出自身利益来关切共同体利益的哲人。这些人任由房子着火,也不愿起床去救火,只因他们不是房主,所以房子是否着火与他们不相干——这一比喻暗合了卢梭对达朗贝尔和伏尔泰等人在日内瓦建剧院的提议。卢梭借此提醒日内瓦的公民,不能信任一群看客心态的哲人对国家的建议,因为这些异方哲人与他们没有共同的利益,也不可能真心为别人的祖国着想。另外,更深层的批判很可能是,达朗贝尔和伏尔泰等人不仅不会帮助别的国家灭火,更有可能是纵火犯,要把启蒙之火引向他的祖国日内瓦共和国。

"我要在大地上去寻觅一个偏僻的穷乡……"

尽管卢梭严厉地批判莫里哀的喜剧,但他仍然由衷地承认莫里哀的作品"在道德方面最优秀和最健康"(第72段,页58),可以成为评断其他戏剧作品的标杆。在卢梭的时代,受巴黎观众热捧的喜剧是那些嘲笑老实人,赞美阴谋诡计的戏剧作品,而这些莫里哀的后继者既无他的才华,又不像他那样正直,遑论秉持古典正义和传统美德。启蒙大潮中的法国古典戏剧无一幸免地受到这类劣质喜剧的冲击,巴黎舞台上演的都是"丑恶的喜剧"。

卢梭举出同时代喜剧诗人雷尼亚(Regnard,1655—1709)的作品《遗产受赠人》(*lé gataire universel*)后两幕,亲侄子为了骗取遗产,在他叔叔的葬礼上要诡计的情节。卢梭不无痛心地批评这类当代新喜剧完全遗失了古典戏剧的道德原则和教育意义：

> 最神圣的法律,最珍贵的自然感情(sentiments de la nature)在
> 这场丑恶的戏里受到嘲弄。为了逗乐,聚集了最不可容忍的荒唐
> 行为,表演得如此欢乐,以致把它们变成寻开心的恶作剧。捏造、
> 伪证、盗窃、欺骗和残暴获得观众热烈的掌声。([73],页59)

这些新喜剧为了迎合观众的低劣趣味,故意制造离奇荒诞的戏剧情节,连丧礼这类肃穆场合也被诗人搬到舞台上,成为喜剧诗人耍宝逗乐的背景。人类最基本的伦常和礼法受到调侃和戏弄,这些莫里哀的后继者毫无节操地为了商业利益,不惜无底线地降低喜剧的品质,舞台上的剧情一再击穿人伦的底线。面对启蒙时期戏剧舞台的丑陋,卢梭连发两次恨声:一切都是为了博取廉价的笑声!

卢梭严厉地批评启蒙戏剧将能否获得大众的笑声作为戏剧演出的最终目的,新式的喜剧诗人放弃了严肃、崇高的喜剧创作,这曾是新古典喜剧大家莫里哀终生追求的戏剧目标。如今的时代,只要能娱乐大众,能够为票房带来高额收入,诗人可以不惜一切代价,肆意嘲弄政治共同体的道德基础和人伦底线。因为,他们早已放弃了教育大众的责任。

《恨世者》剧终时,心灰意冷的阿尔赛斯特哀叹自己与时代格格不入,他站在舞台中央,痛苦地对台下的观众说:

> 我是处处遭人欺弄,处处受着不公平的待遇,我马上要跳出这
> 个人欲横流的深渊,在大地上去寻觅一个偏僻的穷乡! 在那里可
> 以自由自在地做个正人君子(homme d'honneur)。(第五幕第三
> 场,行1800-1805)

然而,台下的观众可能会哄堂大笑。因为,阿尔赛斯特口中所谓的"不公平待遇"不过是他最终也没能摆脱色丽曼娜的爱情奴役。当他在事实面前,被迫认清了色丽曼娜爱情计谋的真相时,仍想自欺欺人,希望色丽曼娜继续用另一个谎言来蒙骗自己。可见,奴役他的并非情场老手色丽曼娜,而是他的爱欲。换言之,阿尔赛斯特可笑之处在于他用一个特别冠冕堂皇的理由来包装自己实际行动的浅薄和无知。尤其

是当他对色丽曼娜的爱情绝望后,又想转而企求获得少女爱丽央特的爱,被明智的爱丽央特拒绝后,才发出上述的哀叹。莫里哀巧妙地既借阿尔赛斯特之口怒斥了时代之恶,又通过他的言行不一嘲笑了这类愤世嫉俗者其实是无病呻吟,他同样是自身欲望的奴隶,甚至在不知不觉中成为时代之恶的合谋者。

不过,卢梭则看到恨世者这种灵魂类型在腐化堕落的时代的重要意义。通过改写这类人物的性格特征,卢梭将重新塑造一个启蒙时代的哲人"牛牤",为即将受到启蒙大潮席卷的祖国日内瓦树立一个可资效仿的灵魂样式,他清醒、孤独、不受欲望地奴役,带着对人类最真诚的爱和真诚,重新返回《论剧院》舞台-洞穴之中。

然而,卢梭毕竟是一个哲人,他为自己设计的最后归宿是《孤独漫步者遐思录》中,回到自然之境中的沉思与漫步。不过,值得一提的是,莫里哀去世后,教会当局宣布,不允许莫里哀入土教区墓园;卢梭去世后爆发了法国革命,革命政府宣布,卢梭进入"先贤祠"。历史终究以自己的方式完成了"恨世者"的最终结局。

现在我们值得看看狄德罗在《论戏剧诗》快结尾时对卢梭的挖苦:

> 对群众来说,他们有他们自己的主张。假使作家的作品不高明,他们嗤之以鼻;如果批评家们的意见是错的,他们也同样对待。
>
> 这样一来,批评家们发出了叹息:啊,世风不古!道德风尚败坏啦!趣味丧失啦!一阵叹息之后,他们就得到了自我安慰。
>
> ……请相信我,群众是不大会看错的。你的作品垮台了,因为它是一部坏作品。
>
> "但是,《恨世者》不是也经过一番挫折吗?"
>
> 这倒是真的。啊,在受到一番挫折之后,找出这个先例来解嘲,这是何等的甜蜜啊!假使我有朝一日登上舞台而被观众嘘了下来,我也一定会想起这个先例的。(《论戏剧诗》,页206)

在笔者看来,我们很难说狄德罗看懂了卢梭在说什么。

罗恩施坦的巴洛克戏剧与古典

梅德（Volker Meid） 撰

谷 裕 译

一

罗恩施坦①为巴洛克悲剧开辟了新的维度。《埃及女王》（Cleopatra）是一部在 17 世纪用德语写成的文人剧，②其产生背景，乃是当时的文学革新。文学革新始于 17 世纪上半叶，主要围绕悲剧展开。因文艺复兴开启了对亚里士多德诗学的接受，故而自文艺复兴以来，悲剧一直是诗学探讨的对象。在德国，奥皮茨③对悲剧革新起到决定性推动作用。然而在奥皮茨之前，就已陆续出现各种准备工作：其一是开始翻译古希腊罗马悲剧，其二是开始用拉丁语创作人文-拟古的教学剧。④

---

① ［译注］Daniel Casper von Lohenstein(1635—1683)，17 世纪巴洛克戏剧家，原名 Daniel Casper，后其父加封贵族，获 von Lohenstein 封号。Der Lohe［罗尔河］为一条河名，流过乃父庄园，并从一石中流过，故名 Lohenstein［罗尔石］，音译罗恩施坦。罗恩施坦虽非其原姓，但学界已约定俗成。

② ［译注］巴洛克之前的戏剧，若在民间，则多为市民（如萨克斯［Hans Sachs］等人）创作的喜剧，语言修辞相对简单，格调不高；若在学校则多以宗教为题材，使用拉丁语。17 世纪的文人剧，也称"雅剧"（Kunstdrama，艺术剧），由文人用德语写成，与民间剧和宗教剧相区分。因作者受过良好宗教和人文教育，懂得拉丁希腊语，并由此涉猎古希腊罗马文学和戏剧，故作品讲究语言修辞，有极高的艺术性；又因作者多担任高级公职，切身参与政治生活，故而作品多涉及政治、历史等宏大主题。

③ ［译注］马丁·奥皮茨（Martin Opitz, 1579—1639），1624 年出版《德语诗学》。

④ ［译注］教学剧多由人文中学教师创作，主要为配合古代语言教学，剧本用拉丁语撰写，学生用拉丁语表演，以学习语言和修辞，同时接受宗教和价值观教育。戏剧语言、形式和题材多模仿古希腊罗马作品。

奥皮茨翻译了两部古典悲剧,一部是塞涅卡的《特洛伊妇女》(1625)。选择塞涅卡,是因为他是近代早期最受青睐的古典戏剧家;一部是索福克勒斯的《安提戈涅》(1636),经奥皮茨翻译,该剧在此后很长时间都是德语文学中唯一一部受到关注的古希腊悲剧。奥皮茨选择此两剧,不仅因为它们在形式方面堪称典范,而且因为它们深刻反映了17世纪的旨趣:如战争问题(《特洛伊妇女》),又如对殉道剧的偏爱以及对政治道德关系的思考(《安提戈涅》)。奥皮茨在《特洛伊妇女》的前言中,探讨了巴洛克悲剧诗学,这份前言因此成为巴洛克悲剧诗学的重要文献。在前言中,奥皮茨着重探讨了悲剧的意义以及悲剧追求影响力的目的。他试图借用新廊下派的思想①来回答这些问题。

悲剧如同一面“镜子”,反映出那些盲目——因而毫无防备地——把自己交付给无常命运的人;悲剧挑战观众或读者,令其看到致命的错误行为带来的必然后果;悲剧帮助人们武装自己,以对付生命中的种种“偶然”:一则用坚韧(constantia)的精神,应对“人生中的不测”和无常,面对外在的不幸也完好地把持内心;一则用豁达的(magnanimitas)的态度。根据一种磨炼意志说,获得这种态度需要反复观看悲剧上演的痛苦与不幸,需要看到有人遭受更大的不幸:

> 难道人们看到宏伟的特洛伊城也置身火海,化为灰烬,不就会比之前更坦然地承受祖国的覆灭,忍受祖国所遭受的无可挽回的重创?②

悲剧向观众展示坚韧和豁达的德性,希望人们把它们当作恰当的武器,在战争频仍和教派斗争的恐怖时代保全自己,保持个人人格的完整。坚韧和豁达同时也是舞台上榜样式人物拥有的德性,耶稣会戏剧塑造这样的人物,1640年代以后,格吕菲乌斯(A. Gryphius)也开始塑造这样的人物。理论方面,利普休斯(J. Lipsius)早在其划时代的著作《论坚韧》

① [译注]原文加括号标出 Daniel Heinsius: *De tragoediae constitutione*, 1611。

② [译注] Martin Opitz: *Buch von der Deutschen Poeterey* (1624). *Studienausgabe*, hrsg. v. Herbert Jaumann, Stuttgart 2002, S. 114. 关于巴洛克悲剧的慰藉效果,参见 Hans-Jürgen Schings: *Consolatio Tragoediae. Zur Theorie des barocken Trauerspiels*, in: *Deutsche Dramentheorie*, hrsg. v. Reinhold Grimm, Bd. 1, Frankfurt a. M. 1971, S. 1–44。

（*De constantia*，一译《论恒》，1584）中，就已结合基督教和新廊下派，把这些德性当作对抗厄运、不幸和痛苦的真如之法加以详细论述。① 这样，如其对亚里士多德的净化论做了道德转释，奥皮茨在人物塑造方面也背离了亚里士多德，背离了其对混合性格的要求：

> 主人公[……]当是一切完美德性的榜样，他因朋友和敌人的不忠而黯然神伤。然而面对任何形势他都可以泰然处之；任何呻吟、呼号、哀怨和痛苦，他都可以勇敢应对。

哈斯多夫②的话精辟概括了奥皮茨的思想。③ 而悲剧的影响力就来自一位位榜样式主人公、殉道者、圣人和虔诚君主的表率力量。这种影响力还会因塑造令人惊愕的反面人物——比如暴君——而得到进一步加强。格吕菲乌斯在他的第一部悲剧《列奥·阿米尼乌斯》的前言中写道：

> 我们的祖国已完全掩埋在废墟之中，化作展示虚空的舞台。我谨以本剧并连同以后的作品，向你[读者]展示人事的短暂。④

该剧 1646 年写成，1650 年出版。格吕菲乌斯首先在历史和政治中寻找范例，以之展示尘世生命的虚无和孱弱，并表明，只有殉道者可以冲破历史那个由个人及其毁灭所规定的轨迹："谁若为我的故事哭泣，便是没有看到，我因此得到了怎样的提升"，格吕菲乌斯最后一部悲剧《帕皮尼亚努斯》（1659）⑤的同名主人公如此说道。同时，通过这

① 参见 Justus Lipsius：*Von der Bestendigkeit [De Constantia]. Faksimiledruck der deutschen Übersetzung des Andreas Viritius nach der zweiten Auflage c. 1601*，hrsg. v. Leonard Forster，Stuttgart 1965。

② ［译注］Georg Philipp Harsdörffer，1607—1658，17 世纪另一位著名作家。

③ Georg Philipp Harsdörffer：*Poetischen Trichters zweyter Theil*，Nürnberg 1648，S. 84. （Exemplar der Württembergischen Landesbibliothek Stuttgart）.

④ Andreas Gryphius：*Leo Armenius*，hrsg. v. Peter Rusterholz，Stuttgart 1971 [u. ö.]，S. 4.

⑤ Andreas Gryphius：*Großmütiger Rechtsgelehrter oder Sterbender Aemilius Paulus Papinianus*，hrsg. v. Ilse-Marie Barth，Nachw. v. Werner Keller. Stuttgart 1965 [u. ö.]，S. 97.

类以虚空为主题的作品,格吕菲乌斯反思了自己在那个时代的体验——在一个打着宗教战争和内战烙印,充满动荡、暴力、痛苦和良心不安的时代的体验。

格吕菲乌斯的悲剧注重宗教和政治格局,主要采取殉道剧模式。相比之下,罗恩施坦的作品则有所不同,它们表达了另一种与此世的关系:其旨趣明显在于政治-历史空间中的具体行动。在格吕菲乌斯笔下,历史表现为展示虚空的舞台,或是在救赎史框架中通向"永恒"的驿站。而在罗恩施坦笔下,历史在感性的世界史进程中、在蕴于这一进程的人的行动和决策空间中拥有自身价值。

格吕菲乌斯或耶稣会戏剧的双重标题①形象地表明,历史的作用不过是提供鲜明的样板,展示高尚或卑劣的态度和行为。罗恩施坦戏剧中历史的作用发生变化,其主人公不再是在短暂和永恒之间做出选择,而是要在危局之中,做出政治行动的抉择。他们虽屈服于受厄运左右或无法改变的历史进程,却可以接受挑战,在命运允许的范围内保全自身,也就是说,他们可以审时度势地应对人生的种种不测。因此,如何运用政治智谋,②便成为罗恩施坦悲剧的侧重点。这便进一步引发了一系列问题,比如:如何对待政治与道德的关系,成功的行动需要怎样的智识和性格为前提,以及情感的功能及功能化问题。

自马基雅维利开始,政治智谋和具体的行为指导即成为近代早期政治话语的核心议题。罗恩施坦既学习过法律,又是经验丰富的外交家;他将种种讨论融入作品,不仅按正反两种政治智谋及行为指导,塑造人物的行为方式,而且在作品中对之进行反思。他以 16 世纪利普修斯(1547—1606)对塔西佗的接受为基础,同时参照当时两位西班牙作家③:

---

① [译注]巴洛克戏剧经常使用双重标题的形式,如格吕菲乌斯的《被弑的君主或英国国王查理·斯图亚特》、《豁达的法学家或临终前的帕皮尼亚努斯》等。副标题提示历史事件和戏剧情节,正标题阐释历史事件,传达戏剧所要表达的理念和意义。双重标题与寓意图(Emblematik)之"标题"(inscriptio)和"图像"(pictura)的结构十分相似。关于寓意图与巴洛克戏剧的关系,详见 Albrecht Schöne: *Emblematik und Drama im Zeitalter des Barock*, München 1993。

② [译注]明智,德语 Klugheit,对应拉丁语 prudentia,指能够根据具体情况,明智地作出判断,审时度势随机应变,不一定恪守伦理和道德规范,为适应上下文有时译为"理智"、"权谋"、"谋略"等。[译注]

③ [译注]当时西班牙在哈布斯堡家族统治下。

一位是格拉西安,①罗恩施坦 1672 年翻译了其作品《政治家:"天主教国王"堂费尔南多》(*El Politico D. Fernando el Catolico*, 1640,德译名 *Lorentz Gratians Staats-Kluger Catholischer Ferdiand*);②另一位是法哈多(Saavedra Fajardo, 1584—1648,西班牙作家、外交家),著有政治寓意图志《理想的政治-基督教君主:以百幅寓意图展示》(*Idea de un Principe Politico-Cristiano*, *Representada en cien empresas*, 1640)。③

在一系列与政治行为指导相关的概念,诸如德性、理智、厄运、荣誉中,明智(prudentia)占据核心地位:政治理智是理性行为的基础,而理性行为的目标是实现道德德性和国家福祉。政治理智利用从历史和政治实践中获得的经验,为未来的发展提供参照;它为将要采取的政治行动识别和利用恰当时机;它帮助有效控制和灵活运用情感,做到相时而动。虚假(simulatio)和伪装(dissimulatio)也属于运用智谋的治国之术。统治者必须控制和掩饰自己的情感,隐藏和遮蔽本来的思想和意图,通过迷惑自己的对手获得主动权。

然而,尽管马基雅维利名义上对欺骗进行了谴责,但如何在作为合法政治手段的伪装与欺骗之间划清界限,仍是一个悬而未解的问题。就此,唯有利普修斯比较谨慎地为政治实践提供了一种方案。在其广为流传的《政治六书》(1589)中,他探讨了一种所谓混合的明智(prudentia mixta)方案。这种方案允许政治智谋与一定的欺骗相混合,以应对对手的虚伪和欺骗。欺骗包括怀疑、保密、贿赂、迷惑,但不包括不忠和不义。利普修斯认为在当时的论者中,唯有马基雅维利敏锐地探讨了统治问题,因此大可"不必过分苛责这位已处处遭人诟病的意大利人",即便他偏离了通向德性和荣誉的道路。④

---

① ［译注］Baltasar Gracián, 1601—1658, 17 世纪西班牙作家,耶稣会士,神学家,政治哲学家。

② ［译注］即阿拉贡的费尔南多二世(Fernando II de Aragón, 1452—1516)与妻子卡斯蒂利亚女王伊莎贝尔合称"天主教双王"。

③ 1642 年出版了该书的修订版,以后各版及翻译皆以此为参照,详见 Karl-Heinz Mulagk: *Phänomene des politischen Menschen im 17. Jahrhundert. Propädeutische Studien zum Werk Lohensteins unter besonderer Berücksichtigung Diego Saavedra Fajrdos und Baltasar Gracián*, Berlin 1973。

④ 引自 Gerhard Möbus: *Die politischen Theorien im Zeitalter der absoluten Monarchie bis zur Französischen Revolution* (*Politische Theorien*, Tl. 2), Köln/Opladen 1961, S. 263。

二

　　罗恩施坦 1635 年 1 月 25 日出生，出生地是西里西亚的布热格（Brieg）公国的涅姆恰城（Nimpsch）。① 父亲约翰·卡斯帕是皇家关税和税务官，也是涅姆恰城的议员，1670 年获封可继承的贵族姓氏"冯·罗恩施坦"。因此罗恩施坦此前作品的署名只是"卡斯帕"或其拉丁化形式（Caspari）。② 罗恩施坦在家乡念完小学后，就上了布雷斯劳的马大拉人文中学③（1642—1651），接着于 1651—1655 年在莱比锡和图宾根大学学习法律，1655 年结业，毕业论文《关于意志的法学论辩》（*Disputatio juridica de voluntate*，但对他是否因此获得博士学位仍存有争议）。罗恩施坦曾按当时大学有关游学的规定，游历瑞士和荷兰。他第二个出游计划是去意大利，但因瘟疫爆发而止于格拉茨。1657 年，罗恩施坦当上律师，在布雷斯劳定居并娶妻成家。

　　罗恩施坦做律师的这段时间，也是他文学创作的第一个重要阶段。在这一阶段，他创作了一系列应酬之作。所谓的罗马悲剧和非洲悲剧④也产生于这一时期。在此之前，罗恩施坦的作品只有一部 1650/1651 年他在上中学时创作的戏剧《易卜拉欣帕夏》（*Ibrahim Basse*）⑤（1653 年出版）和几首挽诗（1652）。

　　1668—1670 年，罗恩施坦在西里西亚的奥尔侯国担任政府顾问，

---

① ［译注］布热格，波兰语拼写 Brzeg；涅姆恰，波兰语拼写 Niemcza，当时属下西里西亚，今属波兰。在布雷斯劳成为西里西亚首府前，涅姆恰是那里的主要城市。

② ［译注］巴洛克时期，因受古典尤其是拉丁文化影响，文人喜欢把自己的姓氏拉丁化，常见的是在原姓后面加一个 us 或 ius，比如格吕菲乌斯（Gryphius），就是原姓 Greif 的拉丁化形式。

③ ［译注］1267 年成立的教会拉丁学校，15 世纪中起深受人文运动影响，1643 年晋升人文中学，一向重视古典文人教育，涌来一大批著名学者。17 世纪该校的学校剧场十分活跃，上演巴洛克教学剧和人文剧，与当地的伊丽莎白中学同为新教教学剧最主要的创作和演出基地。

④ ［译注］指以罗马历史或北非历史为题材的悲剧。

⑤ ［译注］易卜拉欣帕夏（约 1493—1536），奥斯曼帝国苏莱曼一世时期的首席大臣，1523—1536 年在位。

从此走上仕途。之后他曾谢绝莱格尼察—布热格—沃武夫（Liegnitz-Brieg-Wohlau）公爵克里斯蒂安的聘请，未出任那里的机要秘书，而是于1670年接受了布雷斯劳市法律顾问①的职务。罗恩施坦在任的同时，另一位巴洛克著名作家冯·霍夫曼瓦尔道（Hoffmann von Hoffmannswaldau）也在布雷斯劳担任公职，并作为市议员（议会长老和主席）在政治生活中扮演重要角色。罗恩施坦很快有了自己的地产，并在1675年晋升高级法律顾问，这是市政府中最具影响力（和收入最高）的职位之一：

> 布雷斯劳的法律顾问是律师，负责处理该城及其受保护者的内部和外部法律纠纷；是文书，负责应对普通公务员力所不能及的问题；还要负责和处理这个城市共和国繁杂的贸易往来。据罗恩施坦的兄弟说，罗恩施坦不得不全力以赴应对市议会的差事，只能置个人健康于不顾，在夜间写作。②

罗恩施坦以市议会法律顾问的身份，成功地于1675年在维也纳皇帝朝廷完成了一项外交斡旋。事情起因是布雷斯劳市被指与瑞典人秘密勾结。罗恩施坦通过外交斡旋，消除了皇帝对布雷斯劳的怀疑，有效制止了皇帝方面计划采取的震慑措施，即向该市派军驻防。有记录表明，罗恩施坦的"秘密外交"不乏道德弹性，而布雷斯劳市也不惜以金钱和财富做后盾。无论如何，罗恩施坦因此获得了皇家顾问的荣誉头衔。然而布雷斯劳市的问题却一波又起：③统治西里西亚的格·威廉一世公爵于同年去世——罗恩施坦以《颂辞》（1676）、悼词和君鉴的形式表达了对公爵的崇敬和哀思——公爵属皮亚斯特（Piasten）家族，他去世后，西里西亚的统治权由皮亚斯特家族转移到皇帝所在的哈布斯堡家族。这样，布雷斯劳市便和整个西里西亚一道落入哈布斯堡家族

---

① ［译注］城市市政府的法律顾问，要求是法学家和律师出身，负责城市的法律咨询和法律事务。

② Conrad Müller: *Beiträge zum Leben und Dichten Daniel Caspers von Lohenstein*, Breslau 1882, S. 45.

③ 关于西里西亚的局势，参见 Ilona Banet: *Von Trauerspieldichter zum Romanautor. Lohensteins literarische Wende im Lichte der politischen Verhältnisse in Schlesien während des letzten Drittels des* 17. *Jahrhunderts*, in: *Daphnis* 12 (1983) S. 169-186。

的统治。①

布雷斯劳在宗教改革后成为路德教城市，在归属哈布斯堡家族后，就要依哈布斯堡的重新天主教化政策，再度皈依天主教。罗恩施坦很多作品的献词反映出这一困境。在献词中，他表达自己的愿望，是通过作品谋求某种折中路线。罗恩施坦不仅顾及布雷斯劳市议会，顾及统治西里西亚出身新教家族的统治者，而且还顾及天主教的皇帝和帝后。其剧作《易卜拉欣苏丹》(Ibrahim Sultan, 1673)就是献给皇帝大婚的。② 还有几部剧作暴露出罗恩施坦在帝国政治语境下的亲皇帝态度，更不消说他还翻译了上文提到的西班牙作家格拉西安的《政治家："天主教国王"堂费尔南多》。这是一部地道的西班牙君主集权制下的君鉴，其核心内容是对哈布斯堡家族的升华。然而罗恩施坦却又把译作题献给西里西亚公爵。

在布雷斯劳担任公职期间，罗恩施坦的创作逐渐转向小说。在创作小说的同时，他修订了非洲悲剧，搜集整理诗歌作品，于1680年结集出版。罗恩施坦在去世前主要从事小说《阿米纽斯》的创作，并在写作时"突发中风"，于1683年4月28日去世。罗恩施坦的胞弟汉斯在兄长去世后整理出一份介绍其生平《西里西亚作家传》，附在1685年作家去世后出版的第一部选集后面。本段即以此为参照。

三

学界通常把罗恩施坦的戏剧分为土耳其悲剧、罗马悲剧和非洲悲剧。这显然是以历史—地理为标准进行划分的。非洲悲剧指《埃及女王》和《努米底亚王后》，罗马悲剧指《尼禄之母》和《被释放的女奴》，③

---

① ［译注］布雷斯劳位于西里西亚，宗教改革后与西里西亚一同皈依路德教。神圣罗马帝国皇帝所在的哈布斯堡家族信奉天主教，在西里西亚落到哈布斯堡手中后，当地邦君（公爵）仍然信奉路德教，这样就与帝国和皇帝产生政治和宗教矛盾。这是17世纪西里西亚特殊的宗教和政治格局。

② 该剧于1663年为皇帝的第一次大婚而作，十年后值皇帝第二次婚礼之际重新修订。详见 Pierre Béhar（1）: *Silesia Tragica. Epanouissement et fin de l'école dramatique silésienne dans l'oeuvre tragique de Daniel Casper von Lohenstein* (1635—1683), 2 Bde, Wiesbaden 1988, S. 15ff.。

③ ［译注］公元65年，以皮索为核心的部分罗马元老院成员，策划了一起刺杀尼禄的计划，称"皮索计划"，但在实施前泄露。一位参与计划的被释放的女奴被俘，经受酷刑仍不告发同谋，最后自杀殉道。

四部戏剧都涉及罗马帝国的历史事件,既包括罗马走向世界霸权过程中的几个重要节点,也包括引发罗马衰落的事件。相反,《易卜拉欣帕夏》和《易卜拉欣苏丹》涉及的是当时的政治格局。两部剧取材 16、17 世纪土耳其历史,塑造了奥斯曼帝国君主的形象,作为反面典型。

就罗恩施坦戏剧的成文史,很多问题至今仍存有争议。我们现在看到的顺序与作者创作的先后顺序不尽相同。① 有些剧在写成后很久才发表,故而作者对剧本进行了多大程度的修改,后人不得而知。只有《埃及女王》留下两个版本。两版尽管在情节结构和对历史事件的解释方面,本质上是一致的,但其他方面仍有很大不同。②

首先是大量繁简不一的语言和修辞方面的改动,其次是有很多扩充,增加了作品的篇幅,特别是对序剧和最后一幕的扩充。这样,1661 年的版本有 3080 诗行(正场使用"英雄"格,即双行押韵的亚历山大体,Reyen 则使用多种格律),1680 年的版本达到 4232 诗行。作者的注释部分也有所增加,暴露出新版本的一个重要变化:通过增添更古老或最新的原始文献,为戏剧奠定更深厚的历史基础。这些文献罗恩施坦在第一版中尚未予以关注,或者那时候还未被挖掘出来。③

使用这些材料的结果是,各场的塑造更为细腻,且增加了新的场次,添设了人物,祭祀的场景表现得更加具体,对主要人物的刻画也更为清晰。尽管如此,修改和扩充后的版本还是保留了基本立场,即仍试

---

① 关于罗恩施坦作品的创作和出版顺序,详见 Pierre Béhar(2): *Zur Chronologie der Entstehung von Lohensteins Trauerspielen*, in: *Studien zum Werk Daniel Caspers von Lohensteins*, hrsg. v. Gerald Gillespie und Gerhard Spellerberg, Amsterdam 1983, S. 225–247; Ders. (1): ebd. S. 9ff. 。

② 关于两版的比较研究详见 Joerg C. Juretzka: *Zur Dramatik Daniel Caspers von Lohenstein. Cleopatra 1661 und 1680*, Meisenheim 1976; Conrad Müller: ebd. S. 64ff. ; Pierre Béhar (3): *Dramturgie et Histoire chez Lohenstein. Les deux ersion de Cleopatra*, in: *Theatrum Europaeum. Festschrift für Elida Maria Szarota*, hrsg. v. Rochard Brinkmann [u. a.], München 1982, S. 325–341. 演出脚本与正式版本内容简介中有几处不同,详见 Gerhard Spellerberg: *Szenare zu den Breslauer Aufführungen Lohensteinscher Trauerspiele*, in: *Daphnis* 7 (1978) S. 629–645, hier S. 631ff. 。

③ Joerg Juretzka: ebd. S. 38ff. ; Pierre Béhar(3): ebd. S. 325–341, hier S. 128ff; Jane O. Newman: *The Intervention of Philology: Gender, Learning, and Power in Lohenstein's Roman Plays*, Chapel Hill/London 2000, S. 128ff.

图美化奥古斯都皇帝的形象。之所以如此，很可能是为了不伤害结尾
合唱里提到的列奥波德一世皇帝，因剧中说道"皇帝即如奥古斯都"
（五幕 838 行）。但这也并未妨碍戏剧对奥古斯都的道德质疑。[1] 罗恩
施坦在参照大量原始文献的同时，并不忘虚构一些个别场景，或按自己
的意图改编史实。这种做法在罗恩施坦之前就已屡见不鲜。一则各类
文献对历史事件和历史人物表现出不同的评价和同情，这就为不同的
解释提供了方便；二则在罗恩施坦之前，就有人对这些素材进行文学
改编。

罗恩施坦使用最多、在注释中反复征引的有两个古代文献，一个是
普鲁塔克的《希腊罗马名人传》（"凯撒"和"安东尼"章）；还有一个是
狄奥（Dio Cassius, 150-235）的《罗马史》，同样用希腊语写成。后者在
11 世纪有一个由克希费力诺斯（Johannes Xiphilinos）选编的版本。罗
恩施坦在第二版中直接用了卡西乌斯的原本。还有其他古代史家的文
献，包括弗罗鲁斯（Lucius Annaeus Florus, 74-150,《罗马史纲要》）、苏
维托尼乌斯（Suetonius, 70-160,《罗马十二帝王传》）、约瑟夫斯（Flavi-
us Josephus, 37/38-100 以后，罗马-犹太史学家）和塔西佗的，这些著
者都记录过有关埃及女王的历史事件。

此外，罗恩施坦的参考文献还包括 17 世纪学者的作品，如基尔希
（A. Kircher,《俄狄浦斯王》, 1652—1654），博夏特（S. Bochart,《海
图圣国志》,1646）和赛尔顿（J. Selden,《叙利亚诸神》, 1617）。这些
作品提供了很多文化和宗教史史料。最后，罗恩施坦还吸收新的地
理知识来充实第二版，这个主要指万斯雷本（J. M. Wansleben）撰写
的埃及游记。[2] 这部游记在两版之间分别以意大利语、法语和英语
出版。

围绕克里奥帕特拉、安东尼和屋大维发生的历史故事，一向是文学

---

[1]　Asmuth 对此持不同观点，详见 Berhard Asmuth：*Lohenstein und Tacitus. Eine quel-
lenkritische Interpretation der Nero-Tragödien und des Arminius-Romans*, Stuttgart
1971, S. 151-154。

[2]　Johann Michael Wansleben（Vanslebius）：*Relazione dello stato presente dell'Egitto*,
Paris 1671; *Nouvelle relation en forme de iournal, d'un voyage fait en Egypte*, par le
P. Vansleben, R. D. en 1672 & 1673, Paris 1677; *The present state of Egypt: or, a
new relation of a late voyage into that kingdom*, London 1678. Vgl. Newman: ebd. S.
131ff. 罗恩施坦使用了法语版本。

和音乐中人们喜闻乐见的素材。若代尔①的《被俘的克里奥帕特拉》
(*Cleopatre captive*, 1574)是文艺复兴时期第一部法语悲剧,它在法国、
意大利和英国文学界开辟了一系列同类题材悲剧创作的先河。不久后
又出现同样题材的歌剧。对罗恩施坦创作产生影响的,一个是德·本
色拉②的悲剧《克里奥帕特拉》(1636),一个是当时的一部小说《克里
奥帕特拉》(1647—1658),12 卷小开本,作者拉卡布兰尼(Gautier de
Costes de la Calprenede,约 1610—1663 年,法国作家)。这部小说的主
人公是小克里奥帕特拉,也就是安东尼和克里奥帕特拉的女儿,但小说
也追溯了主人公的父母。大概正是受到拉卡布兰尼的启发,罗恩施坦
的剧中也有克里奥帕特拉的子女出场。而其他同类作品则没有这个
环节。③

四

非洲悲剧《埃及女王》和《努米底亚王后》演绎的是王朝的兴衰,朝
代的更迭。埃及和努米底亚一度是显赫的非洲帝国,它们因无法抵御
罗马的军事力量和罗马对统治权的争夺而覆灭。它们的覆灭标志了罗
马向着世界霸权的崛起。非洲悲剧进一步证明了罗马在世界史框架中
的特殊作用。通过所谓的"帝国转移说"(translatio imperii),德意志帝
国也与之息息相关。

悲剧所涉及的历史背景是亚克兴海战(公元前 31 年)和克里奥帕
特拉及其夫君马克·安东尼撤回亚历山大港之后发生的事。悲剧上演
的情节,集中在女王和安东尼被围在城中度过的一生中最后二十四小
时。他们陷入了绝境。奥古斯都充分利用形势,施阴谋让自己的对手
相互倾轧,从而加速其灭亡。奥古斯都分别向两人保证,谁若牺牲对
方,就会得到三分之一的帝国或相应的权力。悲剧再次证明,安东尼在

---

① 〔译注〕Etienne Jodelle, 1532—1573,法国作家,悲剧《被俘的克里奥帕特拉》开
　　辟了这一题材创作的先河。

② 〔译注〕Isaac de Benserade, 1612/1613—1691,法国作家,法王路易十四的宫廷
　　文人,当时宫廷文化的典型代表,也是当时盛极一时的矫饰风格的主要代表。

③ 关于本色拉对罗恩施坦的影响参见 Berhard Asmuth:ebd. S. 28 - 30。此外罗恩
　　施坦在题材和塑造方式上还受到同时期法国长篇小说启发,如斯居戴里(Ma-
　　deleine de Scudéry)、圣索兰(Jean Desmarets de Saint-Sorlin)作品的德译本。

政治的、理性的行动方面软弱无能。为了抢在犹豫不决的安东尼前面行动,避免他与对手达成平衡交易,克里奥帕特拉率先设计让安东尼侮辱了奥古斯都,并利用自己的假死置安东尼于死地。然而当她识破,奥古斯都的保证不过是假象,他不过是想把她搞到手,作为战利品随他凯旋罗马时,她便开始扰乱他的计划,直至最后英勇就义:"一位亡国之君,就当英勇就义。"(五幕 110 行)

克里奥帕特拉的行为方式的确显得不那么道德。对于这类善于攫取权力的女人,对于为达政治目的而不惜把色情工具化的做法,对于"非洲这个污秽和淫乱的世界",①学界的评判常常是不留情面的。不过,若论私人领域的道德,或者私人领域的过错,那么学界对克里奥帕特拉的诟病无可厚非。

然而问题却不在于此。先按下异域情调或对色情的渲染不提,问题重点在于危局中的政治行动。所谓危局,对于一方关系到维护统治,而对于另一方则意味着扩大统治范围。此时的要求是,按国家理性和政治理智的最高原则进行反应和行动。谋士们的建议,政客们的思考和行动,无一不遵从这样的原则。针对各种紧迫或极端局势,谋士们的对策不尽相同。剧中有多处铺张地再现了商议或与使节对峙的场景。在商议过程中,不同价值观会发生冲突并不断激化,此时戏剧常常会采用短句和轮流对白②形式。在罗马人的对白中还不乏种族歧视的弦外之音。

克里奥帕特拉、奥古斯都、双方参与决策的政治和军事谋臣,均是国家理性的代表。这种国家理性几乎突破了道德界限。而安东尼却无法面对国家理性的要求。他在伦理方面的顾虑,尤其在克制情感方面的弱点,阻碍了他理智地施行统治。他执着于爱情,执着于忠诚和正直的品德,这在一个充满虚假和欺骗的政治语境中并不是美德,而是不明智,因为这表明他受感情左右。与此同时,克里奥佩特拉则彻头彻尾地按国家理性的指导思想行动。她利用一切可能性来保存帝国以及自身的合法统治;她听从谋士的意见,在清醒意识到道德过失的情况下,抛

---

①   Daniel Casper von Lohenstein: *Dramen.* Hrsg. v. Klaus Günther Just. Bd. 3: *Afrikanische Trauerspiele. Cleopatra. Sophonisbe*, Stuttgart 1957, S. XV.

②   [译注]轮流对白(Stichomythie),一种修辞技巧,指戏剧对白一人一句,且多用短句,以制造急促、紧张、激烈辩论的效果。

开私人利益和情感,在危难和不得已的情况下做了一个统治者应该做的。她牺牲了安东尼("我的得救来自他的尸床",三幕 74 行)。然而,在她重新获得行动的自由后,也就是说,在她丧失了一切政治上的回旋余地,故而也不再受君主使命的约束时,便再度公然与安东尼结成生死连理,"此时通过死亡再次/与安东结为夫妻"(五幕 33 行以下)。

"不善伪装的人/无能统治"(四幕 84 行),奥古斯都的一位谋士如是说。罗恩施坦在注释中表示,这句话出自一个法国典故。法王路易十一不让自己的儿子查理八世"学其他东西/只能是这句拉丁语:不善伪装的人无能统治"。① 从这个角度来看,也就是说就虚假与伪装、控制情感和操控情感而言,克里奥帕特拉和奥古斯都这对对手没什么区别。两人都是受理性宰制的政客,都为达到目的不择手段;两人都将政治理智,将为得胜而必须采取的行动,凌驾于宗教和道德规范之上;两人都是迷惑和伪装的大师。奥古斯都并非与克里奥佩特拉对立的正面形象,更何况他本身就是侵略者,并且在非紧急情况下率先使用了欺骗这一政治手段(几乎逾越了那些倡导国家理智的理论家所允许的界限)。

奥古斯都在得胜后俨然一位宽厚而节制的君主。然而这也不过是他一以贯之继续奉行自己的"政治"行为方式:他曾一度向克里奥帕特拉和安东尼许同样(佯)诺,来促使他们消除对方。得胜后他仍然言行不一。他对克里奥帕特拉的许诺,不过是想让后者相信他的爱情,这样就可以轻而易举把她带到罗马。然而在这最后一轮伪装与迷惑、迷惑与伪装的角逐中,胜出的是克里奥帕特拉:她看透了对手的打算,表面上迎合,暗里却以埋葬安东尼为由拖延时间,为自己赢得了一个有尊严的死。奥古斯都虽然也质疑自己行为的道德性——剧中有好几处谈话暴露出这点("该死的国家—理智/它捣毁了忠诚和盟约!";四幕 238 行;另参四幕 289 行以下)——但还是因计划破产而感到失落,几乎丧失帝王风范。他用了很久才缓过精神,并不得不承认克里奥帕特拉是一位"高贵的妇人"(五幕 511 行)。奥古斯都见证了克里奥帕特拉是一位伟大的历史人物,他说道:

---

① 该注释只出现在《埃及女王》第一版。参见 Daniel Caspter von Lohenstein: *Cleopatra. Text der Erstfassung von* 1661, bes. v. Ilse-Marie Barth, Nachw. v. Willi Flemming, Stuttgart 1965 [u. ö.], S. 162。

克里奥帕特拉会站立不倒/即便罗马不再是罗马。（五幕538行）

　　当然这种说法也不排除他是在抬高自己的人格。奥古斯都随后所做的一切可谓与之前的一脉相承，暴露了一位以保全自身统治为重的现实政客的所有特点，他一方面令人厚葬安东尼的儿子安图鲁斯，提出要为他的死报仇，同时接收克里奥帕特拉的孩子；另一方面又命人杀掉逃走的凯撒和克里奥帕特拉的儿子，凯撒里昂［小凯撒］，①"他若在三个月内/不到罗德岛自首的话"（五幕621行以下）。在第一版中没有这个时间上的宽限，而是直接写道："他的死会给我们带来安宁/他的生会让我们遭殃。"第一版更为直接。②

　　总体来说，在第二版的修改补充中，很少再有这样比较实质性的改动，也很少再有像这样美化和提升人物形象的努力。当然即便有对奥古斯都的美化和提升，他与对手克里奥帕特拉原则上仍如出一辙。第二版对于阴谋的牺牲品、剧中的第三号人物安东尼也鲜有实质性改动。作者对第二版的开头进行了大幅扩充，追溯了之前发生的事件，特别突出了安东尼的军事才能和个人德性，比如他的勇敢、勇气和坚韧。只是这对于他后来的表现于事无补。安东尼仍是盲目地执着于爱情，屈从于个人情感，故而从一开始就注定毫无机会可言。尽管作者对第一幕结尾进行了补充，明确表明，安东尼此时已认识到奥古斯都的两面把戏（一幕1048行以下），然而军官们和儿子的警告，仍不能使他自拔。对于情感问题以及情感与政治的关系，安东尼的行为方式提供了一个反面例子：谁若无法控制自己的情感，谁就无能做一名合格的君主。

　　另一方面，政治上深思熟虑后采取行动的人物，如奥古斯都和克里奥帕特拉，也不同于耶稣会或格吕菲乌斯的殉道剧中的主人公，即他们也并非榜样式人物。政治优先会对伦理产生不可避免的后果：没有一项僵化的、基于宗教的有德性的行动，会否定世俗生活的要求；同理，也就没有一种理想化的、不关涉政治现实的做法，会消除伦理行为和政治必

---

① ［译注］凯撒里昂［小凯撒］对奥古斯都的皇位继承权直接构成威胁，因凯撒里昂系凯撒与克里奥帕特拉所生，是凯撒的亲生子，而奥古斯都（屋大维）只是凯撒的养子。

② Daniel Caspter von Lohenstein：*Cleopatra*，ebd. S. 134（五幕386行）。

要行为之间的矛盾。罗恩施坦剧中的主人公均清醒意识到,他们在某些特定局势中将陷入与伦理规范的冲突,而且很可能要触犯这些规范。《埃及女王》及同类戏剧,通过展示不同政治行为、通过演绎其背后的观点和理论,为政治教育、行为指导、应用情感教育等科目提供了世界观参照,也为参加表演的人文中学学生乃至观众,提供了教学示范。

　　从戏剧结构角度来看,戏剧的正剧注重实效、表达实用政治教育理念;与此对应,每幕结尾的合唱(Reyen),则是在一个普遍层面对戏剧情节和事件进行反思和点评。合唱一方面展示“厄运”如何以命运女神的形象,“随心所欲地”(三幕 778 行)规定人的命运;另一方面又表达出一种为“厄运”所规定、目的论意义上的历史走向。这种走向遵从《旧约》中先知但以理的预言(但以理 7-12)以及由此派生的四帝国学说。根据这种学说,将要有四个帝国依次到来。与《埃及女王》在结构上十分相似的是另一部戏剧《努米底亚王后》,①其结尾的合唱同样点出了这个意思:“厄运的合唱/四个王朝厄运的合唱。”《埃及女王》结尾的合唱则更明确反映出这一历史构想。《埃及女王》结尾的合唱称“台伯河/尼罗河/多瑙河/莱茵河的合唱”(五幕 761 行以下)。在此,因为有“帝国转移说”,根据这一说法,罗马帝国从罗马人手里转移到了德意志人手里。②

　　所以,这样的结尾,显然是以乌托邦式的-逢迎圣意的形式,表明在哈布斯堡皇朝的世界大帝国中,实现了世界历史的目标。③ 奥古斯都胜利了,克里奥帕特拉失败了,这是历史的计划,而不是决定于德性与成功或罪恶与失败的因果关系。奥古斯都不过是与由厄运预定的历史进程合拍。当然另一方面,他又使难逃覆亡厄运的非洲帝国的统治

---

① Daniel Casper von Lohenstein: *Sophonisbe. Trauerspiel*, hrsg. v. Rolf Tarot, Stuttgart 1970, bibliogr. erg. Ausg. 1996, S. 120-123.

② [译注]即上文提到的“帝国转移说”(translatio imperii),由四帝国说派生出来。中世纪和近代早期流行的四帝国说认为巴比伦、波斯、希腊、罗马帝国之间依次以新代旧,存在传递关系。鉴于神圣罗马帝国是罗马帝国的延续,因此可以说帝国传递到了哈布斯堡家族和皇帝手中。

③ 关于罗恩施坦的历史观参见 Wilhelm Voßkamp: *Untersuchungen zur Zeit- und Geschichtsauffassung im 17. Jahrhundert bei Gryphius und Lohenstein*, Bonn 1967, S. 161ff.; Gerhard Spellerberg: *Verhängnis und Geschichte. Untersuchungen zu den Trauerspielen und dem Arminius-Roman Daniel Caspers von Lohenstein*, Bad Homburg [u. a.] 1970。

者——埃及女王和努米底亚王后的失败不可避免。然而两个女人在危急关头努力尽其君主之义务,不顾留下不道德的恶名,并在失败和死亡中尽显人格之伟大,这为激发悲剧"恐惧与怜悯"的情感提供了范例。终究按亚里士多德的理论,或如同时代的诗学理论家洛特所言,激发出这样的情感乃悲剧的"终极目标"。①

五

就政治行为学说方面,罗恩施坦也有作家可以参照,有警句主义(conceptismo)②的代表,如萨韦德拉·法哈多;有西班牙矫饰风格的代表,如格拉西安。后者曾撰文讨论机锋问题,《机锋与文学创作的艺术》(*Agudeza ya arte de ingenio*, 1648)一书颇有影响。这样一来,罗恩施坦就参与了17世纪下半叶德国对意大利和西班牙矫饰风格的大力接受。这一新的风格背离了奥皮茨推崇的古典主义,也使罗恩施坦的戏剧获得德语文学中前所未有的形象性。罗恩施坦喜欢用冷僻的比喻或喻体。他博学多识,对神话、历史、自然史、地理和寓意图的细节信手拈来。他的语言充满矫饰风格的比喻,又能机智地将之巧妙地连缀在一起。此外,他还擅长自如地转换喻体和喻体范畴。《埃及女王》中安东尼的开场独白就是生动的一例。③ 然而,也正是这种极端的矫饰风格招致了启蒙者的诟病。

瑞士人波德莫尔在其教谕诗"德语诗歌特征"(1734)中,批判罗恩施坦的比喻是"学究式的掉书袋"("惯于披着披风暴露自己")。④ 波

---

①   Albrecht Christian Roth: *Vollständige Deutsche Poesie*, 1688, hrsg. v. Rosmarie Zeller, Tübingen 2000, 2. Teilbd., S. [972].

②   [译注]西班牙巴洛克文学中一种讲求机锋的风格,惯用文字和思想游戏以及形象和冷僻的比喻。

③   参见 Volker Meid: »le théâtre baroque«, in: *Nouvelle histoire de la littérature allemande*, Bd. 1, *Baroque et Aufklärung*, hrsg. v. Philippe Forget, Paris 1998, S. 123–125。

④   引自 Johann Jakob Bodmer/Johann Jakob Breitinger: *Schriften zur Literatur*, hrsg. v. Volker Meid, Suttgart 1980, S. 62;关于罗恩施坦的接受史,参见 Alberto Martino: *Daniel Casper von Lohenstein*, *Geschichte seiner Rezeption*, Bd. 1: 1661—1800, Tübingen 1978。

德莫尔的同道布莱廷格在《批判性地试论自然及比喻的意图和使用》
(1740)中引安东尼的独白为例,认为它恰好说明了罗恩施坦"极端败
坏的写作风格"。他认为罗恩施坦的写作风格是过分讲求修辞的产
物,无视每个角色的独特风格。这样的描述本身并没有错,只是评价有
失偏颇。布莱廷格继续沿波德莫尔的思路说道,如果抛开角色的姓名,
那么读者会看到,"罗恩施坦的整部悲剧无非是一个独白,或是作者自
说自话的对白":

> 大家怎么能想象出,这类学者式的、满篇都是比喻的演说和讲
> 话,会符合人类聪明人的胃口。他一会儿用比喻和比方和自己争
> 吵,一会儿和一位他自己创造的美人浮夸而癫狂地调情,一会儿带
> 着学者般的严肃来解释自然中至为隐秘和少见的奇迹,一会儿又
> 如醉如痴突然陷入迷狂,飞到云端,一转眼又深深跌落,开始毫无
> 节制地滥用幼稚的俗语、钻牛角尖的游戏、隐晦的比喻等等诸如此
> 类。忽冷忽热循环往复［……］①

这类批判的声音还有很多。它们反映出一个时代与传统的决裂。
这一决裂完成于 18 世纪上半叶。早期启蒙的艺术教条以法国为参照,
认为奥皮茨的"前巴洛克的古典主义"是法国模式在德国的对应。这
种教条用自然、理性、判断力、品味等概念,对抗不自然、浮夸和"无规
则的想象力",②并建构了一个与此相匹配的文学史。早期启蒙中产生
的价值判断模式,现在看来是相当顽固的。然而要注意的是,与法国等
外来影响相比,罗恩施坦及那一代作家的作品更为不自然、不道德和开
放吗?待至歌德时代确立的文学创作理念,则把完全不同于 17 世纪的
标准作为准则。浪漫文学的作家艾辛多夫对罗恩施坦有一段评价,虽
不完全符合史实,但也还算公允:在《戏剧史》(1854)中,艾辛多夫先是

---

① Johann Jakob Breitinger: *Critische Abhandlung von der Natur, den Absichten und dem Gebrauche der Gleichnisse. Faksimiledrucke nach der Ausgabe von* 1740, mit einem Nachw. v. Manfred Windfuhr, Stuttgart 1967, S. 222.

② Johann Christoph Gottsched: *Schriften zur Literatur*, hrsg. v. Horst Steinmetz, Stuttgart 1972 ［u. ö.］, S. 236 ("Gedächtnisrede auf Martin Opitzen von Boberfeld", 1739).

指出罗恩施坦天生缺乏诗意、喜欢"大嘴浮夸",然后不无反讽地说道:

> 然而,为了德意志民族的荣誉,我们还须加上,尽管对罗恩施坦的鼓噪从未间断,他的悲剧却从未得公开上演;人民大众,尽管已流于粗鄙,但终究比学者们更好、更聪明。①

---

① Joseph von Eichendorff:»Zur Geschichte des Dramas«, in: *Werke*, Bd. 3: *Schriften zur Literatur*, München 1976, S. 454. 事实上,罗恩施坦的戏不仅在人文中学公演,也在市政厅或市民、贵族家庭上演。关于布雷斯劳教学剧的上演情况参见 Konrad Gajek (Hrsg.): *Das Breslauer Schultheater im 17. Und 18. Jahrhundert. Einladungsschriften zu den Schulactus und Szenare zu den Aufführungen förmlicher Comödien an den protestantischen Gymnasien*, 1994(后记)等。

戏剧家格吕菲乌斯与被弑的君王

姚曼（Herbert Jaumann）　撰

王　珏　译

当描写现实毫无益处时，我们就需要寓意。①

1649 年 1 月 30 日星期二下午二时许，在伦敦白厅街国宴厅的广场前，国王查理一世（Karl I）被斩首。1648 年 11 月，由长老派以外的独立派成员组成的"残余议会"（Rumpfparlament）将国王押进监狱，因为国王联合苏格兰军进行内战。次年一月初，"残余议会"设立最高法庭审判国王查理一世，调查其是否因发动战争触犯了英国的律法和自由，并实施了僭主的独裁统治。

审判于 1 月 20 日在西敏宫举行。一周后，最高法庭宣判查理一世为僭主、叛徒、杀人犯和国家的敌人，七日后应予斩首。在庭审期间，国王没有应诉，在宣告判决后，他发表了辩护词，因为在他看来，法庭不具有权威，法庭诉诸的是一种非正义的政权：国王 supra legem［高于法律］，国王只为神的全能负责。在断头台上和刽子手的斧头下，国王向骚乱的人群表明了他的信念：他为了人民、国家和教会，以身殉道。

在查理身首分离十日后，议会禁止张贴威尔士亲王即查理二世（Karl II）继位为王的告示。1649 年 3 月，议会以自然法和 monarcho-machen［捉拿君王说］为据，彻底废除君主制，并效仿罗马人、威尼斯人和尼德兰人，建立"英格兰共和国"（Commonwealth of England）。功成名就的将军、议会军统帅克伦威尔（O. Cromwell）成为国家元首，于 1653 年至 1658 年间使用护国公的头衔，实行军事独裁统治。

如果人们援用贝尔格豪斯（G. Berghaus）汇编的文献可以发现，针

---

① 德文原文是：Die Allegorie brauchen wir, wenn es nutzlos wird, die Realität zu be-schreiben。引自萨拉马戈（JoséSaramago, 1922—2010），葡萄牙作家。

对国王被弑,德意志大多数政论均表明了坚决反对的态度,同时表达了震惊、同情和悲伤之情。① 个别政论从教派政治和神学原理出发,明确表明了与议会军对立的立场:上帝委派的君主被谋杀了;无论是对国王判处死刑,还是对国王执行死刑,皆是对上帝和神的秩序所犯下的滔天罪行。②

下文将列举 1649 年至 1650 年间德意志众多出版物中几篇重要的文献:莱比锡的施图克(J. Stuck)发表的学校节日演说《查理·斯图亚特的演说》(*Oratio Caroli Stuarti*);③1649 年,布赫纳尔(A. Buchner)多次匿名出版的学校演说《不列颠国王查理一世可能发表的演说》(*Quid Carolus I. Britanniarum loquipotuerit*);④欧耶尔(A. O. Hoyer)匿名发表的诗歌《隔海公文:致英格兰列兵》(*Ein Schreiben über Meer gesandt/ an die Gemeine in England*[...]*Anno*);⑤诗人兼记者格莱夫凌格尔(G. Greflinger)发表的《致英格兰国王陛下查理的哀歌和挽歌》(*Ihrer königlichen Majestät von England Karls Klag-oder Sterblied*)⑥和《不列颠日

---

① Günter Berghaus,《德国 1640 年至 1669 年对英国内战的态度》(*Die Aufnahme der englischen Revolution in Deutschland* 1640—1669),Wiesbaden,1989,页 111-401。书中共收 609 篇关于英国内战的政论,本文将按序号摘引 Berghaus 的文献。

② 本文只能从所有流传下来的政论中,择选一些相对重要的和观点较为极端的政论文章进行研究。原因有很多,例如审查、自我审查、恐惧以及决定性的"筛选"和校正环节。由于 17 世纪大部分的传单已流失,因此迄今为止,学界仍无法对所有的政论进行系统性研究。详见 Berghaus,页 3。

③ 参见 Berghaus 文献,第 141 篇。

④ 德译本:Jakob Thomasius,《查理一世可能发表的演说》(*Eine gedoppelte Rede*,*welche Carolus I.* [...] *hätte führen können*,Leipzig,1649),引自 Berghaus 文献,第 153 篇。布赫纳尔演说的其他两个德译本,详见 Berghaus 文献,第 154 和 155 篇。

⑤ 从 Berghaus 文献第 162-166 篇中可以看到,欧耶尔共发表了 5 本匿名单行本;另载于 Anna Ovena Hoyers,《宗教诗和世俗诗》(*Geistliche und weltliche Poemata*,Amsterdam,1650),页 263;与这首诗一同出版的,还有诗歌《谁爱与老妇争执:谁终生是个愚人》(*Wer gern mit Alten Frawen streitt: der bleibt ein Narr seins lebens zeit*)。欧耶尔反对议会军的弑君行为,反对费尔法克斯的"僭主统治",详见 Berghaus,第 208 篇。

⑥ 参见 Berghaus,第 168-173 篇和第 224 篇;另载于 Georg Greflinger,《雪拉同的世俗诗》(*Seladons weltliche Lieder*,Frankfurt a. M,1651)。

记》(*Diarium Britannicum*)等；① 罗高(F. v. Logau)创作的多首箴言诗(同上，第 270 篇)；哈尔斯多尔夫(G. P. Harsdörffer)创作的《帕纳斯山的天平》(*Parnassitrutina*)(同上，第 315 篇)；李斯特(J. Rist)创作的牧歌(同上，第 207 篇)；②摩尔霍夫(D. G. Morhof)创作的关于查理二世先祖事迹的颂歌《不列颠的赫拉克勒斯》(*Hercules Britannicus*)(同上，第 545 篇)；著名学者、法学家齐格勒尔(C. Ziegler)(同上，第 235、236 和 268 篇)和克姆尼茨(J. J. Chemnitz)(同上，第 212 篇)出版的关于英国 regicidium[弑君]的专论和论文。

1661 年泽森(P. v. Zesen)为查理一世撰写了一部详细传记，名为《被侮辱而又被树起的君王》(*Die verschmähete / doch wieder erhöheteMajestäht*)。③ 在传记中，泽森勾勒了英国历史从内战前、内战期间到"共和"时代的发展脉络。格吕菲乌斯在创作《查理·斯图亚特》(*Carolus Stuardus*)的第二版时，13 次征引泽森的传记。贝尔格豪斯指出，泽森的传记是格吕菲乌斯悲剧创作的主要素材来源。④

国王查理被弑引发了德意志铺天盖地的政治舆论。于此之际，安德里亚斯·格吕菲乌斯(Andreas Gryphius)⑤于 1657 年在布雷斯劳(Breslau)创作了悲剧《查理·斯图亚特》(第一版)。⑥ 格吕菲乌斯将

---

① 参见 Berghaus，第 220 和 221 篇。格莱夫凌格尔创作的其他诗歌和文章，详见 Berghaus 文献，第 216、222、223、228－230、251、294、308、439、493、494、578、579 篇。

② 李斯特是否是牧歌的作者，并不十分确定。

③ 参见 Berghaus 文献，第 547－549，567 和 568 篇；另载于 Karl F. Otto，《泽森历史手稿》("Zesens historische Schriften")，载于 *Phillip von Zensen* 1619－1969. *Beiträge zu seinem Leben und Werk*，Ferdinand van Ingen 编，Wiesbaden，1972，页 221－230。

④ Günter Berghaus，《安德里亚斯悲剧〈查理·斯图亚特〉的素材来源》(*Die Quellen zu Andreas Gryphius Trauerspiel Carolus Stuardus*)，Tübingen，1984，页 270－288(以下凡引此书简称《来源》)。

⑤ [译按]格吕菲乌斯(AndreasGryphius,1616—1664)，17 世纪上半叶德意志巴洛克诗人、剧作家、法律顾问，活跃于西里西亚布雷斯劳的文学界和法政界，是德意志一代文学大师。

⑥ [译按]悲剧全称为《被弑的国王陛下或查理·斯图亚特暨大不列颠王》(*Die ermordeteMajestaet. Oder CAROLUS STUARDUSKönig von GroßBritannien*)，以下简称《查理·斯图亚特》。

该剧同其他四部悲剧等作品共同收入选集。

　　一年后，即 1658 年克伦威尔离世之年，布雷斯劳的出版商利施卡（J. Lischka）再版了选集，并将格吕菲乌斯的另一部戏剧作品《彼得·古恩茨》（*Peter Squentz*）收入选集（同上，第 336 和 348 篇）。1663 年，格吕菲乌斯在第一版《查理·斯图亚特》的基础上创作了第二版，并将第二版收入特蕾舍尔（V. J. Trescher）在布雷斯劳出版的《喜剧、悲剧、颂歌和十四行诗》（*Freuden und Trauer-Spiele Oden und Sonnette*），这是最后一部由格吕菲乌斯亲定的选集（同上，第 577 篇）。

　　与第一版《查理·斯图亚特》相比，第二版增加了一封格吕菲乌斯致朋友泰克斯托（G. Textor）[1]的献词，一段为克伦威尔用拉丁语写作的墓志铭：Sta Viator ｜ Si stares ustines ｜ Ad Tumulum TYRANNI[如果你能够承受站在僭主的墓前，请驻足吧，旅行者]（很可能出自豪夫曼斯瓦尔道），[2]以及格吕菲乌斯亲撰的文章。[3] 1689 年，格吕菲乌斯的儿子克里斯蒂安·格吕菲乌斯（C. Gryphius）[4]将第二版《查理·斯图亚特》收入由他主编的格吕菲乌斯德语作品全集（第三版）。三个版本题目一致。在下文论述过程中，笔者将引用 1663 年的版本（第二版）。[5]

　　由第二版的献词可以看出，悲剧的第一版在 1650 年 3 月就已创作完成。也就是说，在国王身首异处不久后，格吕菲乌斯便立即创作了《查理·斯图亚特》的第一版。[6] 正如格吕菲乌斯在献词中所说，他创作第二版并非为了反驳研究者们对他作出的猜测。[7] 从格吕菲乌斯的一首十四行诗《致最负盛名的统帅：进献给查理·斯图亚特》（*An*

---

① ［译按］西里西亚的梅尔辛（Mersin）的公国君主。

② ［译按］豪夫曼斯瓦尔道（Christian Hofmann von Hofmannswaldau，1617—1679），巴洛克时期著名诗人。

③ 比较 *Kurtze Anmerckungen über CAROLUM*（《关于〈查理〉的简要注释》）。

④ ［译按］格吕菲乌斯（Christian Gryphius，1649—1706），17 世纪下半叶德意志巴洛克教育家、教学剧剧作家。

⑤ Andreas Gryphius，《查理·斯图亚特》（*Carolus Stuardus. Trauerspiel*），Hans Wagener 编，Stuttgart，1972。

⑥ 参见 Willi Flemming，《格吕菲乌斯和舞台》（*Andreas Gryphius und die Bühne*），Marburg，1914，页 445。

⑦ ［译按］大多数研究者认为，格吕菲乌斯在第一版《查理·斯图亚特》中表明了反对弑君的立场。

einenhöchstberühmtenFeldherrn / beiÜberreichung des Carl Stuards）可以得知，第一版手稿在完成不久后就呈递于一位政坛地位显赫的名人，而这位名人很可能就是勃兰登堡选帝侯。①

在 1648 年《威斯特伐利亚和约》签订之际，格吕菲乌斯在漫长的游学后重返故乡西里西亚。1638 年至 1644 年在莱顿求学期间，格吕菲乌斯曾结识伊丽莎白，而这位伊丽莎白正是那位曾在荷兰颠沛流离的查理一世外甥、昔日"冬王"（Winterkönig）、普法尔茨选帝侯弗里德里希五世（Friedrich V）的夫人。

结束在莱顿的学业后，格吕菲乌斯周游法国和意大利，于 1646 年至 1647 年间在斯特拉斯堡学习法律。重返故乡弗劳士塔特（Fraustadt）后，格吕菲乌斯与门当户对的女子成婚。之后，格吕菲乌斯开始活跃于西里西亚政界。1649 年至 1650 年间，他担任新教侯国格洛古夫（Glogau）的法律顾问，也就是说，他代表新教徒的利益，反对天主教势力、波西米亚国王和维也纳皇帝在信仰新教的西里西亚地区的统治，以及三者在西里西亚地区进行的天主教复兴运动。

在既往的研究中有一种观点声称，格吕菲乌斯的《查理·斯图亚特》乃一部时代剧（Zeitstück）。格吕菲乌斯在创作该剧之前，创作过两部戏剧，分别是《拜占庭皇帝列奥五世》②和《格鲁吉亚女王卡塔琳娜》。③ 与前两部悲剧不同，格吕菲乌斯借助"大众传播媒介"，在《查理·斯图亚特》中极言时事。格吕菲乌斯对时事的密切关注，激发了公众对弑君事件的探讨。那些认为《查理·斯图亚特》是一部时代剧的人拿该剧与布莱希特（B. Brecht）的《第三帝国的恐惧与苦难》、霍赫胡特（R. Hochhuth）的剧作以及 20 世纪 60 年代的文献剧作比较，断定该剧与这些剧作并无二致，是作家对当下事件的回应。

通过 exnegativo［反证］，他们禁止出版这部悲剧，因为该剧旨在干预现实政治。人们一方面指摘剧作家拥有干预政治的意图，另一方面

---

① 原文加括号标出：执政期 1640—1688 年。

② ［译按］《拜占庭皇帝列奥五世》，原名为 *Leo Armenius*，全名为《亚美尼亚人列奥或弑君》（*LeoArmeniusoderFürsten-Mord*,1646）。

③ ［译按］《格鲁吉亚女王卡塔琳娜》，原名为 *Catharina von Georgien*，全名为《格鲁吉亚的卡塔琳娜或经受住考验的坚韧》（*Catharina von Georgienoder Bewehrete Beständigkeit*,1647）。

嘲讽作家错失了出版悲剧的最佳时机。错失最佳时机指的是格吕菲乌斯延迟出版该剧的第二版。人们认为，格吕菲乌斯延迟出版第二版的原因在于他对权威和毁誉的恐惧。研究者鲍威尔（H. Powell）在《德语作品全集》的前言中曾用第四幕"宗教和异教徒的合唱"来证明此观点。① 在第四幕结尾的合唱中，宗教②抱怨自己一直扮演着伪善、叛乱和不正当的角色：

> 那些不将他们的妄梦公之于众，
> 而利用我的服饰来粉饰它的人，将引起仇恨和
> 争端。
> ［……］谁要推翻君主，
> 谁将皇冠踩在脚下，谁就是在假借我的面具行事。（四幕，行
> 317－319，行 323－324）

在宗教的控诉后，九位异教徒相互争执不休，所有人都借助罗马符号来说明，"真正的信仰是一个幌子"（四幕，行 331），是"一件空洞的衣裳"（四幕，行 335）。然而，异教徒没有论及教义，也没有以教义为据与宗教进行争辩。也许这正说明了该剧的主旨——该剧不执任何偏私的立场，作家捍卫国王和国王统治的神圣权利，反对颠覆政权。

虽然从表面上来看，该剧触及最棘手的政治问题，貌似蕴含干预现实政治的意图，但如果从文学最高价值原则文学体裁入手，则可以得出明确的结论：巴洛克悲剧从不曾是，也绝不会是时代剧。尚不论巴洛克悲剧的高超形式，作为文学作品，其诗学祈向超越了时代的偶在性和内在性，以融入超验的内蕴作为旨归。通过不同的历史 exemplum［典范］，巴洛克悲剧 subspecie aeternitatis［以永恒的样式］，为读者和观众提供永恒的、普适的生命法则。因为在通常情况下，当下的历史事件因依赖具体时代和地域的语境而不具有普遍性，也就是说，当下的历史事件是偶在的、非必然的和不确定的。因此，格吕菲乌斯推迟出版第二版的举动并不能证明他有通过文学性的塑造来干预政治神学探讨的

---

① 参见 Andreas Gryphius，《德语作品全集》（*Gesamtausgabe der deutschsprachigen Werke*），Marian Szyrocki 和 H. P. 编，Tübingen，1964，前言，页 8。
② ［译按］宗教的寓意形象。

意图。

　　这种论断并非无足轻重。一些善意的朋友曾对古典文学体裁进行充分定义，以便让今天的读者和一般受教育之众，无论是否带着"以古论今"之见，都能够在阅读的过程中，回溯悲剧概念的渊源。由此引发了这样的思考：人们用一种不符合历史语境的视角指摘作品切合时势，并借此机会得出大量结论，这种解读方式对任何人来说都是不可取的。对戏剧上演情况的忽视，是对文学体裁特征的忽视，亦是对文本构建的历史语境的忽视。据研究表明，该剧于 1665 年由齐陶（Zittau）人文中学的学生搬上舞台，并且只上演过一次。1650 年在托伦（Thorn）和 1671 年在阿尔滕堡（Altenburg）由学生上演的《查理》剧，均属于其他作者的作品。[①]

　　格吕菲乌斯的两版悲剧都由五幕（Abhandlungen）[②]组成，每幕后都有一段简短的合唱（Reyen）。合唱承袭了古典悲剧中歌队的形式，在悲剧中承担解释的功能。合唱中通常会出现已故者和被弑者的魂灵、寓意式的形象以及古典神话形象，他们对"历史"情节展开评论、界定和阐释，为悲剧在其意义层面赢得了超验之维。如果说，角色之间戏剧化的演说呈现了情节的图像，那么合唱则是作者解释文本的要素。[③] 通过合唱的形式，文本在自身内部获得阐释的可能，为 exempla historica［历史典范］获得了超验的意义维度，实现了悲剧超验性的诉求。

　　格吕菲乌斯在第一版戏剧第一幕的开篇就向读者和观众表明，国王即将被处以死刑。随后，角色们展开讨论：阻止死刑的可能性、营救国王的计划、实施营救所需要的准备、对死刑赞成与否的回顾和预测等。第二版的第一幕主要展示了费尔法克斯夫人营救国王计划的过

---

① 参见 Flemming（详见脚注 22，页 249）和鲍威尔在前言中的论述（详见脚注 24，页 132）。

② 17 世纪用 Abhandlung 对应拉丁语的 actus；18 世纪后用 Akt 借译 actus，取代 Abhandlung。

③ ［译按］寓意图（Emblematik）由"标题"（inscriptio）、"图像"（pictura）和"解题"（Subscriptio）三部分构成。按照 Schöne 的观点，戏剧中每幕具体-塑造性的情节好比寓意图中的"图像"，每幕结尾抽象-解释性的合唱好比寓意图中的"解题"。关于寓意图与巴洛克戏剧的关系，详见 Albrecht Schöne：*Emblematik und Drama imZeitalter des Barock*，München 1993。

程。由于第二版添加了这幕情节，①于是第一版的第一幕顺延成为第二版的第二幕。② 第二版的第三幕主要围绕查理展开，查理已做好随时牺牲自己的准备。

在查理出场前，议会军内部针对是否弑君展开了激烈的争辩，争辩发生在克伦威尔、彼得（H. Peter）和举棋不定的费尔法克斯（T. Fairfax）之间。费尔法克斯仍不能下定决心营救查理。在第二版的第四幕中，查理发表了临终演说，费尔法克斯拒绝了费尔法克斯夫人的营救计划。费尔法克斯夫人对丈夫的拒绝表示十分不解，于是她请求一位陆军将领介入营救行动。但是，她的计划失败了，营救行动最后无疾而终。第二版的第五幕展示了处决国王的场景，再现了珀勒（Poleh）狂躁的独白。复仇女神在终场预言，所有曾在西敏宫参与恶行的罪人，都将在未来遭到残酷的报复。

长期以来，人们一直诟病这部悲剧的情节太单一。然而与其他悲剧③相比，这部悲剧的情节是较为丰富的。剧中的主要角色不行动，他们只发表演说；他们在大多数情况下用语言完成行动。他们不描述其他角色在其他场景的行动，而是依次将其报告出来。悲剧的主角国王查理，他是一个受难者。如果用亚里士多德的悲剧理论来分析查理，作为悲剧的主角，无论查理是无辜的还是有罪的，他理应具备某种harmatia[弱点]，而这个弱点是导致悲剧情节反转的关键。然而，在该剧中没有任何关于查理弱点的情节。

---

① 从该剧的情节来看，第二版的第一幕成为情节最丰富的一幕，详见 Berghaus，《来源》，前揭，页232。Berghaus 指出，费尔法克斯起初答应参与营救查理，他赞成废黜国王，但是反对处决国王。关于费尔法克斯的信息，格吕菲乌斯引自Bisaccioni，《近期内战史》（*Historia delle guerrecivili*），详见 Berghaus，《来源》，前揭，页307–309。

② 第二版中增加的第一幕，是整部悲剧中最重要的一幕。关于第二版对第一版的改动，详见脚注21，页258。另见 Albrecht Schöne，《被弑的国王陛下或查理·斯图亚特暨大不列颠王》（"Die ermordete Majestaet. Oder Carolus StuardusKönig von Groß Britannien"），载于 *Die Dramen des Andreas Gryphius. Eine Sammlung von Einzelinterpretationen*，1968，页126。格吕菲乌斯在第二版的原文后附了一篇《关于〈查理〉的简要注释》（*Kurzen Anmerkungen über CAROLUM*），其中列举了其他信息的出处。第二版《查理·斯图亚特》没有内容简介。

③ 原文加括号标出：《拜占庭皇帝列奥五世》（*Leo Armenius*）、《格鲁吉亚女王卡塔琳娜》（*Catharina von Georgien*）和《帕皮尼亚努斯》（*Papinian*）。

　　因此,人们不能用亚里士多德的悲剧理论来阐释格吕菲乌斯的悲剧。这个结论是恰切并十分重要的,因为人们常常用亚里士多德或莱辛(G. E. Lessing)的悲剧理论"指摘"格吕菲乌斯的作品,这体现了他们缺乏对巴洛克悲剧本质的认识。然而这种错误的观点对我们洞悉格吕菲乌斯悲剧的特征,起到了正面和恰当的作用。因此,下文并非研究17世纪悲剧理论与亚里士多德、莱辛悲剧理论的区别,亦非考察17世纪悲剧理论对亚里士多德悲剧理论的变形或转释,而是从人们对该剧的诟病出发,寻绎该部悲剧的本质特征:

　　首先,悲剧的主要目的不是向观众再现人物或主要人物的具体情节,让观众学习和分析具体的情节,而是让观众牢牢记住剧中典型的人物设置和典型的行为后果所蕴含的意义。

　　第二,Dramatis personae[戏剧角色]的品格,即登场角色的品格,不像亚里士多德、歌德或席勒悲剧中的戏剧角色那样,是通过行动建构起来的。剧中的角色是道德、政治和神学观念的代表,偶尔也是私人和家庭观念的代表(从普遍的范围来考虑),其行动与救赎息息相关。也就是说,在关于灵魂救赎的永恒话题中,角色代表了人类的基本态度和基本抉择(角色不拥有由个性化行动决定的品格)。戏剧角色的悲剧性不在于角色的生命会受到威胁,而在于角色会丧失灵魂获得永恒救赎的可能。戏剧角色的基本态度不是由行动者的具体行动决定,而是通过行动者的在场。行动者的在场则由布局周密的修辞术(Rhetorik)来实现。因此,角色的具体行动或动作,例如他是坐着还是站着、步伐的距离,这些均无关紧要。具有修辞特征的独白和对话才是实现角色在场的途径。

　　因此,角色可以是布道者、博学多识的争辩者、辩护律师、提供规谏的politicus[君子],也可以是阴险的、"智术的"谋算家。在剧中,角色使用轮流对白(Stichomythie)的争辩形式为戏剧制造冲突。因此,读者和观众情感的升温不是由戏剧角色的行动左右的,而是由修辞术决定。在既往的文学史中有一种过时的、不符合历史语境的观点普遍被人们接受,这种观点认为,格吕菲乌斯的"帝王-国家大戏"是作为"案头剧"(Lesedramen)构思而作的。尽管该观点不符合戏剧史中对格吕菲乌斯悲剧的评价,但却从反面为我们提供了一些正确的讯息,揭示了悲剧修辞化的本质特征。剧中的修辞术不以展现角色的具体行动特征为主,而是通过语言和手势呈现事件的样貌(Schauseite)为本,以便把事件纳入救赎史（Heilsgeschichte）的框架中，让悲剧成为展示信仰之域灵性之教义的媒介。因此，在阅读这类悲剧时（以格吕菲乌斯的悲剧为例），人们需要用一种观赏雕塑的严肃感，在脑海中想象演员的"步伐"、运动、表情和语言。

第三，悲剧只有展示宫廷-政治（höfisch-politisch）场域中"大人物"（通常是罗马史中的帝王或统治者）的典范，才能赢得超时代的意义，在不同层维中关涉救赎。因此，悲剧唯有潜入宫廷和政治场域中最深刻的冲突和抉择，方能流溢出最深邃的蕴意。原因在于，只有在最极端的情状下才需要做出抉择和判断，也唯有在最极端的情状下产生的冲突和抉择，方能为读者和观众提供规谏。亦即是说，最极端的情状能够给读者和观众留下最深刻的印象，而读者和观众只有在最深刻的印象中，才能闻见真实。因此，剧作家在悲剧中主要塑造的对象，不是由行动决定的个体化人物，而是高居于云天中的人——帝王，因为帝王最能够代表人的此在（Seinsrepräsentanz）。在悲剧中，行动一点也不重要。即使行动是最能够体现角色此在的方式，剧中的角色也应以帝王将相的方式行动（修辞术），而不是个体化人物的自我表演。

第四，在舞台上演出的悲剧，是"悲剧本身"（二幕，行 143）的表演，是"尘世"（Welt）的再现，是蕴藏世俗史中所有典型事件的载体。如果不考虑事件发生的具体日期，人们可以毫不费力地将此次弑君事件纳入所有的历史典范之中："历史化"意味着去历史化，这就是《查理·斯图亚特》不是一部时代剧或政治倾向剧（Tendenzstück）的原因。在悲剧的创作中，格吕菲乌斯通常会化用大海中的"航船"和"海难"（二幕，行 332）比喻，用"航船"的"海难"形容"未知事物意外的跌宕"（五幕，行 9），以此将事件的跌宕纳入尘世苦海——"苦剧"（Jammer-Spiel）（二幕，行 115）——之中。

"尘世"和身处尘世中的人并非经验空间或经验空间中的主体，他们内心向往的并非施尼茨勒（A. Schnitzler）意义上的"渺远之疆"，因为巴洛克文学不是读者探寻宇宙奥秘以获得经验的媒介。在格吕菲乌斯的悲剧中，vanitas［虚空］——欺骗性的表象——寓居在尘世日常情状的阴影背后，只有借助尘世的舞台，才能揭示其本质：在尘世的舞台上，人们寻绎救赎之路，因为在临终前，他们什么也不剩下。人们无法预测这条救赎之路，因为人们看到的所有路标皆是虚妄的，并且人们也看不到恒常不变、真实不虚的事物。

　　由于达臻终极目标殊为不易,所以在舞台上呈现的"一切",不论是永恒的神圣亦或是永恒的诅咒,都需要依赖一个最极端的、最激烈的、最负面的例子为读者和观众提供箴规:人们只有对戏剧角色的误入迷途——"颠倒尘世"的表现——辩证否定地进行思考,才能洞察尘世的本质,祛除尘世欺骗性的特征,发觉人生实相。这就是西班牙伦理学中"觉醒"(desengaño)的概念,即把藏匿于欺骗、自我欺骗和错觉背后的真理昭揭于世。作家将这种创作方式视为传教士般的认知批判(Erkenntniskritik),即用修辞术对抗此世的错觉。

　　国王是受难者中最典型的代表。在该剧第二部的第一幕(第一部的第二幕)中,作家将判处国王死刑视为最大的罪行,并以此基调进行创作。[1] 在所有与查理谈话并试图说服他的人的眼中,查理是一个被动的受难者,查理自己也是这样认为的。在第一幕中,格吕菲乌斯主要展示了费尔法克斯夫人劝说费尔法克斯参与营救国王行动的过程。费尔法克斯夫人与查理被动的形象形成了鲜明的对比。身为国王的查理虽是受难者,然而同时也是得胜者,因为查理是上帝的拣选者。

　　虽然如此,查理在本质上与普通人并无二致。如果人们从"贵族对抗人民"的模式出发,把现代的视角投射在该部戏剧上,那么这种方式从本质上是错误的。因为这种投射型的阅读和阐释方式没有把代表的范畴纳入其中,并且缺乏一个渐进式的参照。每个人都是寻求救赎的人,每个人都是"被拣选"者:基督教的基本事实——基督的复活——是可以被认识并描述的。但是,倘若悲剧只展示普通人的困境,便不能实现这个终极目标。对读者和观众来说,剧作家只有厘清人物的抉择、廓清情节的轮廓、辨别事物的清浊,才能实现悲剧的教化功能,而悲剧的教化功能只有在宫廷和政治的场域中才能实现,因为宫廷和政治场域对人的此在最具有代表性。这也正是文学体裁中拥有最高冠冕的悲剧在小说面前为自己辩护的依据。[2] 从这个意义上来看,国王最终成为拣选者、受难者、殉道者,他代表了"每个"人的结局,他的殉

---

① 以克伦威尔为首的密谋者们持相反观点,他们"反证"对国王判决死刑和执行死刑的合法性,详见 Schöne,页157。Schöne 指出,密谋者们将国王描绘成巴拉巴(三幕,行46)。这是他们党派内部流传的对查理的形容,但是不被保皇派认可。

② 参见 Schöne,页153。

道为每个欲获救赎的人提供镜鉴。与其他路径相比,这条路径最可靠,因为悲剧展示的是一条"王者之路"。

正如前文一直强调的,格吕菲乌斯悲剧中所有的殉道者形象,列奥五世、卡塔琳娜、查理一世、皇家法学家帕皮尼亚努斯,都是按照基督教和新廊下派(das christliche Neustoizismus)思想塑就而成的,所有角色都甘心情愿为基督教牺牲。他们象征着无辜者,同时他们也是 constantia [坚韧](Beständig), aequitas animi[笃定](Gleichmut), magnanimitas [豁达](Großmütigkeit)的化身。① constantia[坚韧]代表了对自我认同和自我认可持守原则的理想,是近代自持(Selbsterhaltung)概念在神学上的预成说法。因此,格吕菲乌斯在悲剧的创作中主要采用殉道剧(Märtyrerdrama)的模式,因为作为坚贞不屈的殉道者,他在悲剧中的"跌宕"或"起伏",他丧失此世的生命或获得彼岸的永恒,皆体现了基督教殉道者的矛盾。

于是,基督教殉道者的矛盾成为悲剧情节"反转原则"②的来源,成为剧作家悲剧创作的根源。"反转"也成为"庸俗文学"作家写作时必要的考虑因素。可以看出,现代文学的批评范式源自救赎史的框架。在救赎史的框架中,所有外部现实是不可信且"颠倒的"(verkehrt)。因此,"颠倒"成为独一可信的真理:以永恒的样式,一切均非实相,众生颠倒。格吕菲乌斯在作品中使用寓意的笔法,将命运(或命运的车轮)作为实现悲剧情节"反转"的意象:

---

① 塞涅卡,特别是 seneca tragicus[塞涅卡的悲剧],对很多剧作家产生了重要的影响,包括荷兰圣经剧的作家和格吕菲乌斯,详见 Jammes A. Parente Jr.,《宗教剧和人文主义传统。1500 年至 1680 年德国和荷兰的宗教剧》(Reliigous Drama und the Humanist Tradition. Christian Theater in Germany and in theNetherlands 1500—1680, Leiden, 1987);利普修斯(Justus Lipsius, 1547—1606)在他的著作中论述了新廊下派哲学思想,其著作有:《政治学》(Politica, 1589)、《廊下派哲学指导手册》(Manductio ad StoicamPhilosophiam, 1604)、《廊下派的自然哲学》(Physiologiaestoicorum, 1604)以及塞涅卡原著的注释版;利普修斯最受青睐的政论《论恒》(De constantia)出版于 1548 年,德译版出版于 1599 年;德译版可参考 Leonard Forster 1965 年斯图加特的版本;Florian Neumann 1998 年美因茨的版本中有翻译、注释和后记。关于格吕菲乌斯悲剧中的复杂旨趣,参见 Schöne,页 133。Schöne 在书中反对既往的观点,即格吕菲乌斯代表了廊下派的哲学思想。

② 参见 Schöne,页 130。

君主从死亡中知晓,不久之后,命运的飞轮将错乱颠倒。(同上)

救赎史像一架充满矛盾冲突的机器,其中蕴含了几组最常见的矛盾:时间、帝国、权力与永恒;低谷与高潮;生命与死亡(朱袍与寿衣:二幕,行492);宫殿与监狱(四幕,行217);黑夜与光明(五幕,行437);财产与牺牲;盈利与亏空;欲念与苦难;危险与安全(大海、船、港口与海难、灭亡:二幕,行332)等等。悲剧主要矛盾在于统治者命运反转造成的"落差"(Fallhöhe),因此悲剧的主人公必须高居于上,因为只有这样,他才能高居而下,他所经受的反转才巨大,读者和观众才能获得最极端的认识。在《查理·斯图亚特》第一幕的第一段独白中,费尔法克斯夫人抱怨查理的"跌落"(一幕,行6)。费尔法克斯夫人用精明和恰当的修辞手法表达了自己的震惊,质疑了议会军对查理的判决。她运用修辞手法将弑君行动描绘成一件并非不可避免之事,因为她试图通过演说阻止人们的弑君行动。如同《拜占庭皇帝列奥五世》中的皇帝列奥(Leo)十分善用格言警句,查理也总是强调说:

> 我想把这个悲伤的消息告诉我的朋友和孩子,
> 查理即将消逝。不!如果他灭亡,
> 王冠也会消失!坚强的查理将坚贞不屈,
> 只有当他身体衰败时[……](幕五,行42-45)

历史上最能够体现殉道者的矛盾性是腓力二世(Phillipp II.):按照他的旨意,他的埃斯科里亚尔宫,即埃斯科里亚尔大教堂被建造成长方体的形状,因为当年基督教徒圣洛伦索受刑的工具就是灰色的长方形铁罐。在《查理·斯图亚特》中,"王冠象征"(Kronensymbolik)增加了悲剧的"落差"。格吕菲乌斯在悲剧创作中(特别是第一版)借用了《王者肖像》(Εἰκὼν Βασιλική)中"王冠象征"的塑造模式。1649年,《王者肖像》于英国出版,德译版与英译版也于同年出版。格吕菲乌斯使用的是拉丁语的版本。这部著作共28章,前26章是国王的辩护词(Defensio pro se),第27章是国王致查理二世的一封信,最后一章是国王被禁期间(1647年至1648年)创作的《关于死亡的思考》(Todesgedanken)。

早在 1642 年,这部著作的大部分就已创作完成。1648 年,在国王查理一世的修改和补充后,该部著作由神学家、保皇派高登(J. Gauden)加工并出版。① 该书内附一副寓意式的铜版画,以及一段保皇党对此铜版画简明扼要的解释:查理身着王袍,抬头望向天空中"神圣并永恒的王冠",右手拿着"带刺并轻浮的荆棘冠",地上摆着"闪耀并沉重的金色王冠",脚底踩着地球仪("尘世的虚空")。②

正如上文所说,在国王被处死前,作品的大部分就已创作完成,在出版前的作品中,国王被囚和生命受到威胁影射了耶稣的受难。在出版后的作品中,查理作为殉道者的形象仍在作品中延续。作家通过"王冠象征"的手法将国王的受难与耶稣的受难进行类比,用宗教影射表达政治寓意。在悲剧的创作中,格吕菲乌斯以"王冠象征"为基础,把查理的殉道与基督的受难进行类比,将查理刻画成"无辜的羔羊",把"议会军的造反喻为屠宰场中的行为"。③ 格吕菲乌斯遵循了《王者肖像》中 imitaiopassionis Christi[效法基督受难]的理念,在悲剧中(特别是第二版)塑造了国王查理受难的形象。正如上文提到过的,彼得和刽子手在对话中将查理比作巴拉巴,这一点恰好可以证明查理效法耶稣基督。不仅如此,第二版中新加入的角色珀勒也证明了查理的殉道效法基督的受难。珀勒在独白中这样说道:

> 谁想成为这个人,就不要隐瞒。
> 我宽恕了这个名字。他已经
> 得到了应有的惩罚,受到了审判。(幕五,行 157–159)

薛讷(A. Schöne)在研究中指出,珀勒代表"犹大",他在第五幕的

---

① 参见 Berghaus,《来源》,前揭,页 117。Berghaus 指出,在查理被处死后的一周内,《王者肖像》的第一版就于伦敦问世,截至 1649 年末共加印了 35 版。1649 年至 1650 年间,该部作品被译成多种语言,包括荷兰语、法语(7 个版本)、德语(2 个版本)和丹麦语。第一个德译本名为《王者肖像或对国王查理的痛苦和在监狱抗辩的塑造》(*Εἰκὼν Βασιλική oderAbbildung des Königes Carl in seinenDrangsahlen und GefänglicherVerwahrung*,1649)。

② 引自《对铜版画的解释》(*Erklärung des Kupfferstichs*),详见 Berghaus(2),页 121–123;另见 Schöne,页 128。

③ 参见 Berghaus,《来源》,前揭,页 124。

自杀让人联想到犹大的自杀。① 不仅如此,剧中诸多情节能够让人们联想起耶稣基督的受难。格吕菲乌斯曾在注释中提到,他共五次援引《王者肖像》。虽然大多保皇派的文献②也采用了把国王殉道与耶稣受难进行类比的模式,并且使用了"王冠象征"的手法,但是《王者肖像》是格吕菲乌斯"王冠象征"和类比模式的主要来源。正如格吕菲乌斯在第二版《简要注释》(*Kurzen Anmerkungen*,行 498)中说的:

> 作为记录国王查理生死的作家,我要表达一些重要的想法。"两院议员在其请愿、通告和声明中,屡次向国王预许,日后将把他树立为伟大光荣的国王。他们遵守了诺言,把(之前为他准备好的)尘世之沉重的荆棘冠,变成永垂不朽的荣誉之冠。"③

国王的殉道影射了耶稣基督的受难。正如薛讷指出的,"按照宗教模式中的榜样(Vor-bild),借助语言的形式塑造人类历史和生活日常",④这符合 17 世纪作家文学创作的历史语境。也就是说,按照宗教人物的模板并借助寓意的形式,作家用形象化的方式塑造国王的典范,以此为历史典范获得救赎史中的真实性。于是国王的典范赢得了历时性和"历史性"的维度。为了更好地理解这个观点,下文将从三个方面展开论述。

第一,历史中的典范(典范这里具体指查理殉道)塑造救赎史中的真理(真理这里指基督受难):一方面,典范预示了真理;另一方面,典范让人们回想起真理。

第二,典范,即实现救赎史中 verritas[真理]的 figura[形象],介入了救赎史中关于真理的预言和实现(Prophetie und Erfüllung)的关系中:在预言的含义下,典范 praefiguratio[预表]耶稣基督(好比以撒牺牲与耶稣基督献身的关系);在实现的含义下,典范后表(Post-Figuration)耶

---

① 参见 Schöne,页 147。

② 参见 Berghaus 文献,第 204、205、449、547-549、567、568 篇;参见 Berghaus,《来源》,前揭,页 145、210、247、270。

③ 参见 Peter Heylyns,《死去的国王查理》(*Der Entsehlte König Carll*),引自 Schöne 页 128、135。

④ 参见 Schöne,页 162。

稣基督(同上,页 168)。

第三,接受后表理论的前提是,在建立形象和真理的关系时,扬弃具体的时间特质。也就是说,形象 imitatioveritatis[效法真理],它可以存在于真理实现前,也可以发生在真理实现后。这无异于说,人们不能只用一种线性的时间观来理解旧约的预言与新约的实现之间的关系。奥尔巴赫(E. Auerbach)就曾用七睡仙(Siebenschläfer)的传说影射基督的复活,并赋予了中世纪盛期"布列塔尼传说中的人物(例如《寻找圣杯》中的加拉德)特殊的含义"。①

因此,如果说定罪查理和处决查理,皆效仿基督受难,那么作家"塑就的形象"②——查理——后表耶稣基督。毫无疑问,格吕菲乌斯的创作带有神学思想的印记,并且充满政治寓意:国王的神圣权利具有不可触碰的正当性(Legitimität)。格吕菲乌斯持有路德宗的国家理论观点。但是,人们囿于时代的局限,依赖于当下的认知水平,仍用今天的眼光来解释这部悲剧。

于是,针对这部悲剧,学界存在两种相左的观点:其一,作家塑造的形象加强了君主制的合法性(Legitimismus),在整个欧洲大陆探讨弑君事件的背景下,作家把悲剧视为服务于神学和政治宣传的工具;其二,正像薛讷指出的,查理影射耶稣基督是政权合法性的源头。所以薛讷在其著作中反诘道:"这部悲剧真的是一部旨在影响政治意见的艺术

① Eich Auerbach,《形象论》("Figura"),载于 *ArchivumRomanicum* 22(1983),页 478;再版于 E. A.,《罗曼语语言学文集》(*Gesamelte Aufsätze zur romanischen Philologie*,Bern / München,1967),页 55–92。Schöne 以这篇文章为基础,发展了教父神学和中世纪的形象化(Figuralismus)概念。

② 同上,页 166。1968 年前,Schöne 的研究是权威性的。与 Schöne 持相反观点的研究有:H. W. Nieschmidt,《真实还是虚构?》("Truth or Fiction?"),载于 *German Life and Letters*,N. S. 5,1970/71,页 30–32;JaniferGerl Stackhouse,《为格吕菲乌斯悲剧的历史真实性辩护》("In Defense of Gryphius' Historical Accuracy"),载于 *Journal of English and German Philology* 1,1972,页 466–472;Karl Heinz Habersetzer,《伦敦的悲剧舞台。安德里亚斯·格吕菲乌斯〈查理·斯图亚特〉的原始素材研究》("Tragicum Theatrum Londini. Zum Quellenproblem in Andreas Gryphius' Carolus Stuardus"),载于 *Euphorion* 66,1972,页 299–307;Karl Heinz Habersetzer,《政治类型与历史典范。历史美学视域下的巴洛克悲剧研究》(*Politische Typologie und historisches Exemplum. StudienzumhistorischästhetischenHorizont des barockenTrauerspiels*,Stuttgart,1985);Berghaus(2),页 86。

作品吗?"①

　　宗教观是格吕菲乌斯在文学中塑造形象的根柢。但是,人们对此诗学宗尚感到十分"陌生",并视其为不符合历史语境。② 如果人们从17 世纪文学交流和悲剧功能的角度来研究巴洛克悲剧,也许可以获得认知上的进步。需要指出的是,17 世纪文学交流与悲剧功能的场域是统一的。而在近代晚期背景下的文学和艺术作品的交流与功能与近代早期相比发生了一定程度的嬗变。

---

① 　参见 Schöne,页 162。

② 　同上,页 169。与 Schöne 持相反观点的代表性研究,来自 Habersetzer(1985)。Schöne 在另一部研究《寓意图与巴洛克戏剧》(*Emblematik und Drama imZeit-alter des Barock*,München,1993)中,涉及了寓意图的概念,但是 Schöne 没有探讨寓意图与戏剧语言之间的关系。关于寓意图和戏剧语言的关系,参见 Sabastian Neumeister,《格拉西安的视觉语言》("VerbaleVisualisierungbeiGracián"),载于 *Theatrum Mundi. Figuren der Barockästhetik in Spanien und Hispano-Amerika*,Monika Bosse 和 A. Stoll 编,Bielefeld,1997,页 91−102。

格吕菲乌斯的悲剧《查理·斯图亚特》

瓦格纳(Hans Wagner) 撰

谷 裕 译

　　巴洛克戏剧家格吕菲乌斯在创作《查理·斯图亚特》(*Carolus Stuardus*)之前,①创作过两部戏剧,分别是《拜占庭皇帝列奥五世》和《格鲁吉亚女王卡塔琳娜》。② 两部剧均取材过去的历史。格吕菲乌斯不曾想,就在自己生活的时代也将发生重大历史事件,其涉及问题之紧迫,其意义之明确,足以让人预感到某种超时代的价值和普遍意义:1649 年 1 月 30 日,大不列颠王查理一世登上断头台,被打着正义的幌子砍了头。有关查理被判决和砍头的消息,一时间如野火般在欧洲蔓延,倾动朝野。

---

① ［译注］Andreas Gryphius, 1616—1664,原姓格莱夫(Greif),格吕菲乌斯是其拉丁化形式,出生和逝世于西里西亚,法学家,法律顾问,作有十四行诗、多部喜剧和悲剧,是德语巴洛克文学最重要的作家。《查理·斯图亚特》(*Carolus Stuardus*),全名《被弑的国王陛下或查理·斯图亚特暨大不列颠王》,悲剧。

② ［译注］《拜占庭皇帝列奥五世》,原名 Leo Armenius,全名《亚美尼亚人列奥或弑君》,创作于 1646/1647 年,首版于 1650 年,参照 11 及 12 世纪的文献,取材皇帝列奥五世在 820 年圣诞夜于君士坦丁堡皇宫礼拜堂被弑事件。列奥五世:一称亚美尼亚人列奥,拜占庭皇帝,813—820 年在位,历史上一般认为他是位僭主。格吕菲乌斯按路德教理解,没有让列奥受罚,而是让他解脱和得救。格吕菲乌斯不认可臣民对僭主有抵抗权,也就不认可弑君的合法性。《格鲁吉亚的卡塔琳娜》,原名 *Catharina von Georgien*,副标题《或经受住考验的恒毅》,悲剧,创作于 1647—1650 年之间,1657 年出版,参照 17 世纪上半叶的文献,取材 1624 年格鲁吉亚东部卡赫希王国(时被波斯占领)的卡塔琳娜(1565—1624)王后,历史记载,她在夫君大卫一世去世后,为阻止波斯皇帝阿巴斯一世(1587—1629 年在位)进攻卡赫希,同时令其支持乃子(后为泰姆拉兹一世)登基为王,于 1614 年出当人质,因拒绝改信而被酷刑处死(火钳烧死)。戏剧改编为她因拒绝沙赫阿巴斯求婚和改变信仰而死,亦即为捍卫基督教信仰而死,属殉道者剧。

格吕菲乌斯特别关注这一事件,有两个原因。其一,他在荷兰读书时曾结识查理一世的外甥女伊丽莎白,也就是查理一世的妹妹伊丽莎白·斯图亚特与普法尔茨选帝侯、人称"冬王"的弗里德里希五世的长女。[1] 其二,事件关系到 17 世纪国家哲学和政治思想。按 17 世纪的观念,国王由神任命,并且只对神负责。

格吕菲乌斯在莱顿学习期间,与法国语文学家萨尔马修斯(Claudius Salmasius)结交,[2]萨尔马修斯即支持斯图亚特,积极捍卫君主的神圣权利。对于时人而言,法官权力僭越君主,就相当于僭越神赋予法官的职位。《查理·斯图亚特》第一幕结尾,"被弑的英格兰诸王的合唱"即表达了这个意思:

> 主啊,是你任命君主代理你的职位。
>
> 你还要观望多久?
>
> 难道我们的遭遇不是损害了你神圣的权利?(第一幕行 321 以下)

剧中的苏格兰特使反驳克伦威尔的话表达了同样意思:

> 世袭君主倘若获罪于神,那么也只有神有权惩罚他!(第三幕行 761)

---

① 参见 Hugh Powell, *The Two Versions of Andreas Gryphius' ‹Carolus Stuardus›*, in: German Life and Letters, N. S. 5 (1951/52) S. 110。[译注]此处指查理一世的外甥女伊丽莎白(1618—1680),系查理一世的胞妹伊丽莎白·斯图亚特(1596—1662)与普法尔茨选帝侯、"冬王"弗里德里希五世(1596—1632)的长女,当时流亡在荷兰。(原文似混淆了两位伊丽莎白。)弗里德里希五世 1610—1623 年为普法尔茨选帝侯,亲加尔文教,1619—1620 年被新教诸侯推举为波西米亚王。"冬王"是天主教皇帝方面对他的谑称,希望他的王位无时。他是引发三十年战争的人物之一,在白山战役与皇帝军队作战失败后,丢掉波西米亚王国,并受"帝国剥夺法律保护令"制裁,丢掉了普法尔茨和选帝侯资格。

② [译注]萨尔马修斯,1588—1653,曾在海德堡学习古代语文学,在此皈依新教(海德堡是皈依加尔文教的普法尔茨邦国首府),1631 年起在莱顿大学(加尔文教)任教,曾撰文为查理一世辩护。

该句使用了交错修辞法[君主得罪神,神惩罚君主],修辞本身就包含:君主不仅只对神负责,而且也只能获罪于神。① 此外,路德本人特别强调君主职位的神性来源,而格吕菲乌斯是一位坚定的路德教徒。对于格吕菲乌斯来说,查理被砍头之令人震惊,并不在于弑君事件本身——这在英国历史上屡有发生,而是如其所言,弑君采用了"岛国方式"(第二幕行196),亦即打着正义的幌子,履行了法律程序,拟定了正式的死刑判决,这才真正令人惶恐。如此行径的渎神之处在于,国王的对手要么披着宗教外衣,如独立派领袖彼得(Hugo Peter),要么把弑君行为说成受上帝感召的行为,如休勒特(William Hewlet,第三幕行53以下)。

格吕菲乌斯通过费尔法克斯、彼得和克伦威尔之间的对话,揭示出该团伙不过是赤裸裸地用虚伪来掩饰纯粹的个人权力主义(Machtegoismus,第三幕行261以下),他同时通过第四幕结尾的寓意性合唱,他揭露出这些人滥用宗教。格吕菲乌斯提请时人注意,倘若整个欧洲都效仿英格兰的先例,将会出现怎样的后果。臣仆如若把自己抬升为法官,裁决由神涂油的君主——他称之为"欧洲的诸神"(第三幕行529),那么,整个欧洲的社会秩序就会发生动摇。因此,与其他剧作不同,《查理·斯图亚特》不再取材于过去的历史或中世纪传奇,而是取材于当时发生但具有普遍政治意义的事件,积极把它搬上舞台。

凡此因素不免会导致把《查理·斯图亚特》解释为一部纯粹的政治倾向剧、一次政治论战、一篇戏剧形式的檄文②或众多论战文字中的一种——在查理处决后不久,此类文字便在欧洲风起云涌,其中很多都充当了格吕菲乌斯的资料来源。然而通过对戏剧成文史的考察,可以看到,具体的政治倾向最多只是作品内涵的一部分,戏剧的结构及其特有的超时代内涵并未受其沾染。

格吕菲乌斯创作《查理》的具体时间已不得而知。本卷选用的是第二版,在该版前言中,作者称自己在查理砍头后"不日便投入创作,

---

① 参见 Albrecht Schöne, *Ermordete Majestät. Oder Carolus Stuardus König von Groß Britanien*, in: Gerhard Kaiser (Hrsg.), Die Dramen des Andreas Gryphius. Eine Sammlung von Einzelinterpretationen, Stuttgart 1968, S. 141。

② 原文抄录:"...Poema, quod paucos intra dies attonito, atq; vix condito in hypogaeum REGIS cadavere sceleris horror expressit"。

满怀惊愕,表达对弑君行径的憎恶"(页 5 行 14 以下)。① 弗莱明(W. Flemming)推断第一版早在 1650 年 3 月就已完成,②但在 1657 年才随格吕菲乌斯选集第一版出版(以下称第一版),在此之前并无单行本问世。格吕菲乌斯也并非出于一时愤怒而奋笔疾书,因第一版使用的很多文献,被证明是当时的文献和报道。③ 本卷的底本 1663 年出版,是作者的亲定版(以下称第二版)。第一二版间存在很大差异,以致有人称"两个版本两部作品"。④

格吕菲乌斯为何要对第一版进行大幅改动呢? 或许是受两个外在原因驱使:其一是他此前很多模糊的预测在其间得到证实,即随后发生的事实证明,克伦威尔的统治不过是英国王朝史中一个插曲,不久后被弑的查理一世的儿子查理二世便登基为王。⑤ 其二是其间涌现出很多新文献,一方面证实了格吕菲乌斯此前对 1649 年事件的解释,一方面也促使他深化第一版的内涵。抛开个别文字改动不提,两个版本间主要有以下几点区别:

首先,第二版新增了一个第一幕,写费尔法克斯的夫人计划营救查理。这样一来,第一版的第一幕就顺延为第二版的第二幕,其第二、三幕则合并为一幕,充当第二版的第三幕。这样第二版第三幕就变得内

---

① 参见 z. B. Mary E. Gilbert, "*Carolus Stuardus*" *by Andreas Gryphius. A Contemporary Tragedy on the Execution of Charles I.*, in: German Life and Letters, N. S. 3 (1949/50) S. 83; und Friedrich Gundolf, *Andreas Gryphius*, Heidelberg 1927, S. 41: "Das Drama ist denn auch nur eine schlecht verkleidete Parteischrift, eine entrüstete Diatribe gegen den Königsmord⋯[这部戏剧只是一篇装扮拙劣的党派性文章,一通愤怒的反对弑君的责骂⋯⋯]。"

② Willi Flemming, Andreas Gryphius und die Bühne, Halle a. d. S. 1921, S. 445.

③ Gustav Schönle, *Das Trauerspiel* "*Carolus Stuardus*" *des Andreas Gryphius*, Quellen und Gestaltung des Stoffes, Bonn 1933. Hugh Powell, Vorwort der Ausgabe von *Carolus Stuardus*, Leicester 1955, S. CXXXV ff. Janifer Gerl Stackhouse, *In Defense of Gryphius' Historical Accuracy: The Missing Source for* "*Carolus Stuardus*", in: Journal of English and Germanic Philology 71 (1972) S. 466–472. Karl-Heinz Habersetzer, "*Tragicum Theatrum Londini*". *Zum Quellenproblem in Andreas Gryphius'* "*Carolus Stuardus*", in: Euphorion 66 (1972) S. 299–307.

④ Hugh Powell, Vorwort zu Bd. 4 der Gesamtzasgabe von Gryphius' deutschsprachigen Werken (Trauerspiel I), Tübingen 1964, S. XIII.

⑤ [译注]查理二世,查理一世之子,1630—1685 年,1660 年登基。

容极其丰富,篇幅偏长。

其次,费尔法克斯显然接受了夫人劝说,准备实施营救计划。这样他的态度就当较第一版温和。为达效果,格吕菲乌斯干脆把费尔法克斯与克伦威尔争辩一场(第三幕行157)的台词进行了对调。① 这也从侧面反映出,巴洛克戏剧人物——至少是次要人物——与其说具有个性,不如说是不同意见的传声筒。

第三,在斯特拉福和劳德魂灵对话的一场新增了一个异象,②预示弑君的凶手将受到惩罚,斯图亚特家族将继续当王(第二幕行141-160)。

第四和第五幕增加了以下三个部分:第一,行45-96,讲有人通过"主要人物委员会"向查理转达营救建议,遭到查理拒绝。第二,行103-118,讲加斯通主教向查理宣读"教会礼仪用书"中基督受难部分的经文。第三,保利一场(行157-260),讲这位弑君者陷入狂乱,自责不已,且看到预示未来事件的异象。毫无疑问,如之前劳德魂灵所见异象,此处的异象也是一个独具匠心的设计,通过它可以把后来已知发生的事件嵌入剧情,而不致破坏戏剧时间的统一。

这些改动貌似多余甚或是败笔。有学者认为,新版虽增加了费尔法克斯夫人营救未遂的情节,却未能有效弥补戏剧整体缺乏外在情节的缺陷。增加的部分未能增强戏剧性效果,因营救计划最后不了了之,甚而显然是被遗忘了。倘若换成莎士比亚则一定大不相同! 莎翁定会把苍白的克伦威尔打造成魔鬼般的恶人! ——此为早先广为流行的以今论古评论巴洛克戏剧的例子。

还有,新增第一幕打破了原有具体-塑造性情节与抽象-解释性合唱之间的平衡。然而另一派学者的论证却使此类诟病不攻自破。他们认为,改动后,查理不再是一名单纯的殉道者,而是随着戏剧发展,逐渐

---

① [译注]费尔法克斯,即 Thomas Fairfax,1612—1671 年,是英格兰军队的统帅,在第一版中弑君的态度比克伦威尔强硬。

② [译注]斯特拉福,即斯特拉福伯爵(Thomas Wentworth),1593—1641 年,1633—1640 年任爱尔兰总督,1640 年引国王军队镇压苏格兰暴动,1641 年被长期议会判处死刑。劳德,即 Wilhelm Laud,1573—1645 年,1633 年起任坎特伯雷大主教,查理一世的顾问,反对清教徒,引发了 1639/1640 年苏格兰长老会的暴动,1645 年被长期议会判处死刑。查理一世迫于议会压力,签署了处决令。

趋于基督的形象,直至等同于基督。进而,基督受难的模式规定了整部戏剧的结构。对此,先有吉尔伯特的论文指出其中关联,后有薛讷进行了详细论述。①

《查理·斯图亚特》与格吕菲乌斯的其他殉道剧如《格鲁吉亚女王》和《罗马法学家》有很多相似之处。② 三剧的主人公都面对充满敌意的环境,毫不妥协地捍卫自己的信念,慷慨赴死。三剧的主人公都身居高位,决定他们可以兑现奥皮茨(M. Opitz)提出的落差原则,③同时兑现与之密切相关的典型巴洛克之悖论式价值翻转原则,如17世纪宗教箴言诗常用的模式,其特征为:一位恒毅之人在这个虚幻的尘世中跌落得越低,受到的屈辱越多,其内心获得的升华就越高。这位恒毅之人出于坚定的信仰,把死亡当作一场盛宴,以死来证明尘世皆为虚空这一明见。这种悖论式价值翻转明显表现在《查理》剧结尾的王冠象征中:查理已然失去尘世的王冠,戴上殉道者的荆棘冠,此时——是为第二个翻转——正期待着永恒的"荣誉之冠"。当他在断头台上准备赴死之时,剧中一位观刑的侍女说道:

　　这是最后的王冠! 荣华归于它!

---

① Mary E. Gilbert, a. a. O., S. 81 – 91; Albrecht Schöne, a. a. Q., S. 117 – 169. Vgl. auch Hermann Isler, "*Carolus Stuardus*". *Vom Wesen barocker Dramaturgie*, Phil. Diss. Basel 1966, S. 38 ff.

② [译注]原名《帕皮尼亚努斯》,全名《大义凛然的法学家或慷慨赴死的帕皮尼亚努斯》,悲剧,创作于1657—1659年,1659年出版。根据赫罗狄安(Herodian)和卡西乌斯·狄奥(Cassius Dio)等不同古罗马作者有关罗马史的文献创作。巴西亚努斯或巴西安,Bassianus 或 Bassian,即后被称为卡拉卡拉的罗马皇帝(186—217年,211年即位,建造了卡拉卡拉大浴场)本应按父皇遗嘱,与弟弟盖塔共治罗马,却将其杀害而独揽皇权,令帕皮尼亚努斯向罗马人民和元老院证明此举是符合国家法的正当行为。帕皮亚努斯,Papinianus,142—212年,罗马法学家,因拒绝皇帝的要求而被杀。格吕菲乌斯把他塑造为一位不畏强权、毫不妥协地为捍卫法的正义而牺牲的殉道者。

③ [译注]所谓落差原则,指主人公本居高位,志得意满,命运却使其急转直下,跌入低谷,为巴洛克戏剧常用模式,通过命运沉浮,表现尘世之虚幻,只有彼岸才是永恒。与此密切相关、常常相伴而生的是另一个法则,即悖论式价值翻转,指面对命运沉浮,一位恒毅之人在这个虚幻的尘世中跌落得越低,受到的屈辱越多,其内心获得的升华就越高。

世上的荣耀归于它！王座的权力归于它！（第五幕行 419 以下）

接下来，国王查理在诀别词中进一步表达了此意：

尘世啊，请收回那属于你的！
我所赢得的，将是永恒的王冠（第五幕行 447 以下）

在为剧本所做的最后一个注释中，格吕菲乌斯并非偶然地引用了一个自己使用过的文献《记国王查理的生与死》，其中说道：①

两院议员在其请愿、通告和声明中，屡次向国王预许，日后将把他树立为伟大光荣的国王。他们遵守了诺言，把（之前为他准备好的）尘世之沉重的荆棘冠，变成永垂不朽的荣誉之冠。②

同样是殉道剧，《查理·斯图亚特》与《格鲁吉亚女王》和《罗马法学家》还有很多不同之处。殉道的女王卡塔琳娜为忠实信仰，拒绝了沙赫阿巴斯的求婚，升华为秘契神学所讲的基督的新娘；法学家帕皮尼亚努斯为神圣的法殉道，捍卫了绝对价值的有效性。而查理则不同，他既是凡人，又是君主，肩负着神所赋予的帝王之尊。他效法基督受难，在受难过程中逐渐等同于基督。③

换言之，卡塔琳娜殉道，是面对异教捍卫基督教信仰；帕皮亚努斯殉道，是拒绝执行违背至圣原则的命令。而查理的殉道不同，他是由神

---

① Eine von Gryphius' Übersetzungen des Titels seiner englischen Quelle（vgl. Anm. 10）.

② Albrecht Schöne, a. a. O., S. 134 ff., und Hugo Bekker, *The Motif of the Crown in "Carolus Stuardus"*, in: H. B., Andreas Gryphius: Poet between Epochs, Bern/Frankfurt a. M. 1973（Kanadische Studien zur deutschen Sprache und Literatur 10）, S. 65-77.

③ Albrecht Schöne, a. a. O., S. 168. Hans-Jürgen Schings, *die patristische und stoische Tradition bei Andreas Gryphius*. Untersuchungen zu den Dissertationes funebres und Trauerspielen, Köln/Graz 1966（Kölner Germanistischen Studien 2）, S. 269.

任命并只对神负责的国王,他的存在、这种存在的神圣不可侵犯性,本身就对以克伦威尔为首的篡权者构成威胁——正如基督之对于大祭司。① 为了让查理死得更加纯粹,格吕菲乌斯洗刷了他为大主教劳德之死所负的全部责任。② 第一幕结尾之"被弑英格兰诸王的合唱"掩盖了查理身上的道德疑点,唱词称之为一位君王,

> 其最大的罪过
> 莫过于/他有太多的忍耐!(第一幕行 337 以下)

剧中有多处,反复暗示查理与基督的同一,还在第二幕中,他就已视基督为自己的榜样:

> 我们厌倦了人生,
> 我们凝视那个王
> 他自己走向十字架
> 为他的子民所恨
> 为他的人群所嘲笑
> 不为那些向他求安慰的国度所承认
> 却为像我们一样的朋友所出卖
> 为像我们一样的敌人所控告
> 因他人的罪而受屈辱
> 直至受尽折磨而死。(第二幕行 259 以下)

第五幕在描写群氓如何虐待国王时,明确写道:③

> 我感到惊愕
> 粗野的男孩吐唾沫到他脸上。
> 愤怒地向他吼叫。他沉默,并不在意。

---

① [译注]见《新约》福音书中耶稣受难情节,尤见《马太福音》27:27–31。

② [译注]历史上查理签署了劳德的判决书。

③ [译注]指很明显地与基督受难时群氓、士兵对他的侮辱进行类比。参《新约·马太福音》27:27–31 及《马可福音》、《路加福音》相应章节。

为了荣誉他要像那个王一样；

他在尘世得到的只有戏弄、十字架和唾沫。

（第五幕行 55 以下）

最后，主教贾克森特别在教会礼仪用书中，选取当在耶稣受难日宣读的经文，为查理宣读耶稣受难的故事。① 对此格吕菲乌斯借一位伯爵之口说道：

他感到由衷的喜悦/通过自己的受难

荣幸地与耶稣一道告别这天。（第五幕行 117 以下）

剧中此类例子不胜枚举。伴随剧情发展查理愈加进入基督的角色。《圣经》经文对耶稣受难的记载决定了戏剧情节结构，次要人物的安排也不例外。尽管格吕菲乌斯在诸如比萨乔尼的《近期内战史》中，②读到有关费尔法克斯夫人密谋营救查理的记载，或在策森的《被侮辱而又被树起的君王》中，读到有关主要人物的营救计划，③但问题关键不在于第二版是否使用了新文献，而在于作者选取了文献中哪些内容，以便它们——连同对它们的注释——能够更好证明所上演的是救赎史意义上的事件。史料记载的营救计划本身并不足以说明问题，能够在这方面增加可信度的，是让戏剧人物成为圣经人物的代表，如费尔法克斯夫人代表彼拉多的夫人，而犹豫不决的统帅费尔法克斯则代表罗马总督彼拉多。④

---

① ［译注］贾克森，William Juxon，1582—1663 年，1633—1649 年任伦敦主教，1660 年任坎特伯雷大主教。教会礼仪用书规定每日应当宣读的经文，围绕耶稣受难的经文本当在其受难日宣读，格吕菲乌斯设计加斯顿在查理行刑时宣读，意在把查理被无辜砍头与耶稣受难进行类比。

② ［译注］比萨乔尼，Maiolo Bisaccioni，1582—1663，意大利学者、作家。其《近期内战史》（*Historia delle Guerre Civili de questi ultimi Tempi*）1655 年在威尼斯出版。

③ 策森，Philipp von Zesen，1619—1689 年，巴洛克时期德语作家。《被侮辱而又被树起的君王》（*Die verschmaehete/doch wieder erhoehete Majestaet...*）1661 年在阿姆斯特丹出版。

④ ［译注］马太福音记，彼拉多夫人在其夫君审理耶稣时，差人告之，不可动此无辜之人，但彼拉多未能抵御犹太大祭司的挑唆。尤见《马太福音》27：19-20。

　　由此视角观之,不仅费尔法克斯与克伦威尔之间的对话获得新意,而且营救计划的失败也不再是戏剧艺术上的缺陷。以此类推,克伦威尔、休莱特和胡戈·彼得一伙则充当了大祭司角色。第二版加入的保利也成为角色的载体:他出现在第五幕,不只解决了戏剧时间统一问题,更符合那位自责不已、自知将受永罚而自缢的犹大角色。在对五幕行157的注释中,格吕菲乌斯欲盖弥彰、充满反讽地暗示道:

> 这人是谁/对很多人并不陌生。我姑且不提他的名字。他已经惩罚了自己/受到自己的裁决。①

　　查理和基督的等同还表现在,在玛利亚·斯图亚特(第二幕241行以下)和保利的异象中,整个世界都在哀悼查理的死,自然出离其正常轨道,是以足见事件石破天惊的震撼力:

> 地狱开裂!
> 泰晤士河浮着硫磺燃烧的蓝火! 太阳在颤抖!
> 天地昏暗! 城堡、整个伦敦为之震荡! (第五幕行240以下)

　　"被弑诸王的魂灵"和"复仇"的合唱,构成整部戏剧的终场,其时狂风骤雨,大地开裂——影射《新约》的记载。② 可见对于格吕菲乌斯的戏剧,当把现实发生的事件与耶稣受难进行对位解释。受难的查理是"舞台上效法基督的象征性人物"。③ 对于格吕菲乌斯,查理内在的伟大源于他在类比中效法了基督。历史事件因此获得永恒意义,当代史启示出宇宙内涵。
　　格吕菲乌斯悲剧的另一共同特征是,恶人表面上看起来得逞,内心

---

① John Robert Alexander, *A Possible Historical Source for the Figure of Poleh in Andreas Gryphius'" Carolus Stuardus"*, in: Daphnis. Zeitschrift für Mittlere Deutsche Literatur 3 (1974) S. 203–207, und Janifer Gerl Stackhouse, *The Mysterious Regicide in Gryphius' Stuart Drama. Who is Poleh?*, in: Modern Language Notes 89 (1974) S. 797–811.

② [译注]指《圣经·新约》中描写耶稣死后自然的异相:"地也震动,磐石也崩裂,坟墓也开了"(和合本译文),见《马太福音》27:51–52。

③ Albrecht Schöne, a. a. O. , S. 166.

却始终无法逃脱作为神的正义之体现的复仇和惩罚。在这位西里西亚剧作家看来，世界秩序是完好的、安然无恙的。谁若触犯神无辜的代表或见证人（如卡塔琳娜和查理），或触犯蕴含神圣意义的伦理价值的代表（如帕皮尼亚努斯），就是挑战神的惩罚，且惩罚并非发生在死后，而是就在此世和今生。沙赫阿巴斯在杀死卡塔琳娜后，受到良心谴责的折磨，以致殉道悲剧几乎转化为复仇悲剧。①

　　《罗马法学家》中复仇的魂灵同样肆虐地对付弑弟的罗马皇帝巴西安：第二幕结尾的合唱中，泰晤士河任凭"肆虐"来折磨他。在《查理·斯图亚特》中同样如此。虽然查理以基督为榜样遵从基督教诲，宽宥了他的敌人，②但神的审判并未因此消除，而是在剧中就已见效：保利认识到自己才是真正应当被判处的，他看到了弑君者受到末日审判的异象。剧终的合唱即是众魂灵呼唤复仇和审判，在拟人化的复仇所见的恐怖异象中达到高潮。复仇发誓把英格兰变成地狱，"倘若它不懊悔地流尽眼泪"（五幕行544）。戏剧借此最后一次强调指出，弑君之罪罪大恶极，它无论在类比的意义上还是在事实上，均是对神的犯罪。

　　关于《查理·斯图亚特》当时的上演情况，现有信息十分有限，③表明该剧远不及《拜占庭皇帝列奥五世》或《罗马法学家》那样受欢迎。1650年托伦有学生上演了一出《查理》剧，很可能是格吕菲乌斯的作品，当然前提是当时剧本已创作完成。可以肯定的是，1655年齐陶的学校剧场上演了该剧。1671年在阿尔滕堡学校剧场也上演过《查理》，但是格吕菲乌斯的还是他人的无法确定。④ 布雷斯劳的伊丽莎白人文中学定期上演格吕菲乌斯的作品，但《查理》是否列在其中亦无定论。普法尔茨选帝侯卡尔·路德维希在海德堡上演的诸剧中定有此剧，如

① 参见 Clemens Heselhaus, *Andreas Gryphius*, "*Catharina von Georgien*", in: Benno von wiese (Hrsg.), Das deutsche Drama vom Barock bis zur Gegenwart, Bd. 1, Düsseldorf 1960, S. 54 ff.

② ［译注］典型如路加福音23:34:"当下耶稣说:'父啊,赦免他们! 因为他们所做的,他们不晓得。'"（和合本）

③ Willi Flemming, a. a. O., S. 249 f., und Hugh Powell, Vorwort der Ausgabe von *Carolus Stuardus*, a. a. O., S. CXXXII f.

④ ［译注］托伦,波兰著名历史名城,位于华沙西北。齐陶,德国东部城市,在今德国、波兰和捷克交界处。阿尔滕堡,今德国城市,位于莱比锡南。

此肯定,是因为选帝侯是查理一世的外甥,英国内战其间刚好身在伦敦。①

———————————————

① [译注]海德堡是普法尔茨的首府,卡尔·路德维希,1617—1680 年,自 1649 年继任选帝侯,是"冬王"弗里德里希五世和伊丽莎白·斯图亚特之子,伊丽莎白系查理一世的胞妹。

论文

启蒙时代的莱辛及其友人

温玉伟 *

（德国比勒菲尔德大学语言文学系）

摘　要：共济会士在美国立国战争的影响，迫使启蒙思想家加快思考共济会这个长久以来隐蔽的社会团体及其政治抱负。通过勾勒莱辛的"写给共济会员的谈话"《恩斯特与法尔克》和他身后发生的"泛神论之争"背景，我们看到，一方面，共济会士隐秘的政治抱负在"狂飙突进运动"中公开化，另一方面，鉴于文明的暧昧性，莱辛区分显白和隐微教诲的哲学经验仍然值得借鉴。

关键词：莱辛　泛神论之争　狂飙突进运动　共济会

18 世纪下半叶，在启蒙运动的风潮中，西欧诸国及其殖民地国家的动乱和战争风起云涌，王权国家命运在这一背景下风雨飘摇。其中，以"美国立国"战争（1775—1783 年）和延宕至世纪末的"法国大革命"（1789—1799 年）对现代政制的塑造影响最大。如今，共济会在这两场大革命中或直接或间接发挥的影响，在学界早已不是什么秘密，在公众领域也已成为大家津津乐道的传奇。

一　共济会与"最完美的政制"

自 1773 年年底"波士顿倾茶事件"以来，欧洲这边的消息灵通人士，尤其在共济会圈子内部，流传着北美殖民地同志将要举义的"谣

＊　作者简介：温玉伟，陕西韩城人，德国比勒菲尔德大学文学博士生，德国卡尔·施米特协会会员。主要关注古今之争前后的德语文学，重点研究莱辛、维兰德等德语作家。

言"。足够令人振奋和鼓舞的是,据说大洋彼岸的同仁将要按照神圣的现代自然法,建立属于自己的共和国,没有王权压迫,宗教信仰自由,人人平等,洛克等思想先驱的政治梦想将会在这片新大陆得以实现。众所周知,原巴黎启蒙共济分会主座师傅富兰克林(Benjamin Franklin)曾极力鼓动共济会员在欧洲作亲美宣传,以争取"国际社会"舆论。看来,流传的消息颇有几分可信。果不其然,殖民地代表与宗主国英国之间象征性的讨价还价最终以失败告终,1775 年 4 月中旬,莱克星顿打响了起义的第一枪。

虽然传说中的共济会似乎已经神乎其神,甚至邪乎,但是,关于"共济会是什么、为了什么、存在于何时何处、如何和以什么手段得到推动或者受到阻碍",并没有确切和公认的说法。至少从汉堡时期,这个问题就一直困扰着莱辛。

随着阅历的增加,经过思想上的"转变",①四十岁过后的莱辛似乎想清楚了很多东西,比如,现代自然法中讲的平等也许是自欺欺人,莱辛笔下的法尔克就认为,无论设想中的国家多么接近完美,②"[国家中的]成员有高贵和低贱之分"(对话二)总是事实,因为从本质上来看,人性的差异先于其历史性化身(如国家、阶级、教会)。

另外,共济会士的政治奥秘也许是应该认识到如下辩证关系:一方面,共济会员的道德活动只有基于"不可避免的国家之恶"才有可能,另一方面,这种道德活动又恰恰针对这类恶。③ 于是,莱辛打算尽快写完多年前断断续续写作的《恩斯特与法尔克:写给共济会士的对话》。不过,要完成这篇对话作品,还有一些细节问题需要解决,这些东西得靠旁敲侧击,从资深的共济会"高人"那里来挖掘。

1775 年新年过后,沃尔芬比特大公图书馆馆长莱辛已经在小城沃尔芬比特待了五个年头,此时,距莱辛被发展为"三玫瑰"共济会成员

---

① 施特劳斯,《显白的教诲》,见施特劳斯,《古典政治理性主义的重生》,潘戈编,郭振华译,北京:华夏出版社,2011,页 122。

② 原文为 Der Vollkommenheit mehr oder weniger Nahe,值得对比《美利坚合众国宪法》(1789)序言中 in order to form a more perfect union。

③ Reinhart Koselleck, *Kritik und Krise. Eine Studie zur Pathologie der bürgerlichen Welt*, Suhrkamp,2018,页 70,72。也参孔蒂亚德斯,《莱辛的秘传写作——〈恩斯特与法尔克〉及其历史命运》,见莱辛,《论人类的教育》,刘小枫编,朱雁冰译,北京:华夏出版社,2008,页 237-257。

也已近四年。这年 2 月 9 日,莱辛向卡尔大公告假,取道莱比锡、柏林、德累斯顿,经布拉格,于 3 月 31 日到达当时的"帝都"维也纳。此时,卡尔大公的小公子利奥波德王子(Maximilian Julius Leopold von Braun-schweig-Wolfenbopold)恰巧也在这里拜访,想要在军队里谋职。在这里与未婚妻爱娃(Eva)短暂见面后,莱辛与小王子于 4 月 25 日匆匆启程前往意大利,开始了为期约 8 个月的意大利之旅。这时,大洋彼岸的美利坚立国战争刚开始不到一个星期,可谓激战正酣。

流俗的文学传记作家通常认为,莱辛的这次出行是为了和未婚妻见面以解相思之苦,或者认为,莱辛为了在奥地利方面谋职。这些观点不见得能站得住脚,因为莱辛自己一开始就对在奥地利求职没有抱太大希望,另外,爱娃在奥地利已经处理好前夫的生意,完全可以速速到德意志与莱辛相会。据有心的史家钩沉,其实,这次出行对于莱辛的"共济会对话"写作意义重大。①

首先,莱辛周围的好友和熟人中,许多都是共济会中级别不低的会员,比如身在柏林的尼柯莱(Friedrich Nicolai)在莱辛去世后,他在 1782 年写了《试论对护法武士团的指控及该团的秘密:附共济会形成史》(Versuch über die Beschuldigungen welche dem Tempelherrenorden gemacht worden , und über dessen Geheimniß: Nebst einem Anhange über das Entste-hen der Freymaurergesellschaft)。从他们身上即便无法获得真正的秘密,至少也可以得到极具代表性的偏见。我们从莱辛的通信可以知道,当遇到重要的话题,尤其是不方便在书信里讨论的话题,莱辛更愿意和友人面对面私下谈。否则很难想象,目的地为维也纳的旅途,为何要南辕北辙绕个大弯。

莱辛在前往和返回维也纳途中,曾在布拉格停留数日,拜访一位颇显神秘的人士保恩(Ignaz von Born),此君在历史上,至少在与莱辛相关的研究中没什么名气,据查,他是位自然科学家,写过矿物学、地质学、软体动物学方面的作品,另外也是共济会员,后来升任主座大师为后世知晓,传为美谈和佳话的是,他曾吸收音乐家莫扎特的父亲为共济会会员,后来还成为莫扎特《魔笛》中光明王国君主萨拉斯特罗(Sarastro)的原型。

---

①　Heinrich Schneider, *Lessing. Zwölf biographische Studien*, Franke, 1951, 页 183 以下。

人们一般会将莱辛的意大利之行与温克尔曼（Johann Joachim Winckelmann）和后来歌德的意大利之旅做比较。后人对歌德意大利之旅的研究汗牛充栋，一些学界权威禁不住惋惜莱辛此行毫无斩获，白去了一趟意大利。其实早些时候，当莱辛听到有人把他以及他的意大利之行计划与温克尔曼对比时就哭笑不得，温克尔曼的事业和我自己的计划有什么关系呢：

> 没人能比我更尊重温克尔曼了，即便如此，我不愿当什么温克尔曼[第二]，我还是做我的莱辛吧！（参 1768 年 10 月 18 日信）

看来，我们还是得按照作者自己对自己的理解来理解作者，谨慎地对待自诩权威的学者按照科学和实证方法得出的论断。

如我们从正文看到的，莱辛对这次旅途所谈的并不多。与《〈耶路撒冷哲学文存〉编者前言、后记》（Philosophische Aufsssop von Karl Wilhelm Jerusalem）以及其他"匿名作者残稿"等神学、哲学文章一起编入《莱辛作品书信集》（卷 8）的《意大利之行手记》（包括德文编后记和注释），①所占篇幅不足十分之一，与整个 12 卷（14 册）《莱辛作品书信集》相比，更是九牛一毛。②

莱辛在笔记中罗列了私下结识的自然科学家、哲人、史家、诗人、文物学家、语文学家的名字。为何莱辛花大力气汇总这些看似无意义的信息，后世学者对此感到一头雾水。如果有心的话，我们不妨去搜索一下笔记中提到的意大利学者以及旅意德人的名字，会发现不少人物都是某某会、某某组织、某某骑士团的成员。比如莱辛提到的巴乔迪（Paulo Maria Paciaudi）就是赫赫有名的马耳他骑士团（Ordine di Malta）成员，而在罗马拿到"长期居留签证"的德意志画家莱芬施泰因（Johann Friedrich Reifenstein）则是"美艺术协会"的会员，这类协会也曾起着共济会的作用。

---

① *Gotthold Ephraim Lessing Werke* 1774–1778，Arno Schilson 编，Frankfurt，1989；相关书信见 *Briefe von und an Lessing* 1770–1776，Helmuth Kiesel 等编，Frankfurt，1988。

② *Gotthold Ephraim Lessing. Werke und Briefe in zwölf Bänden*，Frankfurt，Wilfried Barner 等编，简称"WB 版"。

据一位意大利学者回忆，他在与莱辛相处时，曾表达想通过写小说表达自己真诚的启蒙理想的想法，小说内容大概是一支国际军队占领了希腊并且随后把这个国度分为了不同的政制形式，莱辛立即插了一句："以上帝的名义，不要动我的土耳其！"①

这位启蒙人士的狂热梦想随即被浇灭，据说，他后来放弃了写作小说的计划。莱辛在这里说出的这句话看似突兀和难解，不过，联系莱辛后来的"共济会对话"，法尔克的观点似乎可以帮助理解。这个笔下的人物认为，

> 政治的统一和宗教的统一，在这世上都不可能。有一个国家，便会有许多国家。有许多国家，便会有许多宪法。许多宪法，便会有许多宗教。（《恩斯特与法尔克》，对话二）

倘若按照那位意大利学者的设想，将希腊分为不同政制的国家，那么，可想而知，除了现存的三大一神教之外，新的政制下将会冒出更多的宗教。如果再将土耳其——值得注意，在莱辛的诸多作品中，"土耳其"指的并非一个民族或种族的特殊群体，而是伊斯兰教的代表——分裂开的话，那么，我们从《智者纳坦》知道，为了三个"指环"的真伪问题，世人已经斗得不可开交，要是"指环"成为三十个、三百个，世人的生存处境将会何其艰难！

总之，莱辛似乎对自己的意大利之行还算满意，回国途中再次拜访了布拉格的神秘人物之后，他又专门绕道柏林，与那里的友人交流自己的收获。据友人尼柯莱后来回忆：

> 我已故的朋友（莱辛）六年前从意大利归来在柏林作短暂逗留时，就与我详细讨论过他关于共济会产生的假设。……莱辛此后想必发现了推动他改变看法或进一步确定其看法的信息。（参《论人类的教育》，页 350）

如果我们相信了一些学者的论断，也许会认定莱辛的这次意大利之行的确没什么值得注意，从而会忽视它对于莱辛写作《恩斯特与法

---

① H. B. Nisbet, *Lessing. EineBiographie*, Beck, 2008, 页 591。

尔克》的意义。当然,至于莱辛在旅途中具体哪一天哪个地方见了哪些人,说了什么话,做了什么事,值得细致的文学史家或传记作者接着对这段历史用功。①

二　莱辛的"述而不作"

1776 年 3 月初,莱辛回到沃尔芬比特,除了继续修改润色甚至重写"写给共济会的对话"《恩斯特与法尔克》之外,同时也在马不停蹄地编辑忘年交小耶路撒冷(Karl Wilhelm Jerusalem,1747—1772 年)的哲学遗稿,要赶在复活节(4 月下旬)书展前出版。按照当时已经逐渐形成的学术规范,编者必须为文集撰写前言和后记等文字(见《莱辛作品书信集》卷 8),这部作品出版时题目定为《耶路撒冷哲学文存》,②内容分别为:"编者前言"、"论语言不可能通过奇迹传达给第一个人类"、"论普遍和抽象概念的自然和起源"、"论自由"、"论门德尔松关于感性愉悦的理论"、"论混杂的感觉"、"编者后记"。

小耶路撒冷是布伦施威克著名神学家和新义论代表人物约翰·耶路撒冷(Johann Friedrich Wilhelm Jerusalem)的独子,1770 年至 1771 年曾在沃尔芬比特司法部门担任候补文官,大概这时候与莱辛认识,并结为忘年之好。由于在维茨拉新工作岗位的种种遭遇,他于 1772 年 10 月 30 日自杀。青年歌德与小耶路撒冷相熟,获悉后者自杀的消息之后,以其为原型创作了小说处女作《少年维特的烦恼》(1774 年),作品问世后大卖,不断再版,歌德在一夜之间成为欧洲远近闻名的文学名人,更成为年轻一代心目中的"天才"人物和"狂飙突进运动的主将"。

时至今日,权威的文学史仍将"狂飙突进运动"视为一场"文学运动"。③ 狭义的"狂飙突进"运动以理论奠基人赫尔德于 1770 年与运动主将歌德的相会为开端,以二人于 1776 年相继进入魏玛宫廷担任官职

① 为了更好地理解莱辛意大利之行的背景,译者选译了莱辛研究专家奈斯伯特(H. B. Nisbet)所著《莱辛传》(Lessing. EineBiographie,Beck,2008,页 587-596)中的相关部分。

② Gotthold Ephraim Lessing 编,*Philosophische Aufsätze von Karl Wilhelm Jerusalem*,Buchhandlung des fürstl. Waisenhauses,1776;亦参 *Gotthold Ephraim Lessing Werke 1774—1778*,Arno Schilson 编,前揭。

③ 范大灿,《德国文学史·卷二》,南京:译林出版社,2006,页 196。

宣告结束。广义来看，一般从运动先驱人物哈曼（Johann Georg Ha-mann）发表《语文学家的十字军东征》（*Kreuzzüge des Philologen*，1762年）开始，以席勒于法国大革命前夕（1789年）来到耶拿任史学教授结束，前后持续约30年。

这场以民族精神、自由、自然、天才等精神为内核的运动，其实是该时期德意志大地上逐渐形成的政治流派之一，这时期的政治流派大致可分为温和的、以和平改革为目标的流派，激进的、以自由和平等为目标的流派，以及反启蒙、反秘密结社的保守主义流派。[①] 有政治史家指出：

> 由绝对王权的主权者及其机构继续统治，还是由新的社会（市民阶级）精英来统治，这个政治问题在"狂飙突进运动"期间首次出现在德意志。这一问题以最为尖锐的方式在新的市民阶级的社会代表以及秘密结社组织[译按：即共济会这样的社团]身上爆发。（*Kritik und Krise*，前揭，页105以下）

可以想见，无论是歌德还是席勒，这些市民阶级中的精英，都通过自己的文学创作表达了其政治诉求——尤其运动的"导师"赫尔德主张以"自然状态论"重新解释人性，进而消除君臣关系，将王权制度扫入历史的坟墓，争取实现完美政制，这一理想可谓共济会秘密理想活脱脱的翻版！[②]

为了反击歌德小说引起的"维特热"，莱辛曾打算写戏剧（见《更好的维特》残篇），而好友尼柯莱则通过戏仿，写作了《少年维特的欢愉》。[③] 尼柯莱的戏仿作品是唯一得到歌德本人认真对待并予以回应的，直到晚年写《诗与真》时，歌德对其仍有些耿耿于怀。

另一方面，因为"在戏弄之中自有真理，我们看出有必要区分我们

① Fritz Valjavec, *Die Entstehung der politischen Strömungen in Deutschland* 1770-1815, Oldenbourg, 1951, 页 11。

② 刘小枫，《学人的德性》，见刘小枫，《施特劳斯的路标》，北京：华夏出版社，2011，页 292。

③ Friedrich Nicolai, *Freuden des jungen Werthers*: *Leiden und FreudenWerthers des Mannes*, Curt Grützmacher 编，Fink, 1972。

是什么和我们应当是什么"（布鲁姆），倘若时至今日，我们仍然与 20 世纪初的激进青年一道，只是一味谴责"可怜的无聊作家之浅薄"、"狗尾续貂"，①只能说明我们在现代文学百余年的陶冶下丝毫没有长进，甚至还没有走出启蒙狂热的思想处境。

莱辛认为，小耶路撒冷的性格在《少年维特的烦恼》中完全被扭曲了，小说尤其向青年一代呈现的是——用尼柯莱《青年维特之欢愉》的话来说——具有"女子气和孩子气类型"的人。联系主人公维特，我们可以看到，这类人特别多愁善感，完全受个人情绪掌控，一旦大众以这类人作为模仿对象，其后果不堪设想，甚至会危及社会基础，引发革命——这也是尼柯莱鉴于实际情况表达过的担忧。

因此，当莱辛弟弟卡尔提到"狂飙突进运动"另一位代表人物，同时也是戏剧《狂飙突进》的作者克林格（Friedrich Maximilian Klinger）时，莱辛在回信中语重心长地叮嘱"千万不要和这些人混在一起"（1776 年 6 月 16 日）。莱辛或许已经看到，这些人（包括运动的理论推手）的所作所为，与现代共济会士要达到的目标并无两样（参《学人的德性》，页 327），没有政治辨识能力的年轻人会很轻易地被极有迷惑性的口号给拐上邪路。

实际上，小耶路撒冷尤为爱好哲学，特别是现代哲人莱布尼茨和门德尔松的作品，即便在维茨拉的困难时期，他仍旧在这上面用功。在莱辛眼里，小耶路撒冷是与小说主人公完全不同的另一类人，他真诚、冷静、好沉思，是那种喜好思辨、静观的类型，"从来都不是一个多愁善感的傻瓜"。我们知道，肃剧和谐剧兼善的莱辛，一生创作的作品中从来不缺乏他所要求的这类人：无论是《自由思想者》、《青年学者》、《费罗塔斯》，还是《明娜》、《爱米莉亚》、《智者纳坦》。

然而，令已经远离文坛多年的莱辛惊讶的是，眼下的文坛竟然如此乱象丛生，本应教化民众的诗人似乎不懂诗术。或者说，新的诗术品质发生了太大的变化。文学作品本应该"促成更多善好而非祸害"，诗人本应该知道：

[年轻人]会轻易地将诗歌的美误以为是道德的美，并且相

---

① 郭沫若，《少年维特的烦恼》序引（1922），见氏著，《郭沫若全集·文学编》（卷 15），北京：人民文学出版社，1990，页 317-318。

信,那个令人们如此强烈地同情关切的人,一定是善良的。(《致艾申伯格》,1774 年 10 月 26 日)

假若诗歌作品中的确出现了比较离奇和邪门的人物,诗人应该巧于构思,暗示"其他天性中也秉有类似气质的青年又应如何使自己避免重蹈覆辙"。在莱辛看来,青年诗人歌德确实才华横溢,写得一手"好"诗,但他的生花妙笔没有用到正途。尼柯莱的《维特》"尽管没有那么好,但是却更为明智"(《致维兰德》,1775 年 1 月 8 日)。在这里尤其值得对比赫尔德获奖论文《各民族趣味兴衰的缘由》(*Ursache des gesunkenen Geschmacks bei den verschiedenen VVrschi, da er gebllbl* ,1775)中的观点,我们会发现两种品质截然不同的诗术观,赫尔德在论文中要求:

> 某些作品的确会需要一种在艺术上好却在道德上不好的激情。它们渴望的是狂飙(Sturm),而不是晴空万里。①

这里的"艺术上好"庶几可以与"诗歌的美"或者诗歌的"好"替换。如莱辛所看到的,新派诗人歌德的诗艺的美和好并不等于诗歌在道德上的美和好,这类诗并不"明智",因为很可能会"弄得我们是非颠倒,该我们希望的却遭到憎恶,该我们憎恶的却又寄予希望"(《汉堡剧评》,第 34 篇)。② 不难设想,倘若将渴望"狂飙"激情的诗歌与赫尔德所说的"公民德性"联系起来,将会产生怎样的革命性威力。

更为要命的是,新一代诗人不懂得人的灵魂差异,不知道形形色色的灵魂样态里面还有另外一类爱好沉思的灵魂天性。"多愁善感"、"哭哭啼啼",应该属于那种"女子气和孩子气类型"的人,"如果我们小耶路撒冷的灵魂也曾完全处于这种状态,那么我几乎是要对他嗤之以鼻的"(《致艾申伯格》)。莱辛的"维特"或者小耶路撒冷,即便不像《青年学者》里手捧迈蒙尼德"大书"《迷途指津》的达弥斯,也应该像《费罗塔斯》中能够娴熟运用"三段论"的小王子。通过编辑出版《耶路

---

① 赫尔德,《各民族趣味兴衰的缘由》(冯庆译),见刘小枫编,《从普遍历史到历史主义》,北京:华夏出版社,2017,页 128 以下。

② 莱辛,《汉堡剧评》,张黎译,北京:华夏出版社,2017,页 171。

撒冷哲学文存》,莱辛想要让年轻一代人看到,人世间还有另一种值得过的生活,以及有一类人凭天性能过上这种值得的生活,

> 这是对明确知识的爱好,是对真理追本溯源的天赋。这是清醒静观的精神,也是一种温馨的精神,因而更值得珍重。当追寻真理而常常无法获得时,它不会因此而退却;不会因为真理在面前的岔路上消失,自己一时无从探究,便怀疑它的可得而知。(《文存》前言)①

德文编者已经指出,就这篇"拯救"性质的"前言"和"后记"而言,莱辛的目的似乎很清楚,他要对刚刚兴起的"狂飙突进运动"及其天才崇拜等理论做一番清算。这样来看,《哲学文存》就不可能是简单任意的汇编。从《文存》目录可知,前两篇文章——《论语言不可能通过奇迹传达给第一个人类》、《论普遍和抽象概念的自然和起源》——是小耶路撒冷为了参加 1770 年柏林科学院的有奖征文《论语言的起源》而写的,这一年的获奖者不是别人,正是"狂飙突进"运动的理论导师赫尔德(论文《论语言的起源》发表于 1772 年)。特别显眼的是,莱辛虽然对这两篇文章的解读着墨最多,但是竟然对赫尔德的大名提都没提。不过,明眼人应该都能看出来,莱辛的做法,差不多是在向赫尔德隔空喊话,而鉴于二者的友谊,莱辛不便言明。

第三篇文章题目是"论自由"。上文已经简单提到,"自由"恰恰是"狂飙突进"运动精神的核心范畴和口号,也是运动的理论导师赫尔德政治哲学思想重要的一部分,他在《各民族趣味兴衰的缘由》中就曾将"人性情感"等同于"自由"情感(前揭,页 157)。

据说,赫尔德的自由主义在不受限制的思想和言论自由(包括信仰自由)的要求方面尤其激进。赫尔德之所以有这样的立场,原因在于:首先,他认为这样的自由属于民众的道德尊严;其次,他相信自由对于个体的自我实现是必需的;第三,他相信民众领会真理的能力是有限的,只有通过对立立场之间不断的竞争,真理的事业才能得到进步。②

---

① *Gotthold Ephraim Lessing Werke* 1774—1778,Arno Schilson 编,前揭,页 137。

② Johann Gottfried Herder, *Philosophical Writings*, Michael N. Forster 编/译, Cambridge University Press,2004,"前言",页 31。

　　针对"狂飙突进"运动主张的自由观,莱辛在解读性的文字里告诉同时代(青年)人,他是怎样看待自由的:

　　　　至善这一概念(die Vorstellung des Besten)之所以起作用,所依据的是强制和必然性,比起那些在同样情况下能够以不同策略予以应对的空洞能力,前两者[译按,即强制和必然性]是多么令人喜闻乐见。[因为]我不得不行善,不得不行至善(daß ich muß; das Beste muß),为此我感恩造物者。(《文存》后记)①

　　启蒙伦理的要核在于,拒绝实质伦理,诉诸人的自主理性,不依赖于外在的习传道德规定。进而,令个人自己自由地决定其行为的道德品质,废除道德这个客观的尺度规定,取而代之的是主观的心智。② 我们看到,莱辛真诚地相信,至善的想象必须以"约束和必然性"为法度,才可以发挥作用,如果人们只以自己的主观为准绳,"也就是说只沉湎于不以任何法则为依据的盲目力量"的话,维特那类人的结局,因此,必须为伦理生活加上必要的"约束和必要性"限制。

　　在这段文字后面,哲人莱辛不忘给出限定:"总之,从道德方面来看,这一学说没有问题"。联系《致艾申伯格》信里的说法——明确提到"苏格拉底的时代"——和这里的说法,莱辛无异于在赫尔德的思想前辈泡萨尼阿斯及其同时代鼓吹自由民主理论的智术师,以及后世的思想子嗣斯金纳的屁股上响亮地各打了两大板子!③ 莱辛虽然没有明确点名,但是,站在一旁观看的赫尔德,脸上的颜色想必也不怎么好看。

三　莱辛的"思想密室"

　　据友人门德尔松的说法,莱辛编辑出版小耶路撒冷的哲学文章,目的是要让读者看到,与有些人想要表现的不同,小耶路撒冷完全是另一类人。至少在门德尔松眼中,莱辛的意图已经达到:

---

① Gotthold Ephraim Lessing Werke 1774—1778, Arno Schilson 编,前揭,页 168 以下。

② 刘小枫,《王有所成》,上海:上海人民出版社,2015,页 90。

③ 刘小枫,《以美为鉴》,北京:华夏出版社,2017,页 335。

　　我那位热爱形而上学沉思的友人[莱辛],继续研究了那些内容[小耶路撒冷哲学作品],在我来看,他十分清晰并且极其敏锐地给出了解释。(《门德尔松致绍姆伯格-利珀伯爵,1775 年 5 月 20 日》)①

　　雅各比曾说,莱辛一生中最珍视门德尔松的友谊。不论这种说法出于何种目的,一个不容忽视的事实是,自从莱辛和门德尔松相识以来直至晚年,相互间的讨论、交流就一直不断,即便二者在对待卢梭启蒙思想的态度,尤其在自然神学方面存在着不可逾越的意见分歧。

　　门德尔松《致莱比锡莱辛硕士先生的公开信》(*Sendschreiben an den Herrn Magister Lessing in Leipzig*,下文简称《公开信》,1756 年)就是这种交流的见证。在翻译卢梭《论人类不平等的起源》时,门德尔松注意到哲人卢梭的"怪论",即人一旦成为社会的,就败坏了;非社会、自然状态下的人才是最幸福的。《公开信》的任务就是要反对卢梭这种自相矛盾的说法。一生致力于宣扬常识的门德尔松一开始就坚持认为,真理并不自相矛盾,哲学家们的所有争吵都只是口舌之争,在于(真理)"讲法"上的细微区别。因此,当门德尔松发现卢梭言辞中的矛盾时,就以新派哲人的真诚断定,卢梭犯了所有怪才都会犯的毛病:

　　　　当那些怪才揭示一条真理时,就不能赤裸裸地讲出这真理,而是非得搞出一套稀奇古怪的体系?②

　　也许出于同样的理由,也许出于疏忽,哲人门德尔松即便读过莱辛为《耶路撒冷哲学文存》撰写的前言和后记,也没能注意到其中已经暗示了友人逝世后在"泛神论之争"中被称为"斯宾诺莎主义或者无神论"的思想。③

　　从哲学史我们了解到,"泛神论之争"由雅各比发动,以门德尔松

---

①　*Briefe von und an Lessing* 1770—1776,Helmuth Kiesel 等编,前揭,页 1119。

②　*Schriftenzur Philosophie und Aesthetik*,卷 2,Fritz Bamberger/Leo Strauss 编,From-man,1931/1972,页 101。

③　Heinrich Schloz 编,*Die Hauptschriften zum Pantheismusstreit zwischen Jacobi und Mendelssohn*,Reuther & Reichard,1916,"导言"。

为主要论争对手,起初关注的是莱辛的哲学遗产。这场争论很快发展为一场关于启蒙的基础与合法性的全面论争,知名人士如哈曼、歌德、康德、赫尔德、维兰德及其女婿莱茵霍尔德(Karl Leonhard Reinhold)等都被牵涉进来。当时的德意志启蒙哲人视莱辛为启蒙的捍卫者,而斯宾诺莎主义则被谴责为异端、无神论、无政府主义。雅各比在论争中所持的观点是,启蒙运动及其唯理主义最终导致了无神论和宿命论。

通过让《关于斯宾诺莎的对话》中的莱辛承认其斯宾诺莎主义立场,雅各比为启蒙哲人摆出了一个两难抉择:要么跟随莱辛,接受唯理主义的毁灭性后果,要么拒绝唯理主义,跟随雅各比进行"危险的一跃",支持其信仰说。[1] 对于门德尔松而言,倘若友人莱辛的确变成了坚定的斯宾诺莎主义者的话,这就意味着,他们自50年代以来共同的启蒙事业将功亏一篑。

门德尔松在论争中的对手雅各比(Friedrich Heinrich Jacobi, 1743—1819年),早年是一家手工品作坊的作坊主,后来加入杜塞尔多夫共济会"纯粹友谊"(La ParfaiteAmitié),而立之年被任命为尤利希-贝尔格公国选帝侯宫廷财务顾问,没过几年(1779年)便升任枢密顾问和关税与财务部长。可以看到,雅各比算是现代市民社会"商而优则仕"的杰出代表。利用这些身份,雅各比大力推动经济政策改革,并废除了农奴制度。

由于改革太过大刀阔斧,触动了不少人的利益。同年,雅各比在各方压力下挂印退隐,做回了自己的"布衣":以学者身份回到杜塞尔多夫附近的佩姆佩尔夫特,闲暇时除了沉思一些形而上学问题之外,还为当时的学者杂志撰写书评和文章。作为文学家,雅各比曾撰有两部极富争议的小说《奥维尔书信》(Eduard Allwills Papiere, 1775)和《沃尔德玛》(Woldemar,两卷,1779)。雅各比在后世更多被提及的,大概是他在18世纪末和19世纪初先后引发的"泛神论之争"和"无神论之争"。

或许在今天的我们看来,承认自己是斯宾诺莎主义者或者无神论没什么大不了,尤其是,我们自小被教育要做个"无神论者",不是无神论反而有些政治不正确。但是在莱辛生活的时代,基督教仍然是主流意识形态,谁要是承认了自己的无神论立场反而因为"不信神"而披上政治不正

---

[1]　简森斯,《启蒙问题:施特劳斯、雅各比和泛神论之争》(孟华银译),见施特劳斯,《哲学与律法:论迈蒙尼德及其先驱》,黄瑞成译,北京:华夏出版社,2012,页204。

确的嫌疑。——苏格拉底被雅典民主制法庭审判的其中一个原因,就是他被控"不敬神",这在时人眼中仍然具有鲜活的现实意义。因此,在充满启蒙偏见的启蒙时代,莱辛得出的哲学经验无论如何值得重视:区分有哲学品质和无哲学品质的人,或者区分显白的和隐微的教诲仍然必要。①

施特劳斯暗示,能够揭示这种区分的文本就有雅各比在莱辛身后发表的《关于斯宾诺莎学说的对话》。与莱辛生前发表的"给共济会的对话"——《恩斯特与法尔克》一样,雅各比公开发的文章与莱辛的私下对话一样,具有显白性质。而且,"比起任何其他现代德语著作,这些对话可能更接近柏拉图对话的神髓和技巧"(《显白的教诲》,前揭,页123)。通过雅各比与莱辛的私下对话,人们甚至有可能进入莱辛的"思想密室"(《学人的德性》,前揭,页284)。

"泛神论之争"正式拉开序幕之前,雅各比已经预先发表了一篇书评文章《莱辛所言:评〈教皇之旅〉》(*Etwas das Leßing gesagt hat*:*Ein Commentar zu den Reisen der Päpste nebst Betrachtungen von einem Dritten Autor*,1782)。② 在一次与雅各比的私下对话中,莱辛表露了自己对文明的暧昧性的看法,他认为:"反对教皇专制的论证要么根本不是一个论证,要么就可以两倍或三倍地对君主专制。"这一看法不仅体现在"写给共济会的对话"中,也曾以戏剧形式得到表露,即在肃剧《爱米莉亚》(*Emilia Galotti*)中。——对话也是戏剧的一种,作为文学创作,戏剧是对自然的理想描绘,在某些特殊情况下,也是对真实事件的理想描绘,表现方式更为活泼。

这篇书评作品在结构上值得注意:题词为 Dic cur hic[我们为什么在这里]? Respice finem[考虑考虑最终目标]! 莱布尼茨将其翻译为 Oùensommes nous[我们到哪了]? venons au fait[让我们言归正传]!③

① 施特劳斯,《显白的教诲》,前揭,页115-127;倘若雅各比的转述可信的话,在莱辛看来,友人门德尔松虽然聪明、正确、出色,但是不具备形而上学头脑,并且缺乏一种哲学艺术冲动(即哲学爱欲),言下之意,宣扬常识的门德尔松虽然有哲人的头衔,但是没有哲学品质,因此,莱辛对这位友人在一些问题上态度有保留也就不难理解了。不过,这并不妨碍两人是一生的好朋友。

② 中译节选见施密特编,《启蒙运动与现代性》,徐向东/卢华萍译,上海:上海人民出版社,2005,页196-218。

③ 莱布尼茨,《人类理智新论》,卷2,第21章47节;中译参莱布尼茨,《人类理智新论》,陈修斋译,北京:商务印书馆,1982,页190。

给人感觉好像是在提醒误入歧途的对话者或者读者重新定位和取向。代替前言的是撒路斯提乌斯《喀提林阴谋》中的节选（第51章，拉丁语德语对照），①代替后记的是马基雅维利《李维史论》中的节选（第58章）。② 一端在讨论领导层的德性品质，另一端在讨论人民的品质，从而形成某种对比或者平衡。

前言和后记中间塞入了对莱辛私下发表过的观点——"反对教皇专制的论证要么根本不是一个论证，要么就可以两倍或三倍地对君主专制"——所展开的思考。倘若在阅读或者翻译（比如英译）过程中，忽视了两头，就极有可能误解甚至无法理解作者的意图。作品最后以改编伏尔泰对话作品《甲乙丙之间的对话》（*L'A，B，C，ou dialogues entre A，B，C，traduit de l'anglais de M. Huet*）对话十"论宗教"中的一句话收束全文：

> 勇者生而能自由表达自己的思想，不敢正视人生的两极——宗教与统治——的人，只不过是懦夫。③

《莱辛所言》出版后，当时的读者要么指责雅各比有民主意向，要么指责雅各比尊拥教皇。门德尔松也不例外，他站在原初启蒙立场上，坚定不移地相信开明［君主］专制和哲学的联盟，④从而批判雅各比文章中可疑的民主倾向。雅各比透露的莱辛的观点，被门德尔松看作典型的"莱辛式悖论"或"戏剧逻辑"，不足为训。此时的门德尔松仍然坚持年轻时翻译卢梭作品的经验，认为一位想要教导的作家不会追求夸

---

① 撒路斯提乌斯，《喀提林阴谋·朱古达战争》，王以铸/崔妙因译，商务印书馆，1995，页160-162；另参刘小枫编，《撒路斯特与政治史学》，北京：华夏出版社，2011。

② 马基雅维利，《论李维》，冯克利译，上海：上海人民出版社，2005，页193-197。

③ Voltaire, *Political Writings*, David Williams 编/译, Cambridge University Press, 1994, 页142。

④ 很明显，门德尔松没能重视莱辛对于文明之暧昧性的经验，至少没有读懂莱辛"写给共济会的对话"，从而也可以理解为何显白论在新派哲人门德尔松这里是陌生的。参刘小枫，《学人的德性》，前揭，页327-329；试比较莱辛《意大利之旅手记》中的说法，在那里，莱辛将"温和的宗教政府"与"军事政府"相对立（见正文）。

张,不会搞出一套稀奇古怪的体系,而是追求清晰而纯粹的概念。

面对读者(尤其是门德尔松)的误解,雅各比又写了一篇回应文章《回忆〈对一篇奇文的不同看法〉》(*Erinnerungen gegen die Gedanken Verschiedener über eine merkwürdige Schrift*),驳斥了那些在《莱辛所言》中读出拥护民主或者拥护教皇专制意味的误解。不过,对于雅各比而言,更重要的是要指出"莱辛式悖论"的意义。雅各比再次以莱辛私下的说法为依据,指出对话根本不是为了说教而配衬的宣谕形式,而是为了唤醒人们寻求真理的最高方式,利用这种方式,一个人可以改善另一个人。

雅各比在写下这些内容时不过40岁出头,而门德尔松早已是闻名遐迩的"德意志柏拉图"——青年施特劳斯称,"柏拉图思想对门德尔松只具有限的现实意义",而莱辛的对话和雅各比发表的与莱辛的对话"更接近柏拉图对话的神髓和技巧",可谓绵里藏针。雅各比借助莱辛,或者说,莱辛通过雅各比记录下的对话,试图促使哲人门德尔松进一步改善,如果可能的话,做出一次"转变"。

面对门德尔松的无动于衷和"麻木不仁",雅各比最终决定扩大自己的打击目标,不仅要反对一切专制制度(无论是政治上还是形而上学的),还要反对这些制度的帮凶,即那群不彻底的启蒙哲人。"莱辛是位坚定的斯宾诺莎主义分子",由雅各比发动(但无疑秉承了莱辛的哲学精神)的"泛神论之争"如一声响雷,在18世纪末的欧洲中心上空炸响。不久后,法国大革命中罗伯斯庇尔的专制,再次使这片土地上的人们将目光投向莱辛的对话作品和其中的宝贵经验。——我们兴许会问,21世纪已经过去了五分之一,莱辛的经验是否还有现实意义?这也许值得每个致力于认真改善自身的人去思考。

《尼伯龙人之歌》与《伊利亚特》

18 世纪德意志学人对《尼伯龙人之歌》的重新发现

李　睿*

（北京大学外国语学院）

内容提要： 英雄史诗《尼伯龙人之歌》是德语中世纪文学的重要作品，最初完全依靠口耳相传，属于口头文学传统；到 12 世纪末形成文学书面语并完成媒介转化。从 19 世纪初开始，每当德意志人急需振兴民族精神之时，就会重提《尼伯龙人之歌》，这依赖于 1755 年"手抄本 C"的发现，史称"《尼伯龙人之歌》的重新发现"。本文尝试梳理史诗"重现"之后在德国启蒙运动时期出现的三种《尼伯龙人之歌》接受模式，其核心出发点都是将《尼伯龙人之歌》与荷马史诗《伊利亚特》比较，不同程度地将中古高地德语写就的《尼伯龙人之歌》归类于当时颇受崇尚的史诗文类，为这部史诗在 19 世纪获得大规模政治更新并最终被阐释为"德意志民族史诗"完成了预备。

关键词：《尼伯龙人之歌》　中古高地德语　荷马史诗　接受史　启蒙运动

一　歌德论《尼伯龙人之歌》

如果用一个词来形容 19 世纪的德国，可能"悲惨"（die Misere）最为恰当。① 与英法等欧洲国家相比，德国当时在政治、经济、社会发展各方面都比较落后，而德国的知识分子文化精英已经意识到这种落后

---

*　作者简介：李睿（1977—　），女，天津人，海德堡大学日耳曼学博士，北京大学外国语学院德语系助理教授，主要从事话语语言学、德语发展史、中古高地德语文学等研究。

① Misere（f.）作为一个借自法文 misére 的外来词，在 18 世纪超越了德文同义词 Elend（n.），成为当时的流行词汇。参见范大灿，《德国文学史》（第二卷），南京：译林出版社，2006，页 1。

源于"国家的碎裂状态"以及"德意志民族"认同感的缺失。

比如,启蒙运动著名语言学家、哲学家赫尔德(Johann Gottfried von Herder,1744—1803)就明确指出,每个民族都有自己的民族性格与民族身份认同,它们体现在该民族的语言、诗歌、神话和传说等等载体之上,存储于该民族的文献类书之中,是一个民族的灵魂印记;只有神话与史诗才能将一个民族"从它对其他文化民族(Kulturnation)之模仿的永恒创伤中解救出来"。① 而同时代的大诗人歌德也曾说过一句名言:

> 每一个民族,如果它还想要被其他民族视为一个民族的话,必须拥有自己的史诗。②

歌德心目中的史诗指的是英雄史诗,其叙述的历史事件必须有人民的参与,同时还要以英雄人物为中心;正是这些英雄个体的出现,才使得那些有人民参与的事件变成了历史;英雄史诗赋予历史以形、以格、以意义,赋予民族以身份认同的意识。

显然,分裂的"德意志"需要"唤醒"民族认同感,因此迫切渴望拥有一部属于自己民族的史诗。以中古高地德语写就的《尼伯龙人之歌》就是这样一部英雄史诗,它讲述的是日耳曼民族大迁徙时代的英雄人物与历史事件,在 12 世纪晚期形成文学书面语。从 19 世纪初开始,每当德意志人急需振兴民族主义精神之时,就会把那"遥远的日耳曼作为理想与象征",就会重提《尼伯龙人之歌》,而将这部英雄史诗称作"民族史诗"和"人民的史诗"③。对《尼伯龙人之歌》的这种接受观,

---

① 赫尔德在其著作《关于人类教育的另一种历史哲学》(Auch eine Philosophie der Geschichte zur Bildung der Menschheit,1774；Werke Bd. 5)和《关于人类历史哲学的思想》(Ideen zur Philosophie der Geschichte der Menschheit, 1784—1791；Werke Bd. 13-14)中,提出一种基于《圣经》文本的"民族"(Volk = Nation)概念。参见 Otfrid Ehrismann, *Nibelungenlied. Epoche-Werk-Wirkung*, München：Verlag C. H. Beck, S. 172.

② Goethe, *Dichtung und Wahrheit*, 2. Teil, 7. Buch, in：*Werke. Hamburger Ausgabe*, Bd. 9, S. 279f.

③ 参见安书祉,《德国文学史》(第一卷),南京：译林出版社,2006 年,页 147；以及李维、范鸿译,《德国人和他们的神话》,北京：商务印书馆,2017,页 61-102。

在日耳曼中世纪学学界被视为"德意志妄想"（deutscher Wahn）或"德意志梦魇"（deutscher Alptraum）的体现。①

然而，歌德却从没有过这种妄想与梦魇。歌德用美学眼光来阅读这部中古高地德语史诗，他对《尼伯龙人之歌》的批判性接受，后来受到中世纪学学界的普遍好评，被誉为"相当克制"。克制是理性的表现，歌德对待史诗的态度其实相当严肃，这从他留下的有关《尼伯龙人之歌》的诸多读书笔记就可知晓，这些笔记有关史诗的人物、结构与历史意义等方面。歌德在 1808 年致友人的信中这样评价史诗：随着阅读的不断深入，我愈发发现，《尼伯龙人之歌》具有很高价值。②

尽管歌德并没有将《尼伯龙人之歌》视为经典德语文学作品③，但他还是会将《尼伯龙人之歌》与荷马史诗进行对比，且以批评《尼伯龙人之歌》为多。比如，歌德认为，荷马史诗中有两个世界——神界与人间；神仙世界是英雄世界的映像，而《尼伯龙人之歌》缺少这一个神仙世界。④ 歌德批评说，《尼伯龙人之歌》中没有一丝神性的痕迹。⑤《尼伯龙人之歌》中的英雄人物只以自我为中心，这是"真正的异教"（das wahre Heidenthum）。⑥

1827 年，歌德在仔细阅读了西姆洛克（Karl Joseph Simrock，1802—1876）的《尼伯龙人之歌》新高地德语译文之后，写出了《读后记》（Zu

---

① Joachim Heinzle und Anneliese Waldschmidt(Hrsg.): *Die Nibelungen. Ein deutscher Wahn, ein deutscher Alptraum. Studien und Dokumente zur Rezeption des Nibelungenstoffs im 19. und 20. Jahrhundert*, Hrsg. von, Frankfurt a. M.: Suhrkamp Verlag, 1991.

② 参见 Otfrid Ehrismann, *Das Nibelungenlied in Deutschland. Studien zur Rezeption des Nibelungenlieds von der Mitte des 18. Jahrhunderts bis zum Ersten Weltkrieg*, München: Wilhelm Fink Verlag, 1975, S. 85.

③ 同上，S. 84。

④ Goethe, Tagebuchnotiz, 16. 11. 1808, in: *Goethes Tagebücher*, Bd. 3, 1801—1808 (Goethes Werke, hg. i. A. d. Großherzogin Sophie von Sachsen, Abt. 3, Weimar, 1889), S. 399f.

⑤ Goethe, Zu Simrocks Nibelungenübersetzung, in: *Sämtliche Werke*, Jubiläumsausgabe, Bd. 38, Schriften zur Literatur, T. 3, hrsg. v. O. Walzel, Stuttgart und Berlin: Cotta, 1902, S. 127.

⑥ Goethe, Gespräch am 16. 11. 1808, S. 227.

Simrocks Nibelungenübersetzung）①，这篇著名的笔记在歌德去世之后才发表。歌德认为，西姆洛克的这个新高地德语译本非常适合阅读，他建议每个人都应该读一读《尼伯龙人之歌》②，并指出这是民族教育的一部分。歌德所谓的"民族教育"并非政治意义上的，而是一种人文主义的要求。1827 年 1 月底，歌德在与艾克曼（Johann Peter Eckermann，1792—1854）的对话中，提到他当时正在阅读中国传奇，③并宣称"世界文学的时代即将来临"，④歌德因此建议：一方面要重视外国文学，另一方面"也不应拘守某一种特殊的文学，奉其为典范"。⑤ 同时，歌德指出：

> 我们不应认为中国文学，或者塞尔维亚文学，或者卡尔德隆的作品，或者《尼伯龙人之歌》就可以成为典范；如果需要某种典范，那么我们总是要回到古希腊人那里去，他们的作品中描绘的总是美好的人。对于其他一切文学，我们必须只用历史的眼光去看待，遇到好作品，只要它还有可取之处，我们就必须借鉴。⑥

---

① Goethe, Zu Simrocks Nibelungenübersetzung, in: *Sämtliche Werke*, Jubiläumsausgabe, Bd. 38, Schriften zur Literatur, T. 3, hrsg. v. O. Walzel, Stuttgart und Berlin: Cotta, 1902.

② 同上，S. 127。

③ 据朱光潜先生按，歌德当时所读中国传奇乃《风月好逑传》，歌德读的是该传奇的法译本。参见爱克曼辑录，《歌德谈话录》，朱光潜译，北京：中华书局，2013，页 119。

④ 译文参考同上，页 121。

⑤ 同上。

⑥ 德文原文：Wir müssen nicht denken, das Chinesische wäre es, oder das Serbische, oder Calderon, oder die Nibelungen; sondern im Bedürfnis von etwas Meisterhaftem müssen wir immer zu den alten Griechen zurückgehen, in deren Werken stets der schöne Mensch dargestellt ist. Alles übrige müssen wir nur historisch betrachten und das Gute, so weit es gehen will, uns daraus aneignen. (Goethe, Gespräch am 31. 01. 1827, in: *Gespräch mit Goethe in den letzten Jahren seines Lebens*, von Johann Peter Eckermann, 21. Originalaufl. hg. v. H. H. Houben, Leipzig, 1925, S. 181.) 译文参考爱克曼辑录，《歌德谈话录》，朱光潜译，前揭，页 122；艾克曼辑录，《歌德谈话录》，杨武能译，成都：四川文艺出版社，2008，页 134。

　　1829 年 4 月 2 日,歌德在同艾克曼的谈话中论及"古典"与"浪漫"的关系时,也将《尼伯龙人之歌》与荷马史诗相提并论,并给予较高评价:

> 予谓古典,健康者也;浪漫,病态者也。由是观之,《尼伯龙人之歌》与荷马史诗一样是古典的,因为这两部史诗都是健康而有力的。①

　　但也只有在将"健康"与"病态"作为区分"古典"与"浪漫"的特征之时,歌德才会把《尼伯龙人之歌》与荷马史诗相类比;他说《尼伯龙人之歌》中的一切都是"粗野的、有力的,有着最朴拙的粗犷与强硬",②而这些都是"健康"的"古典"的特征。歌德并没有过多从史诗的形式与风格角度去对比《尼伯龙人之歌》与荷马史诗,他只是认为,《尼伯龙人之歌》只有——以荷马史诗为榜样——被改写成六音步诗行,才有可能成为经典,③可见歌德对史诗的态度还是有所保留的。

　　《尼伯龙人之歌》的接受史与日耳曼学(Germanistik)的学科发展历史紧密相关,如果没有《尼伯龙人之歌》在 18 世纪中期的"重新发现"以及肇端于之的接受史,那么今天的日耳曼学作为一个学科几乎是不可想象的。④ 无论是歌德对于《尼伯龙人之歌》的批判性接受,抑或是 19 世纪乃至 20 世纪中期由于德意志人急需增强民族意识而将这部中古英雄史诗进行民族主义阐释以便充分利用,这一切都始于 1755 年《尼伯龙人之歌》手抄本 C 的发现。只有回到这个历史节点,以及之

---

① 德文原文:Das Classische nenne ich das Gesunde, und das Romantische das Kranke. Und da sind die Nibelungen classisch wie der Homer, denn beyde sind gesund und tüchtig. (Goethe, Gespräch am 2. 4. 1829, in: *Gespräch mit Goethe in den letzten Jahren seines Lebens*, von Johann Peter Eckermann, 21. Originalaufl. hg. v. H. H. Houben, Leipzig, 1925, S. 236.)译文参考爱克曼辑录,《歌德谈话录》,朱光潜译,前揭,页 201。

② Goethe, Zu Simrocks Nibelungenübersetzung, in: *Sämtliche Werke*, Jubiläumsausgabe, Bd. 38, Schriften zur Literatur, T. 3, hrsg. v. O. Walzel, Stuttgart und Berlin: Cotta, 1902, S. 127.

③ 参见 Otfrid Ehrismann, *Das Nibelungenlied in Deutschland. Studien zur Rezeption des Nibelungenlieds von der Mitte des 18. Jahrhunderts bis zum Ersten Weltkrieg*, München:Wilhelm Fink Verlag,1975, S. 87.

④ 同上, S. 21。

后的那半个世纪,才能理解歌德为何会将《尼伯龙人之歌》与荷马史诗进行类比,其态度又为何如此克制;而被日耳曼中世纪学学界称为"德意志妄想"或"德意志梦魇"的那种接受观也要溯源到《尼伯龙人之歌》在启蒙运动时期的接受史。

二 《尼伯龙人之歌》的重新发现

如今被我们称为《尼伯龙人之歌》(*Das Nibelungenlied*)①的这部中古英雄史诗,最初并没有名字。今天我们见到的这个名字源于一部分流传至今的史诗手抄本的最后一行——daz ist der Nibelunge liet[这就是《尼伯龙人之歌》](原文为 Mittelhochdeutsch[中古高地德语],缩写*Mhd.*)。② 因此,这部以中古高地德语写就的英雄史诗在新高地德语的译文就以这一句来命名了。

然而,并不是这部史诗流传至今的所有抄本都以这行诗结束。因为,事实上,根本就不存在一个《尼伯龙人之歌》的原始版本。史诗最初完全依靠口耳相传,属于口头文学传统;到 12 世纪末成形,此后不断被人传抄。流传至今的《尼伯龙人之歌》手抄本共有 37 种之多,此外还有多枚手抄本残片,它们都是 13 世纪到 16 世纪初的抄本。③ 在现存的 37 种手抄本中,有三部最为重要,1826 年,德国著名中世纪学学者拉赫曼(Karl Lachmann,1793—1851)将它们定名为手抄本 A,手抄本

---

① *Das Nibelungenlied* 书名汉译目前主要有三种:钱春绮先生译作《尼贝龙根之歌》(1959 年人民文学出版社第 1 版);另有一种常见译名是《尼伯龙根之歌》;安书祉先生译作《尼伯龙人之歌》(2017 年译林出版社第 1 版),范大灿先生主编的《德国文学史》(2006)也采用了安书祉先生的译法。笔者亦遵循安先生的译法。而之所以译作《尼伯龙人之歌》,安书祉先生在其译林版《尼伯龙人之歌》(2017)的《译者前言》中已作阐释,在此笔者不再赘述。

② 中古高地德语 liet 与新高地德语 Lied("歌")并不完全同义;一般认为,中古高地德语 liet 更近似于新高地德语的 Dichtung[诗],因此末尾诗行 daz ist der Nibelunge liet 译为 Das ist die Dichtung über die Nibelungen[这就是《尼伯龙人之诗》]或更佳。参见 Lother Voetz, "Daz ist der Nibelunge liet", in Badische Landesbibliothek Karlsruhe u. Badisches Landesmuseum Karlsruhe(Hrsg.), "*Uns ist in alten Mären…*"-*Das Nibelungenlied und seine Welt*, Darmstadt: Primus-Verlag, 2003, S. 12。

③ 同上。

B 和手抄本 C。① 手抄本 A 现藏于慕尼黑巴伐利亚州州立图书馆,手抄本 B 现藏于圣加仑修道院图书馆,手抄本 C 现藏于卡尔斯鲁厄巴登州州立图书馆。②

　　根据这三部重要手抄本,学界又将 37 种《尼伯龙人之歌》手抄本粗略地划分为两大类——*A/B 本(*A/B-Fassung)和*C 本(*C-Fassung)③。手抄本 A 和手抄本 B 的末尾诗行都是中古高地德语 daz ist der Nibelunge nôt(Neuhochdeutsch[新高地德语],缩写 Nhd.:das ist der Untergang der Nibelungen[这就是尼伯龙人的灭亡]),因此也被称为 nôt 本("亡本");而手抄本 C 的末尾诗行是中古高地德语 daz ist der Nibelunge liet(Nhd. Das ist die Dichtung von den Nibelungen[这就是《尼伯龙人之诗》]),因此也被称为 liet 本("诗本")。

　　《尼伯龙人之歌》在 18 世纪德国的接受,就始于手抄本 C 的发现,那是 1755 年,这是德语文学史和德语语言史上的一个重要节点。

　　这部从 13 世纪开始流行的中古英雄史诗,到 16 世纪却已被人完全遗忘,早就被丢弃在历史的阁楼里。④ 直到 1755 年 6 月 29 日,博登

---

① *Der Nibelunge Not mit der Klage. In der ältesten Gestalt mit den Abweichungen der gemeinen Lesart*. Hrsg. v. Karl Lachmann. Berlin, 1826。关于拉赫曼对于手抄本的划分依据参见 Werner Hoffmann, *Nibelungenlied*, 6., überarbeitete und erweitere Auflage des Bandes Nibelungenlied von Gottfried Weber und Werner Hoffmann, Stuttgart, Weimar: J. B. Metzler Verlag, 1992, S. 75.

② 有关《尼伯龙人之歌》手抄本文本内容的争议在德语中世纪学学界从 19 世纪一直持续到 20 世纪初,史称"手稿之争"(*Handschriftenstreit*)。目前学界比较认可的《尼伯龙人之歌》文本版本分别是:基于手抄本 B 的 Bartsch/de Boor(1988)版,基于手抄本 A 的 Lachmann(1878)版,以及基于手抄本 C 的 Hennig(1977)版。参见 Otfrid Ehrismann, *Nibelungenlied. Epoche-Werk-Wirkung*, München: Verlag C. H. Beck, S. 13.

③ 参见 Lother Voetz, "Daz ist der Nibelunge liet", in Badische Landesbibliothek Karlsruhe u. Badisches Landesmuseum Karlsruhe(Hrsg.), "*Uns ist in alten Mären...*"-*Das Nibelungenlied und seine Welt*, Darmstadt: Primus-Verlag, 2003, S. 26.

④ 《尼伯龙人之歌》最晚手稿见于著名的《安布拉斯英雄史诗手抄本集》(Ambraser Heldenbuch,16 世纪初),此后再无人抄写,只是偶尔有个别学者将其作为历史出处而提及而已,比如 1551 年瑞士学者拉奇乌斯(W. Lazius)在其关于日耳曼民族大迁徙的历史著作中援引了《尼伯龙人之歌》中的片段。参见 Joachim Heinzle, Die Rezeption in der Neuzeit, in Badische Landesbibliothek Karlsruhe u. Badisches Landesmuseum Karlsruhe(Hrsg.), "*Uns ist in alten Mären...*"-*Das Nibelungenlied und seine Welt*, Darmstadt: Primus-Verlag, 2003, S. 163;以及安书祉,《德国文学史》(第一卷),前揭,页 146。

湖畔城市林岛（Lindau）的一个叫欧伯莱特（Jakob Hermann Obereit，1725—1798）的外科医生，在霍恩埃姆斯伯爵的私人图书馆（Gräflichen Bibliothek zu Hohenems）翻阅旧书时，无意中发现了一部中世纪的手抄本，当时没人知道这是本什么书。欧伯莱特完全可以将它重新束之高阁，然后让这"尼伯龙人的宝藏"继续尘封。然而他没有，这位外科医生凭借敏锐和洞见感知到此次发现非比寻常，在草草浏览之后，他立即致信瑞士苏黎世历史教授、作家和文学批评家博德默尔（Johann Jakob Bodmer，1698—1783），在这封仓促完成的信中欧伯莱特描述了自己的发现，难掩兴奋之情：

> 我发现了两个古老的装订好的羊皮手抄本，内容是古施瓦本语的诗歌，其字迹清晰，是中等厚度的四开本，看上去是连贯而详细的英雄诗歌，关于勃艮第女王或公主克里姆希尔德，书名是 âventiure von den Nibelungen，整部书以 âventiure 作为章节划分单位，[①]手稿保存状态良好。[②]

因了这位独具慧眼的外科医生，这部德语中世纪文学最重要的英雄史诗、德语语言发展史上的中古高地德语代表作终于重见天日，在德国文化史上，这个历史节点被称为"《尼伯龙人之歌》的重新发现"，[③]他发现的手抄本就是今日所说的"手抄本 C"，发生在 1755 年的这一发现唤醒了人们对中世纪文化的兴趣。

三　无名诗人的集体之声

中古英雄史诗《尼伯龙人之歌》是德语中世纪文学的重要作品，是

---

① 《尼伯龙人之歌》的结构划分单位是 âventiure（汉译通行本译为"歌"），这个中古高地德语单词在新高地德语里面并没有完全对应的单词，Kapitel［章回］并不能涵盖 âventiure 所蕴含的所有意义，比如 âventiure 有"冒险与奇遇"的含义。

② 转引自 Johannes Crueger, *Der Entdecker der Nibelungen*, Frankfurt a. M.：Rütten & Loening，1883，S. 28.

③ 事实上，有关西格夫里特（Siegfried）的传说故事并非一直湮没无闻，"尼伯龙人传说"的叙事传统从 13 世纪中期到 16 世纪始终存在，1755 年的这次手抄本发现因此被称为"重新发现"。

德语文学史最重要的研究对象之一。从德语语言史角度来看,12 世纪末,在上德意志地区产生了一种基于阿雷曼语和东法兰克语的书面文学语言,这就是中古高地德语,《尼伯龙人之歌》是中古高地德语的代表作。"创作"了《尼伯龙人之歌》的那些当年生活在帕骚主教管区(包括维也纳在内)的无名诗人们,在德语语言史上也被称为"中古高地德语代表诗人"。

与宫廷史诗不同,英雄史诗作者大都佚名,[1]这些歌者/诗人有意将自己与宫廷诗人区别开来,他们并不视自己为创作者,而将自己当作"集体传统"(kollektive Tradition)的代言人,如孔子所谓"述而不作,信而好古",他们只是传播那些储存在"集体记忆"(kollektives Gedächtnis)中的"古史旧闻"(alte Mären)的中间人,虽然他们也会以自己的方式重新讲述并诠释他们传承下来的那些故事,可以说,英雄史诗歌者发出的是一种超越个人的"集体之声"(Stimme eines Kollektivs)[2]。

这种佚名性也与英雄史诗的口头性有关。《尼伯龙人之歌》的口头叙事传统肇端于公元 5 世纪,讲述的是日耳曼民族大迁徙时代的历史人物与事件;史诗在 12 世纪晚期形成文学书面语并完成了媒介转化。今天我们能读到的《尼伯龙人之歌》文本成形于 1180 年至 1210 年之间,[3]这个时期也是德语文学发展史上的第一个高峰,是德国历史上世俗语言文化的第一个繁荣期。

《尼伯龙人之歌》还保留了许多口语特征。比如从语言风格上看:频繁使用程式化语汇、古风语汇、重复性语句以及排比句式等等;从叙事角度来看:线性叙事,反复出现的情节模式和叙事主题,作为叙事出发点和背景的历史事件,以及擅用叙述者伏笔——这种暗示性预告可

---

① 在中古英雄史诗的作者中,只有极少数名字流传至今,比如《Goldemar》的作者 Albrecht von Kemenaten。参见 Dorothea Klein, *Mittelalter: Lehrbuch Germanistik*, 2., aktualisierte Auflage, Stuttgart, Weimar: Verlag J. B. Metzler, 2015, S.103.

② 参见 Klaus Grubmüller, Werkstatt-Typ, Gattungsregeln und die Konventionalität der Schrift. Eine Skizze. In: *Texttyp und Textproduktion in der deutschen Literatur des Mittelalters*. Hrsg. von Elizabeth Andersen/Manfred Eikelmann/Anne Simon unter Mitarbeit von Silvia Reuvekamp. Berlin/New York: Walter de Gruyter, 2005, S. 31-40.

③ Wilhelm Schmidt, *Geschichte der deutschen Sprache: Ein Lehrbuch für das germanistische Studium*, 11. Auflage, Stuttgart: S. Hirzel Verlag, 2013, S.85.

以充分制造悬念。①

　　如前所述,史诗的口耳相传并非建立在一个原始版本基础之上,事实上,并不存在一个原始版本的《尼伯龙人之歌》。那些无名的诗人们都是在新的历史交流境况之下讲述的自己所处时代的《尼伯龙人之歌》,他们的叙述必须适应每个时代和人群的经验和想象力以及兴趣,正如古埃及学家扬·阿斯曼(Jan Assmann)所说:

　　　　对任何故事的口头讲述都是一种更新意义的过程。②

　　当年那些口耳相传讲唱着《尼伯龙人之歌》的诗人歌者们可能是骑士、僧侣或者游吟诗人。到了 1200 年左右,将《尼伯龙人之歌》记录下来并使史诗从口头文学转变为书面文学的诗人们则多是僧侣,因为当年对《尼伯龙人之歌》成书给予鼎力赞助的是 1191—1204 年间担任帕骚大主教的封·艾尔拉(Wolfger von Erla,1140—1218)。如前所述,这些当年生活在帕骚主教管区的无名诗人们,在德语语言史上被称为"中古高地德语代表诗人"。而无论是口耳相传时代的那些歌者,还是12 世纪以后的这些抄写者,他们在德语语言史和文学史上都是赫赫有名的无名诗人,如今他们被统一称作"《尼伯龙人之歌》诗人"(Nibe-lungenlied-Dichter)。

四　"荷马赞"的时代

　　今天,如果我们提及《尼伯龙人之歌》作为中古英雄史诗的口头性,会自然而然地想到荷马史诗,因为诸如"程式化语汇"、"重复性语句"、"叙述者伏笔"这样的口头文学特征也存在于荷马史诗中。③ 与荷马史诗一样,《尼伯龙人之歌》的传承与传播起初也不是借助书籍文

---

① 关于《尼伯龙人之歌》的口语特征参见 Dorothea Klein,*Mittelalter: Lehrbuch Germanistik*,2.,aktualisierte Auflage,Stuttgart Weimar: Verlag J. B. Metzler,2015. 以及 Florian M. Schmid,*Die Fassung ＊ C des › Nibelungenlieds‹ und der › Klage‹. Strategien der Retextualisierung*,Berlin/Boston: Walter de Gruyter,2018.

② Jan Assmann,*Das kulturelle Gedächtnis: Schrift,Erinnerung und politische Identität in frühen Hochkulturen*,München: Verlag C. H. Beck,2007,S.48−56.

③ 参见陈中梅,《伊利亚特》"译序",南京:译林出版社,2017。

化和阅读文化,而是借助"诵读文化"(*Rezitationskultur*)来完成的。①
这种文学性口语被历代传抄者记录并加以修饰,最终形成了文学性书
面语,书写者们在传抄过程中很可能有意识地保留了口语特征,或者说
是摹仿了口语特征。

1755 年,当那位林岛医生写信给博德默尔的时候,后者作为深谙
古典文学的学者,在得知这个消息之后,立刻就联想到了古希腊英雄史
诗《伊利亚特》。此后,将《尼伯龙人之歌》诗人"荷马化"(Homeri-
sierung)②的努力贯穿在博德默尔之后数年的出版与研究之中,他关于
"德意志伊利亚特"(eine Deutsche Ilias)的观点,在 19 世纪的日耳曼学
界成为一种主流接受观,直至《尼伯龙人之歌》最终被解读为一部"德
意志民族史诗"。

在德语文学史和语言史上,瑞士学者博德默尔并不是重要人物,但
如果将博德默尔与希伯来语和希腊语教授布赖廷格(Johann Jakob Bre-
itinger,1701—1776)这两个名字并列在一起,也许人们就会想起 18 世
纪敢于向"莱比锡文学教皇"③戈特舍德(Johann Christoph Gottsched,
1700—1766)挑战的那一对瑞士学者了。这两位瑞士学者因与戈特舍
德展开论战而青史留名,论战绵延近十年,史称"诗人之争"。④ 诚如王
建先生所说:"这场论争可以看作从启蒙文学早期向晚期过渡的标
志。"⑤说起博德默尔对《尼伯龙人之歌》的接受阐释,通常不能不提布
赖廷格;同样不能忽略的则是德国启蒙时代著名诗学、形而上学和逻辑
学学者戈特舍德;可以说,博德默尔和布赖廷格对《尼伯龙人之歌》的

---

① Jan Assmann, *Das kulturelle Gedächtnis*: *Schrift*, *Erinnerung und politische Identität in frühen Hochkulturen*, München: Verlag C. H. Beck, 2007, S. 276.

② Heinzle Joachim, Die Rezeption in der Neuzeit, in Badische Landesbibliothek Karlsruhe u. Badisches Landesmuseum Karlsruhe (Hrsg.), "*Uns ist in alten Mären...*"-*Das Nibelungenlied und seine Welt*, Darmstadt: Primus-Verlag, 2003, S. 163.

③ 参见 Otfrid Ehrismann, *Nibelungenlied. Epoche-Werk- Wirkung*, München: Verlag C. H. Beck, S. 169.

④ 卫茂平主编,《德语文学辞典:作家与作品》,上海:复旦大学出版社,2010,页 126。

⑤ 王建,《理性的诗学——试论戈特舍德的诗学理论》,载《比较文学与世界文学》2014 年第 2 期,页 62。

接受阐释包含在戈特舍德的诗学框架之内。

　　博德默尔将《尼伯龙人之歌》与荷马史诗作比并非纯粹个人发现，而是时代氛围使然。如果说，《尼伯龙人之歌》文本成形的 1200 年左右是德语文学发展史上的第一个高峰，是德国历史上世俗语言文化的第一个繁荣期，那么《尼伯龙人之歌》被重新发现之时，即 1755 年，则恰逢欧洲人对荷马史诗重燃兴趣之时，[1]这也很好地解释了为何当时产生了那么多将二者进行比较的研究。[2] 在同时代的德语诗学中，"荷马赞"（Homerlob）或者说"荷马崇拜"（Homer-Verehrung）占主导。[3] 在戈特舍德看来，古希腊罗马文学著作是文学创作的典范，[4]古希腊史诗《伊利亚特》和《奥德赛》则代表了诗歌的绝对标准，它们必须被摹仿，但后人却无法企及，更难以超越。在这一点上，戈特舍德的论敌博德默尔和布赖廷格也并无异议，他们也认为荷马是超越一切的自然诗人，如但丁所谓"诗歌之王"（poeta soberano），荷马史诗是独特而非凡的艺术作品。

五　"一种《伊利亚特》"：博德默尔的接受模式

　　1755 年 7 月中旬，博德默尔收到了欧伯莱特给他寄来的《尼伯龙人之歌》手抄本。博德默尔在 1755 年 8 月 24 日写给其友人齐维格（Laurenz Zellweger）的信中提起了《尼伯龙人之歌》手抄本给他留下的

---

① 　对于由法国文学家佩罗（Charles Perrault）发表的贬低荷马的演讲和长诗（1687）所引起的欧洲文化界的"古今之争"不在本文讨论范围之内。有关"古今之争"参见刘小枫，《古典学与古今之争》，北京：华夏出版社，2016。

② 　参见 Klaus von See, Das Nibelungenlied-ein Nationalepos? in：*Die Nibelungen. Ein deutscher Wahn*，*ein deutscher Alptraum. Studien und Dokumente zur Rezeption des Nibelungenstoffs im* 19. *und* 20. *Jahrhundert*，Hrsg. von Joachim Heinzle und Anneliese Waldschmidt，Frankfurt a. M.：Suhrkamp Verlag，1991，S. 57；以及 Otfrid Ehrismann，*Das Nibelungenlied in Deutschland. Studien zur Rezeption des Nibelungenlieds von der Mitte des* 18. *Jahrhunderts bis zum Ersten Weltkrieg*，München：Wilhelm Fink Verlag，1975，S. 27。

③ 　参见 Thomas Bleicher，*Homer in der deutschen Literatur*（1450—1740）. *Zur Rezeption der Antike und zur Poetologie der Neuzeit*，Stuttgart：J. B. Metzler Verlag，1972，S. 204f.

④ 　参见王建，《理性的诗学——试论戈特舍德的诗学理论》，载《比较文学与世界文学》2014 年第 2 期，页 60。

第一印象。当他翻开这部中世纪手抄本时,他立刻意识到:"它是一种《伊利亚特》,至少是某种含有《伊利亚特》之基础的东西。"①可以说,将《尼伯龙人之歌》与荷马史诗进行类比如同一条红线贯穿于博德默尔一生的研究工作中,他开辟了一种对史诗理解的新视角,在《尼伯龙人之歌》作为德意志民族神话的接受历史中起到了重要作用。

　　1757 年,博德默尔编印了首版《尼伯龙人之歌》,这可以说是他的第一个研究成果。然而,这部中古高地德语史诗在 1757 年的第一版却并没有被命名为《尼伯龙人之歌》,而是《克里姆希尔德之复仇,以及哀诉》(Chriemhilden Rache, und die Klage)②。这个书名本身就揭示了博德默尔对史诗手稿文本的选择性处理:博德默尔只选取了史诗 39 歌中的最后 12 歌进行编纂出版,情节上只包括克里姆希尔德在艾柴尔宫中复仇的部分;因此,首版《尼伯龙人之歌》实际上仅仅包含全本的最后三分之一的内容。③ 但是,博德默尔却为史诗附加上了《哀诉》(die Klage)部分。

　　博德默尔对《尼伯龙人之歌》的选择性编纂处理体现了他对史诗的接受模式,这种接受模式建立在博德默尔独特的美学理论基础之上,其特点是强调史诗的"奇异性"(das Wunderbare)。④ 奇异性包括幻想的、梦境的、神奇的、怪诞的、奇妙的事,即子所不语的"怪力乱神"。奇异性产生于真实与虚构之间的张力之中,尽管奇异性更倾向于虚构,但它却追求真实;奇异性建立在或然性(Wahrscheinlichkeit)的基础之上,它不

---

① 转引自 Johannes Crüger, *Die erste Gesammtausgabe der Nibelungen*. Frankfurt a. M. : Literarische anstalt Rütten & Loening, 1884, S. 21.

② 参见 Johann Jakob Bodmer: *Chriemhilden Rache, und Die Klage; zwey Heldengedichte Aus dem schwæbischen Zeitpuncte. Samt Fragmenten aus dem Gedichte von den Nibelungen und aus dem Josaphat, Darzu koemmt ein Glossarium*. Zyrich: Orell und Comp. ,1757.

③ 参见 Felix Leibrock, *Aufklärung und Mittelalter. Bodmer, Gottsched und die mittelalterliche deutsche Literatur*, Frankfurt a. M. : Lang, 1988, S. 19. ; Joachim Heinzle, *Die Nibelungen. Lied und Sage*, Darmstadt: Primus, 2005, S. 108. ; Helmut Brackert, Nibelungenlied und Nationalgedanke. Zur Geschichte einer deutschen Ideologie, in: *Mediævalia litteraia. Festschrift für Helmut de Boor zum* 80. *Geburtstag. Mit* 20 *Abbildungen auf Tafeln*, Hrsg. v. Ursula Henning und Herbert Kolb, München: C. H. Beck, 1971, S. 345.

④ "奇异性",德文 das Wunderbare,又译作"奇异的东西",参见范大灿,《德国文学史》(第二卷),南京:译林出版社,2006,页 58。

是谎言,只是造成一种假象(Schein);奇异性证明了在相互并不矛盾的真实与或然性之间存在着一种自然的联系,因为奇异性归根结底还是以真实与或然性为基础的。因此,奇异性即"乔装以后的或然性"。①

戈特舍德也将"奇异性"作为与"或然性"相对的概念收在他的诗学理论中,②虽然他也许并不情愿这么做,因为从某种意义上讲,"奇异性"这个概念向戈特舍德诗学所强调的"或然性"概念提出了挑战。戈特舍德将文学的"或然性"定义为:

> 虚构的事情与实际发生的事情相似,或者说,就是情节框架与自然的一致。③

文学的"奇异性"是戈特舍德与博德默尔和布赖廷格发生论争的焦点问题之一,因为"奇异性"正是启蒙主义所反对的"非理性"的代表。尽管他的创作教条是从根本上排斥奇异性的,但是诚如王建先生所言,戈特舍德"还是在情节框架中给奇异性保留了一定的空间",④但他强调奇异性的情节中不可以没有内在合理性,"要符合理性世界的构想,同时要有道德教育作用,绝不是为了奇异而奇异"。⑤ 戈特舍德认为文学的内在本质就是摹仿自然,这是一种经验主义的可感知性,对他来说,只有在或然性的基础上摹仿自然才能达到最佳效果,才能产生美。⑥

---

① 参见 Christoph Schmid, *Die Mittelalterrezeption des 18. Jahrhunderts zwischen Aufklärung und Romantik*, Frankfurt a. M. , Bern, Las Vegas: Lang, 1979 (Regensburger Beiträge zur deutschen Sprach-und Literaturwissenschaft 19), S. 108ff.

② Johann Jacob Breitinger, *Critsche Dichtkunst*, Zürich, 1740. 参见范大灿,《德国文学史》,前揭,页61。

③ 同上,页58。

④ 王建,《理性的诗学——试论戈特舍德的诗学理论》,前揭,页59-70。

⑤ 同上,页63。

⑥ 戈特舍德对启蒙文学的最大贡献是他的诗学著作《写给德国人的批判性诗学浅论》(Versuch einer Critischen Dichtkunst vor die Deutschen, 1730),他的诗学"在理性的基础上为文学制定了明确的规则体系"(王建语)。在这部著作中,戈特舍德抵制拒绝了"我们祖先的野蛮品味"(barbarische Geschmack unsrer Vorfahren),祖先的"英雄史诗"和"骑士小说"并不"符合理性的英雄诗歌的规律(Regeln eines vernünftigen Heldengedichtes)"参见 Johann Christoph Gottsched: Versuch einer Critischen Dichtkunst. In: *Ausgewahlte Werke*. Hrsg. von Joachim und Brigitte Birke. Bd. 6, 2 Teile. Berlin: Walter De Gruyter, 1973.

　　与戈特舍德对"或然性"的狭义要求相反,博德默尔和布赖廷格承认"诗意幻想逻辑"的存在,他们认为这是一种"可能的真实"的逻辑,他们强调诗人不可以仅仅作为自然的摹仿者(Nachahmer der Natur),更应该是一位创作者(Schöpfer),也就是要有创造性。① 他们认为文学表现的对象既不是真实,也不是或然性,而是奇异性,以令读者拍案惊奇,并直抵其心。但是,诗人也不可以过度使用奇异性情节,虽然他常常不得不如此进行创作。博德默尔将这种"根植于理性的奇异性"描述为"新"(das Neue,是一切诗意之美的源泉)的最高与最终阶段,是诗歌最重要的元素。②

　　正是基于这种美学与诗学理论,博德默尔编纂出版了只包含史诗最后 12 歌的首版《尼伯龙人之歌》(1757)。根据史诗中奇异性情节的含量,博德默尔将史诗的最后一部分(从"贝希拉恩小住"开始)独立成书,并认为这最后 12 歌构成了一部"相当合理的作品"③。博德默尔认为史诗前面那些被他删去的歌中的奇异性情节过多,因此不适宜(甚至也不可能)"被整本印出来"。④ 博德默尔认为,他的选择性编纂使《尼伯龙人之歌》文本中存在的严重的艺术和美学错误——即情节上缺乏统一性——得到了修正。⑤

　　事实上,博德默尔对《尼伯龙人之歌》的选择性编纂参考了荷马对《伊利亚特》的结构处理:荷马也将阿喀琉斯与阿伽门农冲突之前的十年战争全部省略不表,而以"阿喀琉斯的愤怒"为第一主题;⑥不难看

---

① 参见 Johann Jakob Bodmer: *Chriemhilden Rache, und Die Klage; zwey Heldengedichte Aus dem schwæbischen Zeitpuncte. Samt Fragmenten aus dem Gedichte von den Nibelungen und aus dem Josaphat, Darzu koemmt ein Glossarium.* Zyrich: Orell und Comp. ,1757.

② 参见 Otfrid Ehrismann, *Das Nibelungenlied in Deutschland. Studien zur Rezeption des Nibelungenlieds von der Mitte des 18. Jahrhunderts bis zum Ersten Weltkrieg*, München: Wilhelm Fink Verlag, 1975, S. 28ff.

③ Johann Jakob Bodmer: *Chriemhilden Rache, und Die Klage; zwey Heldengedichte Aus dem schwæbischen Zeitpuncte. Samt Fragmenten aus dem Gedichte von den Nibelungen und aus dem Josaphat, Darzu koemmt ein Glossarium.* Zyrich: Orell und Comp. , 1757, S. V.

④ 同上, S. X.

⑤ Joachim Heinzle, *Die Nibelungen. Lied und Sage*, Darmstadt: Primus, 2005, S. 109.

⑥ 参见陈中梅:《伊利亚特》"译序",南京:译林出版社,2017 年,页 42。

出,博德默尔之所以选择"克里姆希尔德之复仇"为《尼伯龙人之歌》的第一主题,就是仿照了荷马对史诗结构的处理方法。[1] 博德默尔从诗学理论上解释了自己的做法,他认为,读者只能接受符合美学要求的那一部分,也只有这一部分才能长久散发出艺术魅力。

虽然博德默尔只选取了史诗 39 歌中的最后 12 歌作为《尼伯龙人之歌》首版进行编纂出版,但他却为史诗附加上了《哀诉》(die Klage)部分,《哀诉》的手抄本也是欧伯莱特在 1755 年和史诗手稿一起发现的。博德默尔认为《哀诉》是一部独立的作品,他将《哀诉》看作《伊利亚特》的第 24 卷——即史诗结尾,因此觉得有必要把《哀诉》作为尾声与"克里姆希尔德之复仇"一起出版。[2] 用博德默尔自己的话来说就是:

> 它(指《哀诉》)与《伊利亚特》的最后一歌——安德罗玛刻、赫卡贝和海伦的哀诉挽歌与赫克托耳的葬礼——是近似的。[3]

博德默尔认为,《尼伯龙人之歌》中有"一些非常有吸引力的东西,有一种伟大的清澈与纯真质朴"。[4]《尼伯龙人之歌》诗人具有与荷马相近的能力,单单用情节本身就引发了读者的好感,并且能把读者变成听众。与《伊利亚特》一样,《尼伯龙人之歌》充满了战争场面,

> 有不同性格的英雄,展现着各式各样的勇气,每一个个体都能

---

[1] 参见 Otfrid Ehrismann, *Das Nibelungenlied in Deutschland. Studien zur Rezeption des Nibelungenlieds von der Mitte des* 18. *Jahrhunderts bis zum Ersten Weltkrieg*, München:Wilhelm Fink Verlag,1975, S. 30f. 以及 Joachim Heinzle, *Die Nibelungen. Lied und Sage*, Darmstadt: Primus, 2005, S. 109.

[2] 参见 Annegret Pfalzgraf, *Eine Deutsche Ilias? Homer und das 'Nibelungenlied' bei Johann Jakob Bodmer. Zu den Anfängen der nationalen Nibelungenrezeption im* 18. *Jahrhundert*, Marburg: Tectum Verlag, 2003, S. 102.

[3] 参见 Johann Jakob Bodmer:*Chriemhilden Rache, und Die Klage; zwey Heldengedichte Aus dem schwæbischen Zeitpuncte. Samt Fragmenten aus dem Gedichte von den Nibelungen und aus dem Josaphat, Darzu koemmt ein Glossarium.* Zyrich: Orell und Comp., S. VIII.

[4] 转引自 Otfrid Ehrismann, *Das Nibelungenlied in Deutschland. Studien zur Rezeption des Nibelungenlieds von der Mitte des* 18. *Jahrhunderts bis zum Ersten Weltkrieg*, München:Wilhelm Fink Verlag,1975, S. 32.

通过他的语言和行动成为一个人物。①

这种战争场景正是非凡的情节,它们与"奇异性"相关,这是史诗的基本要素。

但是,这并不意味着《尼伯龙人之歌》堪比甚至超越了荷马史诗。这部史诗仍然缺乏节制,其中最不受欢迎的就是虚假的"奇异性",因此博德默尔认为:"如果把过多的战士数量削减,并控制其他类似的东西到适度",才能得到一部更好的著作。② 正是根据这个原则——以向《伊利亚特》看齐——十年后,1767年,博德默尔重新把最后部分加工改写成了六音步诗行,③这被后来的学者戏称为"用铿锵的苏黎世口音六音步来歌唱"。④

博德默尔对荷马的五体投地的膜拜随着年龄的增长逐渐减弱,到了晚年,他也开始对《尼伯龙人之歌》前面那些曾被他抛弃的部分发生兴趣;可当他计划着将史诗的前几十行歌进行改写编纂,以便使其具有"连贯统一性"之时,已经太晚,他还没来得及完成这一计划就去世了,将完整的《尼伯龙人之歌》出版的任务留给了他的学生克里斯托夫·海因里希·米勒(Christoph Heinrich Müller/Myller,1740—1807)。

虽然博德默尔对《尼伯龙人之歌》的编纂出版有极大局限性,我们甚至可以说,他的接受模式从整体上看是不成功的;但博德默尔(及布赖廷格)对这部史诗进行推广的努力是众所周知的,其接受模式对浪漫主义时代《尼伯龙人之歌》接受观具有先锋意义。

---

① Johann Jakob Bodmer: *Chriemhilden Rache, und Die Klage; zwey Heldengedichte Aus dem schwæbischen Zeitpuncte. Samt Fragmenten aus dem Gedichte von den Nibelungen und aus dem Josaphat, Darzu koemmt ein Glossarium.* Zyrich: Orell und Comp., S. VIIf.

② 同上,S. VII。

③ 参见 Wolfgang Frühwald, Wandlungen eines Nationalmythos. Der Weg der Nibelungen ins 19. Jahrhundert, in: *Wege des Mythos in der Moderne. Richard Wagner, Der Ring des Nibelungen', Eine Münchener Ringvorlesung*, hrsg. v. Dieter Borchmeyer, München: Deutscher Taschenbuch Verlag, 1987, S. 19f.

④ Annegret Pfalzgraf, *Eine Deutsche Ilias? Homer und das, Nibelungenlied' bei Johann Jakob Bodmer. Zu den Anfängen der nationalen Nibelungenrezeption im 18. Jahrhundert*, Marburg: Tectum Verlag, 2003, S. 108–117.

六　米勒的接受模式

1782 年,在博德默尔帮助与支持之下,克里斯托夫·海因里希·米勒出版了第一部完整版史诗《尼伯龙人之歌》。[1] 严格意义上说,它是一个混合文本——是手抄本 A(到第 1642 诗节)和手抄本 C(根据博德默尔 1757 年版本整理)加上《哀诉》的合本。

海因里希·米勒本来是瑞士一名中学老师,由于政治原因不得不移民到德国柏林,在一所中学任教,教授哲学和历史。他本人对史诗的兴趣并不大,他只是以“戈特舍德之眼光”来看待这部史诗,认为它是对自然的忠实摹仿。[2] 海因里希·米勒对博德默尔的《伊利亚特》类比也不通晓,但这种一知半解并不能阻碍他为了推广这部书而提到荷马史诗——只不过他要以另一种方式来提及——他将《尼伯龙人之歌》与古典史诗进行了区分:

> 我承认,它既不是《伊利亚特》也不是《埃涅阿斯纪》,但它讲述得简单,清晰,流利,有时还非常生动,能把我们带回到那个因为巨大反差而产生无比吸引力的时代。[3]

正如著名日耳曼中世纪学学者艾里斯曼(Otfrid Ehrismann)所批评的那样,海因里希·米勒诌媚于那些爱好文艺的贵族,因为他的编纂需要赞助,他一直设法“往上爬”,直爬到他的主子——普鲁士国王弗里德里希二世(1712—1786)那里。[4] 他不仅将这本书献给了弗里德里希二世,而且希望国王能替他去推销。作为一名历史教师,米勒推崇古物

---

[1]　Christoph Heinrich Müller, *Der Nibelungen Liet. Ein Rittergedicht aus dem XIII. oder XIV. Jahrhundert.* Zum ersten Male aus der Handschrift ganz abgedruckt, Berlin, 1782.

[2]　Otfrid Ehrismann, *Nibelungenlied. Epoche-Werk-Wirkung*, München:Verlag C. H. Beck,S. 170.

[3]　转引自 Otfrid Ehrismann, *Das Nibelungenlied in Deutschland. Studien zur Rezeption des Nibelungenlieds von der Mitte des 18. Jahrhunderts bis zum Ersten Weltkrieg*, München:Wilhelm Fink Verlag,1975, S. 3.

[4]　同上。

的价值，他甚至认为这部史诗仿佛中国瓷器一般具有极高的收藏价值。① 然而这位瑞士中学老师没能成功判断出客户的需求，他大概不知道，普鲁士国王弗里德里希二世并不一定稀罕中国瓷器，毕竟他的父亲普鲁士"士兵王"弗里德里希·威廉一世（1688—1740）曾经做过一笔震惊欧洲的交易：1717 年，弗里德里希·威廉一世用 151 件康熙青花瓷从酷爱艺术的瓷器迷萨克森"强力王"弗里德里希·奥古斯都一世（1670—1733）那里换得一整个龙骑士兵团——600 名萨克森骑兵，600 匹战马，以及 600 副盔甲、武器、装备。

弗里德里希二世在资助了该史诗出版之后，却在一封信中对中古高地德语写就的《尼伯龙人之歌》极尽贬损之恶评：他认为这部史诗"一文不值"，其语言也完全不能如编者声称的那样"可以丰富德意志语言"，甚至完全"不值得被从历史的尘封之中取出"，在他自己的藏书中"绝不容许出现如此低俗之书"，甚至声称他会将这部书"弃掷"，因此海因里希·米勒献给他的那么多本《尼伯龙人之歌》，"将很可能闲置在那里，并且难逃被各大图书馆忽视的命运，因为它们应该不会得到太多的需求承诺"。② 弗里德里希二世的这段恶评成为《尼伯龙人之歌》接受史上一段著名的轶事遗闻。

对于"爱将军而不爱将军罐"的普鲁士国王，海因里希·米勒以中国瓷器作比来突出这部中古史诗的收藏价值显然没有产生任何说服力，他没能使《尼伯龙人之歌》赢得普鲁士上层贵族社交圈的青睐，他的接受模式在普鲁士宫廷中没能产生有意义的影响。此后，海因里希·米勒也返回了家乡苏黎世。

七 "它可以变成德意志《伊利亚特》"

身为黑森-卡塞尔侯爵宫廷图书管理员，瑞士裔历史学家约翰·冯·米勒（Johannes von Müller, 1752—1809）感受到这部史诗的独创

---

① Otfrid Ehrismann, *Nibelungenlied. Epoche-Werk-Wirkung*, München：Verlag C. H. Beck, S. 170.

② 转引自 Otfrid Ehrismann, *Das Nibelungenlied in Deutschland. Studien zur Rezeption des Nibelungenlieds von der Mitte des 18. Jahrhunderts bis zum Ersten Weltkrieg*, München：Wilhelm Fink Verlag, 1975, S. 39.

性。他宣称《尼伯龙人之歌》具有独特的自身价值,甚至还有意识地使用虚拟语气①来表达自己的期望:"《尼伯龙人之歌》可以变成德意志《伊利亚特》。"②冯·米勒为"《尼伯龙人之歌》变成德意志《伊利亚特》"设定了前提条件:《尼伯龙人之歌》必须拥有属于自己的研究传统才可能变成德意志《伊利亚特》;它要与荷马史诗一样,拥有自己的"尼学"(Nibelungenphilologie)。③ 针对海因里希·米勒 1782 年出版的第一部完整版《尼伯龙人之歌》,冯·米勒认为还需要进一步编纂处理,比如句读、拼写错误的改进以及基于正字法的简化都是必要的,这些都是为了使《尼伯龙人之歌》具有可读性,从而吸引更多读者。

博德默尔和布赖廷格这两位瑞士文学批评家对《尼伯龙人之歌》的接受并不是完全出于民族主义的兴趣,而是从他们的诗学理论角度出发的;而历史学家冯·米勒对诗学与美学的解释则并不感兴趣,他是第一位真正从历史角度来解读《尼伯龙人之歌》的学者,他考察了《尼伯龙人之歌》中的历史人物与事件发生地,并认为史诗早在查理曼大帝时代就已经出现,④他建立了一个历史导向的接受模式,但忽视了史诗审美。冯·米勒认为,德意志民族应该为这部中古史诗感到骄傲,因此,还需要一个质量远远超过前几版本的新版《尼伯龙人之歌》,以便可以向更广泛的受众阐释那些难以理解的中古高地德语文本。⑤

---

① 德文原文:"Der Nibelungen Lied könnte die teutsche Ilias werden." 参见 Otfrid Ehrismann, *Das Nibelungenlied in Deutschland. Studien zur Rezeption des Nibelungenlieds von der Mitte des* 18. *Jahrhunderts bis zum Ersten Weltkrieg*, München:Wilhelm Fink Verlag,1975, S. 40.

② Johannes Müller, *Der Geschichten schweizerischer Eidgenossenschaft*:*Anderes Buch. Von dem Aufblühen der ewigen Bünde*, Leipzig, 1786, S. 121.

③ 参见 Klaus von See, Das Nibelungenlied-ein Nationalepos? in:*Die Nibelungen. Ein deutscher Wahn*, *ein deutscher Alptraum. Studien und Dokumente zur Rezeption des Nibelungenstoffs im* 19. *und* 20. *Jahrhundert*, Hrsg. von Joachim Heinzle und Anneliese Waldschmidt, Frankfurt a. M. : Suhrkamp Verlag,1991, S. 57.

④ Annegret Pfalzgraf, *Eine Deutsche Ilias? Homer und das*, *Nibelungenlied' bei Johann Jakob Bodmer. Zu den Anfängen der nationalen Nibelungenrezeption im* 18. *Jahrhundert*, Marburg:Tectum Verlag, 2003, S. 182.

⑤ Johannes von Müller, *Sämmtliche Werke*, Bd. X, Tübingen: J. G. Cotta'schen Buchhandlung, 1811, S. 46.

八 结语：“德意志民族史诗”初长成

1755 年《尼伯龙人之歌》手抄本的发现无疑唤醒了人们对中世纪的兴趣。当时德国文坛以戈特舍德为代表,膜拜法国古典主义,唯法国文化马首是瞻,在轻视德意志民族性的同时,也忽视了正在成形的“有教养的市民阶级”的文化需求与民族意识。在瑞士学者博德默尔与布赖廷格的努力之下,“《尼伯龙人之歌》的重新发现”成为一个重要历史节点,也成为一场新的爱国主义运动的起点。

《尼伯龙人之歌》的重新发现恰逢一个特殊时代,当时德意志的知识分子文化精英正在努力从对法国古典主义文学的模仿中拯救自己的民族文学;而有教养的市民阶级也开始要求摆脱法国理性主义至高无上地位对自己民族文化的压抑。《尼伯龙人之歌》的重新发现恰好满足了这个时代的精神需求。有教养的市民阶级群体成为一种“新的爱国主义”的载体,这种爱国主义是围绕着“文化民族”(Kulturnation)这个概念发展出来的。当时,在黑森-卡塞尔侯爵宫廷中聚集了大量贵族和受过良好教育的市民中产阶级,他们愿意为《尼伯龙人之歌》的推广倾囊相助,并认为这是一种爱国行为。作为当时欧洲最富有的选侯之一,黑森选侯威廉一世(Wilhelm I. von Hessen-Kassel,1743—1821)在1785 年就职时即宣布,在其治下必要抑制法国文化在其宫廷中的影响。1786 年,卡塞尔文物协会的《新法规》也遵循了选侯提出的“爱国主义路线”,新法明确规定:德意志古代和中世纪历史将得到“最高级别的尊崇”并将成为主要研究对象。① 国务大臣冯·施利芬(Martin Ernst von Schlieffen,1732—1825)在《尼伯龙人之歌》中看到了一部德意志文化史,他赞美史诗所展现的德意志精神;冯·施利芬的史诗解读带有明确的爱国主义倾向,其目标就是为了否定语言和文化上的“法国影响”。② 在接下来的 19 世纪,这种观点成为“日耳曼化趋势”中的流

---

① 参见 Karl Ernst Demandt, *Geschichte des Landes Hessen.* Kassel: Johannes Stauda Verlag, 1980, S. 285.

② 参见 Martin Ernst von Schlieffen, *Nachricht von einigen Häusern des Geschlechts der von Schlieffen oder Schlieben vor Alters Sliwin der Sliwingen.* Kassel: Waisenhaus-Buchdruckerei, 1784, S. 140.

行观点,通过史诗内容阐释,《尼伯龙人之歌》获得了高度的大规模的政治更新,[1]并最终成为"德意志民族史诗"。

---

① 　参见安书社,《德国文学史》(第一卷),前揭,页147。

柏拉图阅读中的几个问题

成官泯*

（中共中央党校哲学部）

摘　要：19 世纪后半期以来主流学界形成的对柏拉图著作真伪的看法，以及对柏拉图著作顺序及思想发展的看法，基于对古代著述的并无根据的现代想象，因此，更合理的做法是，回复到忒拉绪洛斯所厘定的"正典"，并在阅读、解释柏拉图著作时放弃早中晚三期框架。若阅读柏拉图时充分注意对话录的戏剧特征，阅读便成为一种特殊的生存经验：在读者与苏格拉底或哲人之间存在着张力。柏拉图珍藏或隐藏了历史上真实的苏格拉底，把我们引向"变得又美又新的"苏格拉底，因此，阅读柏拉图，对于每一个曾有爱智冲动的人来说都是一种心灵的陶冶。

关键词：苏格拉底　柏拉图　苏格拉底问题

学习哲学的人，在初步了解哲学史之后，最有必要做的事就是读哲学原著。在阅读哲学原著时，我们遇见的第一个大哲是柏拉图。人们阅读柏拉图的历史源远流长，由此形成了各种各样的门派、套路，研究柏拉图的第二手文献汗牛充栋，有志于原汁原味地领略柏拉图思想的读者，当然不能忽视这些套路和文献。自 19 世纪后半期以来，经过一百多年的积淀，柏拉图研究界逐渐形成了一种主流的阅读套路，我们在这里就探讨与这主流套路相关的几个问题，并结合我们的思考提出一点建议，这虽然算不上柏拉图研究中的"前沿"问题，却是我们读柏拉图时首先要面对的重要问题。

---

*　作者简介：成官泯（1968—　　），男，湖北天门人，哲学博士，中共中央党校哲学部副教授，主要研究领域：古典政治哲学、现代形而上学。

一　真伪问题

我们的时代去圣久远,柏拉图的著作写于差不多 2400 年前,在柏拉图著作的漫长流传中,免不了出现真伪纷争。

在探讨柏拉图著作的真伪之前,我们得搞明白古代著述的一些基本事实。首先,古代著作的所谓"发表",与我们熟知的印刷术出现后的情形完全不同,那不过就是手经手的转抄,所以,我们现在能看到的古代某书,比如说柏拉图《苏格拉底的申辩》,都是一些抄本,其内容绝大部分一致,而细节总有一些出入,而对于这些抄本,我们甚至不能说,它们有一个唯一的来源或母本,因为我们实在不能安全地假定,柏拉图写完《苏格拉底的申辩》之后,就拿到市场上卖出去了,后来流传的各个抄本就是这个母本的辗转抄录,实际情况倒有可能是,柏拉图写出著作来,首先流入其学园,门人传诵抄录,而且柏拉图未必不会自留底稿,供自己玩摩、加工、润色。

其次,古人完全没有著作权的概念,无论在抄书还是著述时,都没有著作权的概念。抄书时,他们可能就添入了自己的创作,在著述时则有抄袭、托名的事经常发生,所谓抄袭,就是自己写书时抄袭前人著作而不加说明,所谓托名,就是谎称自己的创作其实是转抄某个前贤的作品,古人为什么这样? 这不是我们要在这里讨论的论题,我们只需要强调,我们现代人如此看重的"原创"二字,在古人却是完全不在意的。

这样一来,古人的著作,历经两千年,传到我们手中时,我们得到的是,相传是某某古人,比如说柏拉图的著作,但我们却不可以拿我们现在的情形来揣测古代,以为那就是柏拉图本人原创出来的样子,他将它付梓印刷,白纸黑字,流行至今,相反,极有可能的情形是,那除了是柏拉图的原创外,至少还有其学派中人的重述、增加、删削、改易、捉刀补篇等等,它们都归到柏拉图的名下,要在我们中国,就会名之曰"《柏拉图》",一共若干篇,但其作者不一定就是柏拉图一人,其定型成书时间也不一定就在柏拉图在世时,这样的情形,大概是中外古书撰述的通例吧。中国古书的撰述情形,在余嘉锡《古书通例》①中有很好的说明,我

---

① 余嘉锡,《古书通例》,上海:上海古籍出版社,1985。《目录学发微 古书通例》,北京:中华书局,2007。

们由是知道,比如读庄子,我们读的是《庄子》书,他可能是庄子一派,但绝不是庄子一手定稿的作品。西方的情况也许与中国不尽相同,或许柏拉图书中属于柏拉图个人的创作相比庄子书中更多,但同样不争的事实是,流传至今、相传是柏拉图的著作,绝不同于我们现代的著作情形,它们只是归在柏拉图名下的,古人不像现代人这样看重这是哪个思想家个人的原创,同样,古人很少像19世纪以来的学者这样疑经、疑古。所以,自古以来(19世纪之前),柏拉图著作的真伪问题,不像现在这样是什么大问题,人们对待这一问题的态度是:相传是柏拉图的作品,就是柏拉图的作品。真伪问题,在古代接近于伪问题。

流传至今、归在柏拉图名下的作品,一共有42篇对话、13封书信、1篇词语手册,还有若干条隽语短诗,汉译或作"箴言",如今都有英译,收在库珀(John M. Cooper)主编的《柏拉图全集》①中。我们今天能有柏拉图的著作全集,得益于公元1世纪时忒拉绪洛斯(Thrasyllus)的编辑,埃及的亚历山大那时是一个讲希腊语的城邦,忒拉绪洛斯是那里的星象学家、柏拉图派哲学家,他按照古希腊悲剧的演出结构方式,将柏拉图的作品编成九组四联剧,对话35篇,13封书信合一篇,一共九卷36篇,而其余的作品,忒拉绪洛斯怀疑不是柏拉图本人所作,没有编入他的九卷集中。

忒拉绪洛斯编的柏拉图九卷集,顺序篇目如下:

卷一: 游叙弗伦(*Euthyphro*)

苏格拉底的申辩(*Apology of Socrates*)

克力同(*Crito*)

斐多(*Phaedo*)

卷二: 克拉底鲁(*Cratylus*)

泰阿泰德(*Theaetetus*)

智术师(*Sophist*)

治邦者(*Statesman*)

卷三: 帕默尼德(*Parmenides*)

斐勒布(*Philebus*)

会饮(*Symposium*)

斐德若(*Phaedrus*)

---

① John M. Cooper, ed., *Plato. Complete Works*, Indianapolis: Hackett Publishing Company, Inc., 1997.

卷四：阿尔喀比亚德（*Alcibiades*）†
　　　阿尔喀比亚德后篇（*Second Alcibiades*）*
　　　希普帕库斯（*Hipparchus*）*
　　　情敌（*Rival Lovers*）*

卷五：忒阿格斯（*Theages*）*
　　　卡尔米德（*Charmides*）
　　　拉克斯（*Laches*）
　　　吕西斯（*Lysis*）

卷六：欧绪德谟（*Euthydemus*）
　　　普罗塔戈拉（*Protagoras*）
　　　高尔吉亚（*Gorgias*）
　　　美诺（*Meno*）

卷七：希琵阿斯前篇（*Greater Hippias*）†
　　　希琵阿斯后篇（*Lesser Hippias*）
　　　伊翁（*Ion*）
　　　默涅克塞诺斯（*Menexenus*）

卷八：克莱托普丰（*Clitophon*）†
　　　王制（*Republic*）
　　　蒂迈欧（*Timaeus*）
　　　克里提亚（*Critias*）

卷九：米诺斯（*Minos*）*
　　　法义（*Laws*）
　　　厄庇诺米斯（*Epinomis*）*
　　　书简（*Letters*）‡

　　我们的观点是：忒拉绪洛斯编入九卷集中的作品，都是柏拉图的作品！忒拉绪洛斯根据什么说它们是柏拉图的作品，我们现在不探究，也无从探究。我们依从一个流传了差不多2000年的权威（其源头其实还要再往前追溯300年），①难道心里有多不踏实吗？难道不比依从现在

---

① 第欧根尼·拉尔修，《明哲言行录》，卷三：41-62（英译本：*Lives of the Eminent Philosophers*, tr. P. Mensch, ed. J. Miller, Oxford University Press, 2018）。参泰勒（A. E. Taylor），《柏拉图——生平及其著作》，谢随知等译，济南：山东人民出版社，1991，页22-23，英文版（*Plato, the Man and his Work*, London, 1926, 1955年重印第6版）页11。

流行的什么观、什么论、什么说去论断忒拉绪洛斯所传柏拉图著作的真伪更靠谱吗？

在忒拉绪洛斯所传九卷集之外归在柏拉图名下的作品，现在有个通称：柏拉图《杂篇》，已有中译本。① 关于杂篇，我们赞同主流学者库珀的看法：“被忒拉绪洛斯归到伪作的对话录也值得重视，即便有很强的理由否认是柏拉图所作；《定义集》则是价值极高的作品，成于柏拉图身前及他去世后几十年间的柏拉图学园。”②

在忒拉绪洛斯所传的九卷集中，目前主流学界的看法，关于13篇《书简》的情况比较复杂，其中第7和第8封（尤其第7封）书信被绝大多数学者视为真作，布里松曾列举了1485到1983年间共32家柏拉图书信研究，其中只有6家否认第7封书信的真实性。③ 关于其余书信则聚讼纷纭，难有定论，但大多被疑为伪作。不过我们要明白这样一个基本的事实：在现代疑古运动兴起之前，即在18世纪之前，柏拉图书简的真伪并未成为一个问题！根据古人的报道，早在公元2世纪的时候，人们研究柏拉图，就有的从其对话录开始，有的从其书简集开始。④ 还是遵循这流传了近2000年的传统吧！柏拉图《书简》已有中译注释本。⑤

忒拉绪洛斯所传的九卷集共有柏拉图对话录35篇。在18、19世纪的西方学界，特别是在德国，柏拉图作品的真实性普遍受到怀疑，疑古最甚之时，仅余5篇对话未被确认为伪书！⑥ 疑古风潮渐渐归于平静后，曾经的“伪作”纷纷得到正名，到19世纪末，大多数都恢复了真作之名。⑦ 20世纪主流学界对柏拉图对话真伪的看法，从广泛流行于

---

① 吴光行译疏，《柏拉图杂篇》，北京：中国社会科学出版社，2017。

② Cooper，同前引，页 ix–x。

③ Luc Brisson, *Platon：Letters*, Paris：GF Flammarion, 1987, p.70.

④ 参 R. S. Bluck, *Plato's Seventh and Eighth Letters*, Cambridge University Press, 1947, p.1。

⑤ 彭磊译注，《柏拉图书简》，北京：华夏出版社，2018。

⑥ 程志敏，《〈厄庇诺米斯〉的真伪》，载《经典与解释16：柏拉图的真伪》，刘小枫、陈少明主编，北京：华夏出版社，2007，页3–9。根据泰勒的报道，“极端主义者想把对话录真作的数量限制到9篇”（泰勒，同前引，第23页，英文版第11页）。

⑦ 曾经广为流行的乔伊特（Benjamin Jowett）译本（*The Dialogues of Plato*）的选目，反映了当时学界对柏拉图真作的看法。乔伊特本初版于1871年，1892年第3版，1953年修订第4版，各版篇目有个别增减，但所收对话篇目维持在28篇左右。参 Cooper，同前引，页 xi 注11。

英语世界的先后两个全集中可窥一斑。第一个是汉密尔顿主编的《柏拉图对话集暨书简》，①初版于 1961 年，至 1980 年已印到第 10 版。第二个就是前面提到的库珀主编的《柏拉图全集》，于 1997 年出版，一举成为最方便、流行的全集本。

库珀版收齐了古来归在柏拉图名下的所有作品，凡真实性存在争议的，就在篇目后面加以标识。标"＊"的，指"学界普遍认为非柏拉图所作"，就是所谓"伪作"（一共 6 篇：《阿尔喀比亚德后篇》、《希普帕库斯》、《情敌》、《忒阿格斯》、《米诺斯》、《厄庇诺米斯》）；标"†"的，指"是否柏拉图所作未得学界普遍认可"，就是所谓"疑伪作"（一共 3 篇：《阿尔喀比亚德》、《希琵阿斯前篇》、《克莱托普丰》）；其余 26 篇未加标识，自然就是柏拉图的所谓"真作"了。

汉密尔顿版收柏拉图对话"真作"26 篇，附录"疑伪作"2 篇（《希琵阿斯前篇》、《厄庇诺米斯》），其余 7 篇对话则当作"伪作"径直舍去不收。

经过对比，我们可以发现，这两个本子认定的柏拉图对话真作 26 篇完全相同，这说明，学界认为铁定为真的柏拉图对话，从 1961 年到 1997 年，并没有改变。两个本子认定为伪以及怀疑为伪的对话作为一个整体，也都是那 9 篇，所不同的不过是，《阿尔喀比亚德》和《克莱托普丰》，库珀版归为"疑伪"，汉密尔顿版则当作"伪"，《厄庇诺米斯》库珀版归到"伪"，汉密尔顿版则归到"疑伪"。其余的篇目，《希琵阿斯前篇》两者皆认定"疑伪"，另外 5 篇（《阿尔喀比亚德后篇》、《希普帕库斯》、《情敌》、《忒阿格斯》、《米诺斯》）则被两者都认定为"伪"。②

---

① Edith Hamilton & Huntington Cairns, eds. , *The Collected Dialogues of Plato including the Letters*, Princeton：Princeton University Press, 1961.

② 国内学者对所谓柏拉图著作真伪问题的看法，基本都是跟随国际学者。苗力田先生主编的高等学校文科教材《古希腊哲学》（北京：中国人民大学出版社，1989）第 235-236 页中说："经过学者们大量细致的考证和研究，基本确定为真实的有以下 24 篇……有四篇真伪未定，尚待进一步研究，它们是《希琵阿斯前篇》、《希琵阿斯后篇》、《阿尔喀比亚德》、《默涅克塞诺斯》。其余作品都被认为是伪作。"这里的说法，当作真作的 24 篇与汉密尔顿和库珀无异，但是把汉密尔顿和库珀都认为铁定为真的《希琵阿斯前篇》和《默涅克塞诺斯》归到了疑伪作，于是疑伪和伪作的篇目加起来就多达 11 篇。具体负责这部分内容编译的是余纪元教授，他这么讲，应该必有所据，但我们不得而知。

国际主流学界的看法,附上国内学界的看法,列表如下:

	认定真	怀疑伪	认定伪
库珀 (1997)	26 篇	希琵阿斯前篇 阿尔喀比亚德 克莱托普丰	阿尔喀比亚德后篇、希普帕库斯、 情敌、忒阿格斯、米诺斯 厄庇诺米斯
苗力田 (1989)	24 篇	希琵阿斯前篇 阿尔喀比亚德 **希琵阿斯后篇** **默涅克塞诺斯**	阿尔喀比亚德后篇、希普帕库斯、 情敌、忒阿格斯、米诺斯 克莱托普丰、厄庇诺米斯
汉密尔顿 (1961)	26 篇	希琵阿斯前篇 厄庇诺米斯	阿尔喀比亚德后篇、希普帕库斯、 情敌、忒阿格斯、米诺斯 阿尔喀比亚德、克莱托普丰

关于柏拉图著作的真伪,我们的观点是:忒拉绪洛斯所传九卷柏拉图"正典"(Canon)都是真正的柏拉图的作品!尤其当我们考虑到,实事求是地讲,这所谓"柏拉图的"(Platonic),其意思绝不是在现代学术规范、学术道德、版权意识、原创声明等等意义下的"柏拉图的"(of Plato)。

二 分期问题

19 世纪末,疑伪风潮趋于平静,新时代的读柏拉图方法同时兴起,一百多年的发展成果,最终在主流学界形成了一个阅读、解释柏拉图的范式,就是将柏拉图一生的写作,分成早中晚三个时期,而柏拉图一生的思想,也相应呈现为逐渐发展、变化的三个阶段,这就是所谓"编年论"(chronology)与"发展论"(developmentalism)。这样的范式,既提供了一种阅读的路径,也提供了一个解释、研究的大框架,因此对学者极具吸引力,经过几代学者的努力,在 20 世纪末以弗拉斯托斯(Gregory Vlastos)为代表的一批学者这里几乎大功告成。为明晰起见,列表如下:

	早　期	中　期	晚　期
弗拉斯托斯等	游叙弗伦 苏格拉底的申辩 克力同 卡尔米德 拉克斯 吕西斯 欧绪德谟 普罗塔戈拉 高尔吉亚 希琵阿斯前篇 希琵阿斯后篇 伊翁 默涅克塞诺斯 美　诺	克拉底鲁 斐多 会饮 王制 斐德若 帕默尼德 泰阿泰德	蒂迈欧 克里提亚 智术师 治邦者 斐勒布 法义
弗拉斯托斯 （1994）①	弗拉斯托斯把《王制》卷一归到早期。认为《美诺》是从早期到中期的过渡。未排定早期对话录的时间顺序。中期与晚期则依据可能的写作时间排序。在其 1991 年的著作②中，把《吕西斯》、《欧绪德谟》、《希琵阿斯前篇》、《默涅克塞诺斯》、《美诺》看作从早期向中期的过渡。		
格思里 （1975）③	格思里把《欧绪德谟》、《默涅克塞诺斯》、《美诺》归入中期。		
罗斯 （1951）④	罗斯把《美诺》归入早期。		
泰勒 （1926）⑤	泰勒把《克拉底鲁》、《美诺》归为"苏格拉底对话"（即早期）。把《普罗塔戈拉》归到中期。		

① Gregory Vlastos, *Socratic Studies*, ed. Myles Burnyeat, Cambridge University Press, 1994, p.135.

② Gregory Vlastos, *Socrates: Ironist and Moral Philosopher*, Cambridge University Press, 1991, pp.46-47.

③ W. K. C. Guthrie, *A History of Greek Philosophy*, Vol. IV, Cambridge University Press, 1975, p.53. 在第 50 页,格思里说,康福德的分期法或可代表普遍接受的推论（Francis M. Cornford, "The Athenian Philosophical Schools", *Cambridge Ancient History*, vol. VI (1927), 311ff）。格思里与康福德的不同只在于,后者把《帕默尼德》与《泰阿泰德》归到晚期。

④ W. D. Ross, *Plato's theory of ideas*, Oxford: Oxford University Press, 1951, p.10. 鉴于其著作的主题,罗斯只列举了与理念论有关的 5 篇早期对话:《卡尔米德》、《拉克斯》、《游叙弗伦》、《希琵阿斯前篇》、《美诺》。

⑤ 泰勒,同前引,页 31-38。

如上表,我们可以看到,百年来主流学界对柏拉图写作时间顺序的分期,基本上没有太大的变化。这样一些对话:《游叙弗伦》《苏格拉底的申辩》《克力同》《卡尔米德》《拉克斯》《吕西斯》《希琵阿斯》《伊翁》,还有《普罗塔戈拉》和《高尔吉亚》,总是被绝大多数学者当作早期对话录。《斐多》《会饮》《斐德若》《王制》,这四篇则是中期对话录的支柱。如下6篇则是铁定的晚期对话录:《智术师》《治邦者》《蒂迈欧》《克里提亚》《斐勒布》《法义》。

本来,关于柏拉图的生平,我们本无信史的依据,我们所知其实大多来自于他本人在《书简》中的报道,尤其是他60岁以前的经历,几乎一片空白。对于他的生平,人们确定了年表中的几个重要点:

公元前427年,出生。

公元前399年,苏格拉底死。柏拉图28岁。

公元前387年,首次叙拉古之旅。在这前后,建立学园。40岁。

公元前367年,第二次叙拉古之旅。60岁。

公元前361年,第三次叙拉古之旅,次年回到雅典。66岁。

公元前347年,逝世。享年80。

按照人的自然生命历程,一个享寿80之人,20岁时成年不久,30岁时尚年轻,四五十岁时正当壮年,60岁时血气既衰,步入晚年,70岁年逾古稀,更是到了生命的最后年岁。对于哲人来说,相比身体,思想的成熟大约要晚10年吧,而且思想受年岁影响而衰老的程度和速度,不像体力那么明显。我们现代人见惯了大哲学家一生思想的发展变化,比如康德,比如海德格尔。轮到柏拉图这里,学者们把他的写作和思想,直到40岁左右都称作"早期",到60岁称作"中期",最后20年或更晚时期称作"晚期"。

发展论的观点,即认为柏拉图写作、思想随年岁发展变化,是一个现代现象。与此相反,古代柏拉图阐释者则是"统一论者"(unitarians),[①]他们相信在柏拉图所有对话录中有着系统、统一的学说或思想,公元前1世纪的哲人说,"柏拉图有多种声音,但不像有人以为的那样有多种学说。"现代的"柏拉图研究"开始于18、19世纪之交的德

---

① Junia Annas, *Platonic Ethics: Old and New*, Ithaca, 1999, pp. 3–5。引文见《解读柏拉图》(*Plato, a Very Short Introduction*),高峰枫译,北京:外语教学与研究出版社,2013,页37/142。

国。滕内曼（W. G. Tennemann）试图把柏拉图的真作按康德的原则整理成一个哲学体系（1792—1795）①。很快，施莱尔马赫（Schleiermacher）的柏拉图翻译计划（1804）开启了新的主导研究法，他认为，理解柏拉图的对话，在方法论上必须精准重构对话的原本顺序，对话的序列本身是柏拉图从头到尾精心设计的。② 不久，施莱尔马赫的方法又被赫尔曼（K. F. Hermann）彻底修正了，他认为，对话反映柏拉图思想的展开时所依据的原则是不受柏拉图自己控制的，他根据德国浪漫派和唯心论来理解这些原则。③ 我们可以发现，19 世纪上半叶的德国学者都从体系上来理解柏拉图，体系的最终表达就是《王制》，他们对其他对话录做了排序，但认为它们都是最终体系的预备。在施莱尔马赫和赫尔曼的时代，有对柏拉图对话录的排序，或可说有发展论的端倪，④但是并不存在当今意义上的发展论。那时划分对话录的时期，更多是从哲学学说上考虑，并依靠史学研究确定的事实。在那之后，柏拉图研究图景大变。经过了 19 世纪中期的辨伪（athetizing）浪潮，到 19 世纪末期，学者们掌握了号称"科学的""文体考量学"（stylometry），才开始有对柏拉图写作的真正编年（chronology），并将柏拉图对话录的写作顺序和思想发展的顺序联系起来，最终形成了早中晚三期的框架⑤。

我们可以说，正是 19 世纪历史主义、历史意识的兴盛，为柏拉图研究中的编年论和发展论提供了大的思想背景，而文体考量的所谓科学方法，则助力历史意识在柏拉图研究领域开花结果。时至今日，绝大多数主流学者都认为，弄清（哪怕是大体上）柏拉图写作的年代顺序，对于理解柏拉图思想非常重要，不论他们在其著作编年问题的具体看法上有多大差异，足见历史意识之深入人心。

---

① W. G. Tennemann, *System der Platonischen Philosophie I*, Leipzig, 1792—1795.

② 施莱尔马赫，《论柏拉图对话》，黄瑞成译，北京：华夏出版社，2011。

③ K. F. Hermann, *Geschiche und System der Platonischen Philosophie*, Heidelberg, 1839. 黑格尔的学生策勒尔（E. Zeller, Die Philosophie der Griechen, 1844—1852）当然根据黑格尔哲学来重构柏拉图的体系。

④ 比如赫尔曼把柏拉图对话分为"苏格拉底影响的"、"麦加拉派影响的"（《克拉底鲁》、《泰阿泰德》、《智术师》、《治邦者》、《帕默尼德》）、"执掌学园时的"。

⑤ 参 Hayden W. Ausland, "Ninetenth-Century Platonic Scholarship", in: Gerald A. Press ed., *The Continuum Companion to Plato*, Landon & New York: Continuum, 2012, pp.286—288。

　　在柏拉图研究图景的转变过程中,英国学者坎贝尔(Lewis Campbell)厥功甚伟①,他 1867 年发表的对于《智术师》与《治邦者》的研究,力证两者是柏拉图真作,不仅扭转了辨伪潮,而且开启了文体考量学。坎贝尔发现,在五篇对话(《智术师》、《治邦者》、《斐勒布》、《蒂迈欧》、《克里提亚》)与据信是柏拉图最晚著作的《法义》之间,存在着措辞或文体风格上的亲缘性,于是他判断它们是柏拉图晚年之作,并进而推断,柏拉图晚年在形而上学(理念论)和政治思想方面重新思考《王制》中的观点,变得更加向现实世界妥协。坎贝尔的研究在同一时期在大陆并未广为人知,那里学者们正饶有兴趣地历史地重构柏拉图与其同时代人比如伊索克拉底的竞争,可巧,这也导致了对柏拉图文体手段的精细研究。

　　在通过文体考量确定 6 篇对话为柏拉图晚年之作后,学者们很快便确定如下 4 篇(因与《王制》文体风格亲近)为倒数第二组:《斐德若》、《王制》、《帕默尼德》、《泰阿泰德》,并推断其余的更早。文体考量学在 19 世纪末蓬勃发展,成果丰硕,以致到 1897 年时,卢托斯拉夫斯基(Wicenty Lutoslawski)自信地认为可以一劳永逸地解决对话排序的所有问题,②不过,大多数学者认为文体考量并不能科学地解决归为“苏格拉底对话”的这一大组对话的排序问题。③ 为了确定柏拉图作品的时间顺序,除了文体与语言学研究的手段,学者们还运用了更多的手段,主要是④:(1)文学批评;(2)主题的或哲学的考虑;(3)历史事件的外证以及文本的相互参证。尽管存在着各种矛盾、困难和争议,坎贝尔开创的图景主导了主流学界,成为柏拉图研究中 19 世纪留给 20 世纪的主要遗产。把柏拉图作品分为早中晚三期,今日学者们差不多视为理所当然。

　　20 世纪前期,编年论研究成果丰富,三期分期格局初定。到世纪中期时,柏拉图研究又有两个引人注目的新发展:一是发展论的新发展,二是学者们纷纷运用现代分析哲学的技巧研究柏拉图对话,取得了全新成果。自古以来的统一论者都认为柏拉图的理念论是其核心的、一贯的思想,这种看法从坎贝尔开始有了松动,他认为晚年柏拉图重新

---

① Lewis Campbell, *The Sophistes and Politicus of Plato*, Oxford, 1867.

② Wicenty Lutoslawski, *The Origin and Growth of Plato's Logic, with an Account of Plato's Style and of the Chronology of his Writings*, London, 1897.

③ 参 *The Continuum Companion to Plato*,前揭,页 287、288、290。

④ 参格思里,前揭,页 41-54。

思考、修正了其成熟期(《王制》时期)的思想,20 世纪的学者进而发现,晚年柏拉图,从《帕默尼德》开始,思想发生了重大改变,他批判理念论。[①] 发展到这时,才发展出了标准的发展论观点:理念论只是中期(成熟期)柏拉图的思想!

把理念论限定在中期,这就要求修改早先主要基于文体考量学的分期,策略是:把谈到理念论的对话统一归到中期,具体来说,就是把原先归到早期的三篇移到中期:《克拉底鲁》、《斐多》、《会饮》。至于原先归在中期的《泰阿泰德》与《帕默尼德》,因为其中包含了对中期学说的批判,有些学者便主张把它们归为晚期。这种发展论支配了 20 世纪中期分析学派的柏拉图学者。[②] 到这时,柏拉图写作的早中期三期划分,几乎臻于完工。把柏拉图写作分成早中晚三期,不仅仅是大致确定了作品"出版"的时间顺序,更重要的是,它也为柏拉图思想的发展顺序设定了框架,为研究柏拉图提供了指南。

早中晚三期划分,既是写作时间顺序的设定,又是思想发展顺序的设定! 人类思维的通常逻辑似乎是,我们应该依据一个思想家写作的顺序,来推断其思想的发展历程[③]。但不幸在柏拉图这里不是这样,写作时间顺序与思想发展顺序,两者都是推测和设定,而且学者们并非总是依据前一设定来建构后一设定,而常常也依据后一设定来建立前一设定,两者互为依据!

基于柏拉图哲学思想的发展论框架修订过的作品编年法,自然也存在不少问题,比如,《美诺》的核心是回忆说,而回忆说在《斐多》中明

① Gilbert Ryle, "Plato's Parmenides", in: R. E. Allen ed., *Studies in Plato's Metaphysics*, London: Humanities Press, 1965, p. 134. 赖尔文章最初发表于 *Mind*, 48 (1939), pp. 129 – 151 and 302 – 325. 另参 Richard Kraut, "Introduction to the Study of Plato", in: Richard Kraut ed., *The Cambridge Companion to Plato*, Cambridge, 1992, pp. 14 – 20。中译本见理查德·克劳特编,王大庆译,《剑桥柏拉图研究指南》,北京:北京师范大学出版社,2018。

② William Prior, "Developmentalism", pp. 288 – 289. 见 *The Continuum Companion to Plato*,前揭。

③ 根据柏拉图写作的时间顺序来推断其思想的发展变化,也并不一定完全靠得住,在主流学者中从上世纪开端到末尾都有反对者(Paul Shorey, *The Unity of Plato's Thought*, Chicago, 1903, p. 4,以及 Charles H. Kahn, *Plato and the Socratic Dialogue: The Philosophical Use of a Literary Form*, Cambridge, 1996)。

显与理念论相关,有学者于是认为它是从早期到中期的过渡,再比如,在《游叙弗伦》中理念论其实就呼之欲出了,有学者于是便论证早期对话中有理念论的早期版本,①再比如,有学者通过论证老牌的晚期对话《蒂迈欧》包含了理念论,进而试图把它在写作时序上移到中期,②这就引起了激烈争论,但不被大多数学者支持,被斥为"大胆"(bold)。除了理念论的发展指标,还有发展论者引入别的标准(比如灵魂观、辩证法概念)对柏拉图思想发展进行分期,这里不赘述。

弗拉斯托斯是用分析哲学手段研究柏拉图对话的代表。借助分析哲学的方法,学者们带着当今哲学中本体论、认识论、道德学的关切,突入到柏拉图对话中特别适合用来进行逻辑分析的哲学论证部分,更好地理解、评估柏拉图对相关问题的解决之道,取得了丰硕成果。然而,分析研究法的毛病也显而易见,因为柏拉图对话中有很大部分并不具有那种逻辑结构以致特别适合用作分析研究,况且,对单个论证的分析,无论做得多么专业,都并不足以据此确定这些论证所居于其中的整篇对话的意义。③

分析研究法的最大问题是,从分析哲学的狭隘哲学观出发,完全无视柏拉图对话的戏剧特征,睁眼不见柏拉图对话中的论证乃是言语(logos)与行动(ergon)的双重论证的结合。所以,一篇对话,若想从总体上理解其中所发生的实事,分析研究法并无推进,我们只要对比一下弗拉斯托斯以及米勒(Mitchell H. Miller)对《帕默尼德》的研究,④就可以看出,即便对于如此逻辑的对话,关注其戏剧特征有多么重要! 通过分析法研究柏拉图的论证,学者们不仅发现柏拉图是当代哲学的知识

①　R. E. Allen, *The Euthyphro and Plato's EarlierTheory of Forms*, London, 1970. William J. Prior, "Socrates Metaphysician", *Oxford Studies in Ancient Philosophy*, 27(2004), pp. 1–14.

②　G. E. L. Owen, "The Place of the *Timaeus* in Plato's Dialogues", *Classical Quarterly*, 3(1953), pp. 70–95. (repr. in: R. E. Allen ed., *Studies in Plato's Metaphysics*, London: Humanities Press, 1965, pp. 1–12).

③　参 J. H. Lesher, "Analytical Approaches to Plato", pp. 292–4. 见前引 *The Continuum Companion to Plato*。

④　Gregory Vlastos, "The Third Man Argument in the *Parmenides*", *Philosophical Review*, (63)1954, pp. 319–349 (repr. in: R. E. Allen ed., *Studies in Plato's Metaphysics*, London: Humanities Press, 1965, pp. 231–263). [美]米勒,《灵魂的转向:柏拉图的〈帕默尼德〉》,曹聪译,上海:华东师范大学出版社,2015。

观念、意义理论、逻辑原子主义等等的先驱,更发现了柏拉图论证中"诚实的困境"、立场的不一致、概念的二义、问题的不相关、论争的错误和失败,如此等等。

忠诚于分析方法的学者们最不能忍受的一大问题是,在不同的对话录中,苏格拉底的主张竟然会有非常大的反差,甚至矛盾、对立,这让他们如鲠在喉、寝食难安,确实,仅仅从逻辑上讲,A 若正确,$\overline{A}$ 就绝不可能正确,这样的难题,在逻辑内部是不可能解决的。其实,如果我们认真对待柏拉图对话的戏剧特征,在整篇对话的情景中考察单个论证的意义,在所有对话编织的戏剧整体中考察单篇对话所传达的部分的、片面的真理,那么,不同对话中呈现的矛盾和对立非但不是我们理解柏拉图的障碍,反倒成了我们进入柏拉图思想的线索。所以,不同对话录中苏格拉底反差巨大甚至互相矛盾的问题,分析派的学者是提出了只对于他们才成为问题的问题,不过,他们漂亮地解决了他们提出的问题!这里有发展论的又一个新发展,又是卓越的弗拉斯托斯!

我们可以说,20 世纪中期起,发展论的新发展和分析方法的兴盛,这两者的同时性绝非偶合,正是分析法提出的问题推动了发展论的发展。

通过聚焦理念论,发展论者成功地使中晚期的划分有了坚实的哲学基础:中期是对理念论的成熟表达,晚期是对它的批判。现在,整个大厦的框架还有一部分需要完善,就是,还需要在哲学上为早期和中期的划分建立坚实基础。在早中期对话中,苏格拉底都是主要发言者。问题的解决同"苏格拉底问题"联系起来,这所谓苏格拉底问题,是指,当我们在哲学史研究中说到苏格拉底时,到底指的是谁?依据什么文本来判断历史上那个苏格拉底的真实思想?分析学者发现,"苏格拉底"在柏拉图对话的不同部分中反差太大,以致可以说有两个哲人叫"苏格拉底",弗拉斯托斯总结道:

> 这个人一直是同一个。但是,他在不同组对话中所搞的哲学如此不同,以致绝不可能把它们描绘成是共存于同一个头脑中,除非它患了精神分裂症。它们在内容和方法上都大相径庭,以致彼此截然不同,就像不同于任何你愿意提到的自亚里士多德开始的第三者哲学。①

---

① Gregory Vlastos, *Socrates: Ironist and Moral Philosopher*, Cambridge University Press, 1991, p.46.

弗拉斯托斯列举了十组对立论题,显示早期对话中的苏格拉底与中期对话的苏格拉底的不同,比如:早期完全是一个道德哲学家,中期则是一个有广泛理论兴趣的哲学家;早期否认拥有知识,未提出分离的理念,没有关于灵魂本性及不死的论说,中期则自信发现了知识,提出了理念论以及不死灵魂的三分结构,等等。经过研究,他的结论是:早期对话录展示(exhibit)了历史上那个真实的苏格拉底的方法和学说。当然,这并不必然是柏拉图有意通过再造(reproduction)给它们来一个精确的复制(copy),而是,柏拉图在其哲学生涯的开始阶段,追随苏格拉底,以苏格拉底的方式从事哲学,通过写作力图把苏格拉底的洞见变成自己的东西,所以,那是想象性的再创造(imaginative recreation),"真实的苏格拉底思想存在于柏拉图对它的再创造中"(《苏格拉底的申辩》则据说是真实历史记录)。①

柏拉图对话记录了柏拉图心灵的发展,这是发展论的基本假定,结论是,在早期对话录中,苏格拉底所言反映了历史上苏格拉底的哲学观点,当然,也反映了在其成熟,拥有真正自己思想(中期)之前的柏拉图的哲学观点,因为,"柏拉图只会允许他的苏格拉底言说他(柏拉图)认为真的东西"。② 这就是说:存在"苏格拉底的反讽",但是不存在柏拉图的反讽!

在柏拉图文本中成功地区分出苏格拉底的和柏拉图的,这是20世纪柏拉图研究的一大贡献!

弗拉斯托斯代表性地总结了发展论和编年论的成果,尽管存在反对的声音,③仍然成了当今学界的主流看法:柏拉图对话录在写作时序

---

① Ibid,45-53. 参 M. L. McPherran, "Vlastosian Approaches", pp. 294-296。见前引 *The Continuum Companion to Plato*。

② 参大师的追随者的介绍:本逊(Hugh H. Benson),《苏格拉底与道德哲学的发端》,见《劳特利奇哲学史》(十卷本)第一卷,北京:中国人民大学出版社,2003,页370-372及相关注释。

③ 主流学界的反对大都无意撼动三期划分的大框架,主要的意见是,苏格拉底 Earlier 与苏格拉底 Middle 的差异,不像弗拉斯托斯所说的那样巨大。不过 Thesleff 和 Kahn 对划分早期和中期提出了强烈质疑。Kahn 发展出自己独特的预示论读法(proleptic reading),认为早期与中期的不同并非体现柏拉图思想的发展阶段,所谓早期著作,是为展示柏拉图成熟哲学思想精心制作的准备和预示。对分期说的根本质疑来自主流外的学者,比如 Howland、Ausland、Nails。晚近的编年论文献:

(转下页注)

上分为早中晚三期,早期对话反映苏格拉底的思想,追问德性和美好生活,中期对话体现柏拉图成熟期的思想,核心是理念论,在晚期对话中,柏拉图批判理念论,思想进一步发展。①

柏拉图一生,哲思久长,写作必有时序,思想或有发展,这都是很可能的事,但若说只有到了现代人们才能认识到其写作时序的重要,勘定其写作分期,厘定其思想发展,而自古以来 2000 多年竟未有所闻,这倒是一件有趣的事,何以如此? 这里面起决定作用的因素,恐怕不在古人柏拉图那里发生的实事,而在我们今人自己的先入之见。上面提到的主流看法,如果我们看不清编年论与发展论特定的历史来源,不思考其哲学上的脆弱性,而把三期划分当作柏拉图研究的范式,那么,在这一

（接上页注）Gerard R. Ledger, *Re-Counting Plato*: *A Computer Analysis of Plato's Style*, Oxford, 1989.

Leonard Brandwood, *The Chronology of Plato's Dialogues*, Cambridge, 1990.

＿, "Stylometry and Chronology", in: Richard Kraut ed., *The Cambridge Companion to Plato*, Cambridge, 1992, pp. 90-120.

Charles M. Young, "Plato and Computer Dating". *Oxford Studies in Ancient Philosophy*, 12(1994), pp. 227-250.

主流学者质疑早中期分期的文献：

Holger Thesleff, "Platonic Chronology", *Phronesis* 34(1989), pp. 1-26.

Charles H. Kahn, *Plato and the Socratic Dialogue*: *The Philosophical Use of a Literary Form*, Cambridge University Press, 1996.

＿, "On Platonic Chronology", in: Julia Annas and Christopher Rowe eds., *New Perspectives on Plato, Modern and Ancient*, Cambridge, 2002, pp. 93-127.

根本质疑早中晚三期划分的文献：

Jacob Howland, "Re-reading Plato: the Problem of Platonic Chronology", Phoenix 45(1991), pp. 189-214.

Hayden W. Ausland, "The Euthydemus and the Dating of Plato's Dialogues", in: Thomas M. Robinson and Luc Brisson eds., *On Plato*: *Euthydemus*, *Lysis*, *Charmides*, *Selected Papers from the Fifth Symposium Platonicum*, Sankt Augustin, 2000, pp. 20-22.

Charles L. Griswold, "Comments on Kahn", in: Julia Annas and Christopher Rowe eds., *New Perspectives on Plato, Modern and Ancient*, pp. 129-144.

① 英美主流学界在 21 世纪对写作时序的标准观点,见 Terence H. Irwin, "The platonic corpus", in: Gail Fine ed., *The Oxford handbook of Plato*, Oxford University Press, 2008, pp. 77-84。

范式下的研究必定是将更多的现当代想象加到柏拉图身上,得到的与其说是从柏拉图那里得来的教益,不如说是我们自身的映射。现代对柏拉图作品的时序分期工作,只有在满足如下假定前提时才有可能是可靠的①:

(1) 柏拉图(像当今多数哲学工作者所做的这样)写完一篇就发表一篇,每一篇发表出来就成了作者无法再改的历史存在,反映了作者当时的思想。

(2) 如若柏拉图思想变化,经过修改并再版某篇作品,史上必有传闻或记载,我们必可得而知。可见,柏拉图并未因思想发生变化而修改再版某篇作品。

(3) 柏拉图作品,不论篇幅短长,都是完成一篇之后再接下来写下一篇。

(4) 柏拉图发表一篇作品时不可能自留底稿,他也不会终生不辍地编辑、修改、重写它。

(5) 所有流传的抄本都来源于同一个母本,是柏拉图亲自手订。即便晚年作品也是如此,里面的文体习惯,来自柏拉图本人,不可能来自某个抄、编者,比如 Philip of Opus(第欧根尼·拉尔修,3:37)。

(6) 柏拉图去世之后,在柏拉图学园内外流传的柏拉图作品,整体来说相当稳定,篇目、文字都几乎没有增删改易,到拜占庭的阿里斯托芬(Aristophanes of Byzantium, c. 257–180 BC)和忒拉绪洛斯(d. 36 AD)时都是如此,至少当今断定为真的作品就是这样。

……

---

① 严肃认真的学者在谈到作品分期时,都能意识到其设定的性质和界限,比如罗斯就指出,长篇对话写作必定历时较长,期间可能穿插短篇写作,而且有柏拉图勤勉修改作品的古代证据,于是指出任何对时序的排定都必定是"试探性的"(tentative)(见罗斯,前揭,页9–10)。赖尔在排时序时有专门一节讨论文体考量学的困难(Gilbert Ryle, *Plato's Progress*, Cambridge University Press, 1966, pp.295–300)。关于时序排定的实践原则,格思里对下面的说法深以为然:它只能是"大体遵照编年论,结合以阐释的方便"(见格思里,前揭,页54)。弗拉斯托斯提出他的宏论,也只是当作一个"设定"(hypothesis)(见 Gregory Vlastos, *Socrates: Ironist and Moral Philosopher*, 页53)。不幸的是,很多学者把早中晚三期的说法和框架当成了事实,用作研究指南。

这些在当今很容易满足的条件,在古代却并不如此。[①]　关于古代作品的写作与流传,越来越多的柏拉图研究者恢复到常识,实事求是,编年论走过150年后摇摇欲坠,终到寿终正寝时,发展论的哲学构建也就随之成为无实事根基的沙上大厦。

所以,我们的观点是:别偷懒,忘掉早-中-晚期的说法和框架吧!

三　戏剧特征

一个非常古老的说法:据说柏拉图写的第一篇对话是《斐德若》(第欧根尼·拉尔修,3:37),这个说法,在现代柏拉图研究的初期,也得到施莱尔马赫的认真对待,他把它列为柏拉图奠基性著作的第一篇。

我们读柏拉图对话录时,先要读《斐德若》,重要原因之一是,它里面有对书写的质疑:我们在读一个写下来的文本,它却在说,写下来的东西缺陷甚大。说这话的人是书中的苏格拉底,他说,写下来的文字里不会有什么清晰、牢靠的东西(275c5-e5)。

我们确实知道,苏格拉底一生真的述而不作,没有留下任何写下的文字。关于苏格拉底我们所知道的一切,最主要的来自他的学生柏拉图,柏拉图写的作品中最主要的人物是苏格拉底。苏格拉底确实没写,柏拉图确实写了。但是,柏拉图自己,与苏格拉底一样,也曾说,写下来的东西缺陷甚大,还说,但凡有理智的人,从来不敢写作,把他的思想付诸那种有缺陷的言辞(《书简七》:343a2-4)。我们确实知道,柏拉图一生醉心于写作,著述盛丰。这让我们只能猜想:柏拉图的写作以某种方式避免了写下的言辞的缺陷。

根据苏格拉底或柏拉图的说法,写下的言辞的最大缺陷是:所有能阅读的人都能同等地得而读之,它们既传到懂得其所说的那些东西的人那里,也传到根本不可能懂其所说的那些东西的人那里,它们不知道该对哪些人说,不该对哪些人说,不知道对谁说、对谁沉默。

我们把柏拉图写下的言辞叫作"柏拉图著作"。柏拉图自己是这样说的:"现在没有、将来也不会有柏拉图的著作,现在那些所谓柏拉

---

① 研究者们发现,大量证据表明古代的情形与今人按照当今习惯的想象迥异。Debra Nails 被主流学者称为"统一论者",他关于编年论及其困难的介绍,见其为 *The Continuum Companion to Plato* 写的词条"Compositional Chronology",尤其页 291-292。

图的著作,属于变得美好(高贵)而年轻(新)的苏格拉底。"(《书简二》:314c2-4)可以放心地说,柏拉图写作的主题,就是苏格拉底,①这是学生娃都知道的常识。

柏拉图的书写都是描写苏格拉底的,这一事实使书写的可能的缺陷问题变得尤为尖锐,因为,苏格拉底以他特有的"反讽"(irony)著称。我们若在字典里查 irony,它给的第一个意思是,话语的真实意思被隐藏了(与其字面意思相异),或者与其字面意思相反(real meaning is concealed or contradicted by the literal meanings of the words)。"反讽"一词来源于希腊语,有个喜剧人物叫 Eirōn,卑微的他运用其机智一再战胜爱自夸的 Alazōn。由此而来的 eirōneia 一词,基本意思就是"假装不知"。那么,"苏格拉底式的反讽"是什么? 它也是这样一种假装,一种不(真)实。亚里士多德不赞赏反讽,既然它是一种假装,那么无论自夸还是谦虚,都不符合中道——真实。② 不过他又说,大度之人(自认为值得做大事情,事实上就是如此)习惯于俯视,因而是真实、坦诚的,但是他用反讽对大众说话(1124b29-31),亚里士多德还说,苏格拉底那样的谦虚,(虽然不真实,)还是蛮吸引人的(1127b22-31)。

苏格拉底为什么总爱用反讽? 根据亚里士多德的提示,我们可以推出,苏格拉底的作假、装糊涂,是为了掩饰他的优越,优越的最高形式就是智慧的优越,这恰是苏格拉底无与伦比地具有的。要掩饰一个人的智慧思想,无外乎两种方式,或者把它说出来时让它显得低一点,不那么智慧,或者不对人说,鉴于他(们)对这智慧的主题终究不可能懂,只能提出问题但绝不会给出答案。看来,反讽本质上与这一事实相连:在人之间存在着自然的等级秩序,③于是反讽就在于:对不同种类的人,说不同的话! 为此,苏格拉底不写作。但是,柏拉图写了,写的就是

---

① 苏格拉底是柏拉图绝大部分对话中的主角,在几篇对话中话不多或者无话,但也在场。在《法义》中没有苏格拉底,只有一个来自雅典的老人,不过,亚里士多德谈到《法义》时,很自然地以为《法义》的主角就是苏格拉底,见亚里士多德《政治学》卷二第6章。参施特劳斯,《什么是政治哲学》,李世祥等译,北京:华夏出版社,2011,页24。

② 亚里士多德,《尼各马可伦理学》:1108a19-22,1124b29-31,1127a20-26、b22-31。

③ 这是古代中外先哲的通识,也是现今未曾被充分启蒙的人们的洞见,回想这句话:"都是人,咋这么不一样呢!"

苏格拉底。

写与不写的纠缠,背后是说与不说的纠缠。既然柏拉图深知苏格拉底不写的理由,既然柏拉图毕生在写苏格拉底,我们只能推论说:柏拉图的对话录,做到了对不同的人说不同的话,柏拉图也绝对是反讽的!柏拉图是如何做到的?

有一种我们马上就可以想到的可能性就是,柏拉图写的对话录,忠实地、一字一句地记录下了苏格拉底的对话,就像是录音机甚或摄影机做的,以致我们得到的,可以说就是苏格拉底某次交谈过程的精确的文字副本。然而,这样的可能性,几乎没有![①] 即便我们设想柏拉图对话录是对苏格拉底谈话的精确复制,我们也不得不承认,比如,苏格拉底一生中无数次交谈,柏拉图只是选择性地记录其中若干次,柏拉图特别依据对话的对象而选择记录,对话录的题目,是柏拉图选定的,哪篇题目中出现苏格拉底的名字,也是柏拉图的安排,对话的呈现方式(演出式、叙述式),当然也是柏拉图的设计,凡此种种,无不体现了柏拉图自己,体现了柏拉图自己的匠心,用他自己的话说,为了呈现出"变得美好而年轻的苏格拉底",这就是柏拉图的意图,他要给我们展示苏格拉底,柏拉图的苏格拉底,柏拉图没有保证他的苏格拉底与历史上真实的苏格拉底一致、一模一样。

柏拉图写的苏格拉底谈话体现了柏拉图的意图,然而,与柏拉图的意图同时发生的,是柏拉图的隐藏。在柏拉图写的苏格拉底谈话中,柏拉图自己从未成为其中的对话者,柏拉图在其中甚至一共只被提到两次。当柏拉图以演出剧本的方式呈现对话的时候,当柏拉图把叙述式转化成演出式,或者把叙述的主体归给谈话中某个人物时,我们说,作者(柏拉图)完全隐藏了自己:柏拉图对话是柏拉图写的戏剧!自古以来,人们就这么认为。[②] 柏拉图的对话作为戏剧,要求被当作戏剧来读,只有这样,才能读出柏拉图的意图。不过,这究竟怎样可行?

回到苏格拉底或柏拉图对写作缺陷的批评,我们可以试着说,柏拉图写的戏剧,一定在相当程度上克服了书写的缺陷,是苏格拉底或柏拉

---

① 柏拉图呈现的苏格拉底,一定是艺术性、想象性的再创造,在这一点上,我们完全同意弗拉斯托斯的看法,我们所不敢跟随他的,是在这此基础上再进一步设想柏拉图的思想发展与转变。

② 参克莱因,《柏拉图〈美诺〉疏证》,郭振华译,北京:华夏出版社,2012,页 1-2。

图所说的"好的写作"(《斐德若》:275d4-276a7),做到了对不同人说不同话。一方面,经过柏拉图的精心设计,柏拉图戏剧展示了口头交谈才具有的灵活性与适应性,生动地、再现式地呈示了对话中所发生的实事(苏格拉底对不同人说不同话)。

另一方面,柏拉图精心设计的戏剧对话又遵从了苏格拉底或柏拉图所说的"言辞书写的必然性"(《斐德若》:264b7-c5),即是说,写下的言辞的每一部分都是为整体所必需的,每一部分都必然出现在它必然应该出现的部分,以致好的写作组织得就像一个各部分很好协和的健康动物。在柏拉图的对话里,所有的东西都是必需的,出现在它该出现的地方,一句话:在柏拉图的对话里没有偶然![①] 这就是说,作为写下的言辞,经过精心设计的柏拉图对话,具有某种完整性,在这方面它甚至优越于实际发生的口头言谈![②] 只要它们得到合适的阅读,它们必定做到:对一些读者说话,对另外的读者沉默。不过,难道写下的对话实际上不是在对所有读者说话吗?那么,这合适的阅读是什么意思?对读者沉默是什么意思?

为了说明柏拉图的苏格拉底如何做到说与不说,施特劳斯用色诺芬的苏格拉底来对观。[③] 施特劳斯说,根据色诺芬,苏格拉底的交谈技艺有两重。当遇到有人就某一主题反对他时,他会回到争论的根基,提出"什么是……?"这一苏格拉底式的问题,通过问答,一步一步地向反对者展示真理。当苏格拉底对纯粹聆听他的人讲话,自己发起一场讨论时,他就从公认的意见出发,经过大家的同意,逐步推进,这后一种技艺,与前者不同,不是显明真理,而是引向同意,荷马说机智的奥德修斯就有这种技艺,称他为"稳当的言者"。

色诺芬还说,苏格拉底并不以同样的方法对所有人。一方面,有的人拥有美好的天性,苏格拉底很自然被他们吸引,他们学得快、记忆好、渴求一切有价值的学问;另一方面,还有各色人等,他们缺乏美好的天性。毫不奇怪,可以这样设想:苏格拉底把前者引向真理,把后者引向同意或确认有益的意见。色诺芬的苏格拉底,只与他的朋友或毋宁是

---

① 对比这句话:"在主的世界里没有偶然!"

② 参克莱因,前揭,页18。以及 Leo Strauss, *The City and Man*, Chicago and London:
The University of Chicago Press, 1964, pp. 53, 54, and 60。

③ Leo Strauss, op. cit. 53-54.

"好的朋友"一起从事其极乐的工作,既然,正如柏拉图的苏格拉底所说,在明智的朋友间说出真理才安全可靠。联系《斐德若》中所言,我们可得到如下结论:一本恰当书写的著作,对有的人是真的在说,即展示真理,同时,将别的人引向有益的意见;一本恰当书写的著作,将唤起那些天性适合的人进入思想;好的写作要达到其目的,条件是,读者能仔细考察其每一部分(无论多么小或看似微不足道)的"言辞书写的必然性"。

看起来似乎是这样:一方面,柏拉图的对话生动地、戏剧性地呈现了苏格拉底交谈的实事,对不同人说不同话,或者对有些人真正在说而对有些人实为缄默。另一方面,柏拉图对话经过精心设计,保证让合适的读者通过合适的阅读进入到苏格拉底交谈的实事中,他会充分理解其中发生的实事,就像柏拉图希望他理解的那样。问题是:作为读者的我们,是合适的读者吗? 我们的方法是合适的阅读吗? 在这里,对读者和方法进行种类的区分与重组,看看每种组合是否能合适地理解甚或进到柏拉图对话中的实事(如下表),并非没有意义。

是否合适读者	是否合适方法	是否合适进入对话的实事
√	√	√
√	×	×
×	√	?
×	×	×

如果我们天性合适,方法也对头,不消说,我们当然能理解、进入到柏拉图对话的实事中。尼采,这个柏拉图式的现代大哲,却对我们非常怀疑,他用他最诗意著作的副题表达了这一怀疑:Ein Buch für Alle und Keinen[一本给一切人以及无人的书]。

如果我们天性合适,方法却不对头,我们不会进入柏拉图对话中的实事,我们进入柏拉图对话的方式将超越合适,成为一种摧毁(Destruction)或占有,比如我们中的某个海德格尔或维特根斯坦。

如果我们既非合适的读者(天生极少分有美好的天性),也没有采用合适的读法,那么我们当然不会合适地进入到对话中所发生的实事,问题是这意味着什么? 虽然我们天性不合适,又没有合适的方法,但如果我们足够认真,字面地(似乎)理解了其中(特别是苏格拉底的)言辞,那么,是否虽然未曾进入其中的实事,也可能(像对话中也许存在的与我们天性相近的人物那样)被引向有益的意见?不能排除这种可能性,但是,这也意味着不能保证我们会被引向有益的意见,而比如我们中某个卡尔·波普,借着自己的意见,完全没有从柏拉图对话里读出有益的意见,而把柏拉图当成了极权主义之恶的始祖,这似乎意味着,柏拉图对话,尽管可以说是最好的书写,仍然没有逃脱苏格拉底所说的写下的言辞的缺陷,"当它遭到莫须有的责难或不义的辱骂","既保护不了自己,也救助不了自己"(《斐德若》275e3-5)。

最有意思的是,如果我们虽非合适的读者,天生极少分有美好的天性,但是,感恩于现代昌明的文教之赐,碰巧掌握了合适的方法,那么我们有可能合适地进入对话的实事中吗?严格的合逻辑的答案当然是否。不过,合适的方法似乎可以保证我们能理解对话中发生了什么,虽然不合适的天性则似乎又阻挡了我们的理解。合适的阅读让我们能看到对话中发生的事情,看到苏格拉底对不同人说不同的话,在我们的天性能达到的范围内,理解那些看来是对我们说的话(也许只是有益的意见,也许超出这些意见),这同时又意味着,我们了解到那些看来不是对我们说的话:我们知道自己不知道!① 我们知道自己不知道什么。在这一点上,我们似乎达到了苏格拉底自许的无知之知。无知之知,这对我们又意味着什么?

当我们拿到并阅读柏拉图对话,我们是谁?

如同有人说《论语》是君子之书,给君子看的书,柏拉图对话也绝不是写给一切人看的书,尽管它是一切人可得而看的书。柏拉图对话是"好的书写",准确说,它只是好的书写的一个种类。好的书写的原型是好的交谈,好的书写必定摹仿好的交谈。一本写下的书与一次交谈有这样一个本质区别:在书中,作者对很多他完全不知的人讲话,而在交谈中,言者对一个或多个他或多或少认识的人讲话。既然好书必定摹仿好的交谈,那似乎是,它原本是对一个或多个作者所认识的人讲话,那么,这原本的听讲者就代表了作者首先想要达致的读者的类型。这一类型并不必须是拥有最美好天性的人。

———————

① 特别参看克莱因,前揭,页29-30。

柏拉图对话呈现了一场交谈,在其中,苏格拉底①与一个或多个他或多或少认识的人交谈,所以他能根据对谈者的才能、性格乃至情绪来调整他的言说。但是,与其所呈现的交谈不同,柏拉图对话实际上让那交谈到达一切人,柏拉图自己完全不认识也永不会对之讲话的众人。柏拉图对话自己可能区分、挑选它的听讲者吗?有一种可能是,柏拉图精心设计了对话,通过阅读的进程,区分、挑选其听讲者。柏拉图对话区分、挑选它的听讲者,需要我们阅读时的参与,这是我们阅读者的工作。柏拉图对话摹仿苏格拉底的选择性交谈,我们阅读对话的进程使对话成为选择性的发言,我们的阅读工作是对柏拉图摹仿的摹仿!柏拉图的摹仿使我们的摹仿成为可能。问题仍然是,我们是谁?我们的摹仿如何成为可能?

柏拉图对话体现了"言辞书写的必然性",它清晰地向我们展示了,苏格拉底以什么方式为他特定的听众调整该作品所传达的教义,以及这教义如何不得不重新叙述,若想超出谈话的特定语境而仍然有效。在所有柏拉图对话中,苏格拉底的交谈对象都不拥有最美好的天性。苏格拉底一定和柏拉图有很多交谈,也一定和比如爱利亚来的异邦人或者蒂迈欧有过交谈,但是柏拉图从未呈现这些交谈。在柏拉图对话中,从未有相互平等的人之间的对话。②施特劳斯的这个观察,看来是一个事实。柏拉图没有呈现最美好灵魂之间的交谈,没有呈现真正哲人之间的交谈。我们身边的柏拉图学人也观察到这一点。③

克莱因也观察到,总的来说,柏拉图对话不是"辩证技艺"的样本,即便有些对话中富于辩证式论证,其所采用的论证也更多是因人而异的论证,支配论证的,是引导灵魂(psychagogia)的迫切性,体现的是"修辞

---

① 柏拉图对话中的主要言者不只有苏格拉底,为叙述方便,我们简单化地以苏格拉底代指柏拉图对话的主要言者。

② Leo Strauss, op. cit. 54–55.

③ 刘小枫在其编译的《柏拉图四书》"导言"中说:"灵魂的个体差异及其高低秩序是苏格拉底讨论灵魂问题的前提……无论希珀克拉底还是斐德若,都算不上天生优异的灵魂,即便思辨力超强的西姆米阿斯也算不上德性优异的灵魂,尽管如此,苏格拉底仍然不惜为了他们而付出自己的生命时间。苏格拉底的灵魂让人感动,不仅在于他对精纯不杂的美有强烈的爱欲,而且在于他的灵魂爱欲在追求自己的所爱时没有不顾及我们这些生性可怜的灵魂。"北京:三联书店,2015,页32–33。

技艺"。① 柏拉图挑选他的苏格拉底和哪些人交谈呢？《苏格拉底的申辩》是柏拉图唯一呈现的苏格拉底公共言谈，根据它呈现的苏格拉底在法庭上的正式说法，苏格拉底在公众场合，在市场的换钱柜台边，和很多雅典人交谈，他还说自己检审所有看来拥有知识的人，他提到了三种：政治家、诗人、工匠师傅，后来再次提到时又加上演说家，他说不论是雅典人还是外邦人，只要他相信其有智慧，他都会去检审。

但是，正如施特劳斯所观察到的，如果我们把他的这些说法当真，我们的预期，在柏拉图对话中一定落空，柏拉图完全没有呈现苏格拉底与雅典人民中之人的交谈，苏格拉底在对话中非常多地提到比如鞋匠之类的技艺，但是，我们没发现柏拉图的苏格拉底有一次与鞋匠之类的工匠交谈。柏拉图只呈现了一次苏格拉底与诗人的交谈，极少几次与雅典公民中的政治家（或曾经的政治家）的交谈。我们更多看到的是苏格拉底与外来的智术师、修辞家之类人的交谈。总之，跟其唯一的公共演说上的自我呈现完全不同，苏格拉底事实上不与普通人民交谈，他与之交谈的人，都以某种方式属于精英，虽然在最高的意义上，他们绝非或可以说绝非精英。

总之，柏拉图选择性地呈现了苏格拉底的谈话，在其中，苏格拉底根据对话者的等级调整他的言辞，就言辞只是适合对话者而言，我们可以说，苏格拉底的对话者都没有合适地进入到苏格拉底的真正言辞中。那么，认识到这一点的我们，是否就合适地进入到了苏格拉底交谈的实事，进入到了苏格拉底的言辞中呢？

柏拉图的对话是戏剧，要求被当作戏剧来读，因此不能径直把对话中苏格拉底的观点归给柏拉图。施特劳斯举了莎士比亚《麦克白》的例子来说明这一点。"人生如痴人说梦，充满了喧哗与骚动，却没有任何意义。"这是莎剧主角麦克白的著名言辞，我们当然不能说它就是莎士比亚对人生的看法。为了知道莎士比亚的看法，我们必须参照戏剧的整体来思考麦克白的言辞，于是我们可能会说：人生并非就是毫无意义的，但是对他来说变成无意义的了，因他违犯了人生的神圣法则，或者说，违犯人生的法则就是自我毁灭。但是，既然自我毁灭是在麦克白这个特定的人这里展示出的个案，我们便不得不思考，是否这里表现出的这条自然法则实际上就是一条自然法则，鉴于麦克白对人生法则的

① 克莱因，前揭，页30。

违犯至少部分起因于超自然的东西。

施特劳斯说,我们必须以同样的方式,依照"实事"(deeds)理解所有柏拉图人物的"言辞"(speeches)。"实事"首先是指对话的场景与行动:苏格拉底的言辞针对的是哪种人? 他的年龄、性格、能力、社会地位,它们分别都有什么表现? 行动发生于何时何地? 苏格拉底实现其意图了吗? 他的行动是自愿的还是被迫的? 也许苏格拉底本意不是想教导一个学说,而是教育人,使他们变得更好、更正直或更文雅,更能意识到自己的局限。在人真正聆听教诲之前,他们必须先有此意愿,他们必须意识到自己需要聆听,必须从使他们变迟钝的迷魅中得到解放,而这一解放的实现更少是通过言辞,更多则是通过沉默,通过实事,通过苏格拉底沉默的行动,那与他的言辞并非一回事。除了上面提到的,"实事"还包括"言辞"中未曾提到的相关"事实"(facts),它们或者为苏格拉底或柏拉图所知,或者可能不为苏格拉底所知。我们通过无关主题的细节或通过看似不经意的提示,便被引向那些"事实"。要理解剧中人物的言辞,相对容易,每个听者或读者都能觉察到它们。

但要觉察到那在某种意义上并未说出的东西,觉察说出的东西是如何说出的,则要困难得多。通过实事的关照,我们会发现,言辞处理的是一般或普遍的事物(比如正义),但言辞是在特定或个别的场景下做出的,即,这些或那些人在这里或那里就普遍的论题进行交谈,于是,依照实事理解言辞便意味着去察看,对哲学主题的哲学处理如何被特定或个别的情景修改了,或者如何被转化成一种修辞的或诗的处理,或者如何从明面的修辞或诗的处理恢复成内含的哲学处理。换个说法,依照实事理解言辞,我们便把二维的东西转化成三维的,或毋宁恢复了原本的三维性。

总之,施特劳斯说,对言辞书写的必然性法则,我们无论怎么严肃对待都不过分。在柏拉图的对话里没有偶然,每个进到柏拉图对话中的事物都是有意义的。在所有实际发生的交谈中,偶然性都扮演着可观的角色,而所有柏拉图对话则是彻底虚构的。柏拉图对话基于一个根本的错误,一个美丽的或美化的错误,那就是,否定偶然性。柏拉图对话里的每一物,都是柏拉图的巧夺安排,无不体现柏拉图的意图,这一见解,就是贯彻言辞书写的必然性给我们读者带来的方法论上的后果,只有遵循这样的解释学原则,才是合适地进入柏拉图对话的方法。看来,柏拉图的写作,不仅安排其戏剧中的一切,而且由此安排了后来读者阅读它的方式,柏拉图力图控制读者,掌握其作品的命运!用熟谙中国经典的人士的话说:这是子学的极致!柏拉图对话的这种根基处的错误,是柏拉图那里的事实,还是施特劳斯解经法的后果呢?柏拉图明确意识并明确坚守这一根基的错误吗?

合适地进入到柏拉图对话中的方法,约略如上所述。但是,进入到对话的实事中并不仅仅是理解,像一个旁观者那样。来自赫尔墨斯的礼物不是一个现成之物,它总能引起一场运动。阅读柏拉图的过程不是一种静观或旁观,而是生存上的参与。用克莱因的话说:"我们读者们其实就是苏格拉底身边那些听众中的成员,是沉默而主动的参与者。""我们必须在对话中扮演自己的角色。"①在我看来,还不止于此,我们不仅仅是对话戏剧中的角色,甚至还是对话戏剧演出的导演之一,是我们的参与让对话活起来、动起来,是的,柏拉图对话是在摹仿苏格拉底,积极延续苏格拉底的事业。不过,他只是写下了剧本,我们可以承认柏拉图在其中很强地贯彻自己的意图,以致他还是任何一次演出的导演,但是我们至少是副导演,而且是执行导演,我们的演绎(performance)对原作意图的实现程度,取决于我们对柏拉图的尊重程度,也取决于我们的性情、能力、思维、境界等因素。柏拉图提供了剧本,提供了演出舞台,也是擂台,让我们纷纷上去展示自己的演绎,我们有可能把戏剧演绎得很好,也可能演绎得很坏,因为我们不是同一个种类、同一个级别的灵魂。柏拉图对话是对苏格拉底的演绎,我们的阅读和参与是对柏拉图演绎的演绎。

理想的演绎的前提是:我们的天性和灵魂,与苏格拉底或柏拉图的心心相印,或至少是潜在的心心相印。根据柏拉图的苏格拉底的说法,好的言辞书写(比如柏拉图对话)或者是有知者为健忘的老年留下的提醒,或者是有知者为"一切追随同样足印的人"写的(《斐德若》276d4),就是,"用知识写在学习者灵魂中的"(《斐德若》276a5)。曾子曰:"以文会友,以友辅仁。"柏拉图的苏格拉底故事,是特为后世的柏拉图们写的,他们阅读柏拉图的过程,就是跟随苏格拉底故事成长的过程,他们遵循"言辞书写的必然性",索解柏拉图对话中的实事,默不作声地参与到对话中,因为与柏拉图心心相印,不时与柏拉图会心地相

---

① 克莱因,前揭,页5、7。

视一笑。可以肯定,在我们中间,这类人,只是极少数。① 我肯定自己不在其列。

在实际的演绎中可能更经常发生的是,我们对苏格拉底的对话者的演绎或呈现,总是好于对苏格拉底的呈现,因为我们的天性和境界所能达到的层次,总是离苏格拉底的对话者更近,而离苏格拉底更远。就像一个导演,我们总是更能把握住比如游叙弗伦、克力同、西米阿斯或者忒奥多洛,于是知道如何把他们呈现得绘声绘色、声情并茂,但对于苏格拉底,对于他的神情、语气、措辞等等,总是把握不佳。也许,通过学习和训练,顺着"言辞书写的必然性",我们能了解柏拉图对话中发生的实事,进而知道柏拉图在其中透露出的哲人自己的立场,但是,这并不意味着我们一定就会采取柏拉图的立场,"灵魂的引导"所能达到的程度,取决于我们的天性所允许的程度。

当我们默默参与到柏拉图对话中,在我们试着为自己找到一个合适的角色时,我们可能首先会发现一些人物与自己如此亲近,比如发现自己燃起的哲学热情,跟格劳孔一样想在政治实践中跃跃欲试,或者真心向往忒奥多洛很投入的纯粹哲学,如此等等,而对苏格拉底,虽然心向往之,但总是达不到与之心心相印的程度。我们的天性给我们设置了界限,"灵魂的引导"最终只能把我们带到那界限处,在那里,我们自知自己无知的意识开始觉醒,但我们还不足以借此走到苏格拉底近旁。

的确,读柏拉图对话对我们会是一种生存上的(existential)的经

① 我私下里觉得,克莱因出于自己作为哲人的经验,在强调我们参与柏拉图对话时太过乐观了,他相信,作者(柏拉图)及其"追随者"都是"有知者",我们也会包括在内,只要我们是自愿的"参与者"(前揭,页22)。他后面对"无知之知"的解说非常漂亮。我则怀疑,克莱因似乎忽视了"我们"与哲人之间的等级差异,所以在他看来,苏格拉底的无知之知与我们的知道自己不知道,就是同样的内涵,我们参与到对话的实事中,就在同一个层次上与苏格拉底或柏拉图心心相印了。这也影响了他在随后的一节中(前揭,页30-35)对《泰阿泰德》中忒奥多洛的转变的评价,他认为,忒奥多洛在苏格拉底的引导下,转而投入真正的哲学追求,投身于真正的哲人形象,不过,根据贝纳德特的解读,忒奥多洛转身投向的纯粹哲人形象,与苏格拉底大异其趣(Seth Benardete, *Plato's The-aetetus*, Part I of *The Being of the Beautiful*, Chicago and London: The University of Chicago Press, 1984, pp. x–xi)。

验,我们越是觉得进到对话的实事中,就越容易反躬自问:我与其中的谁个人物天性相近? 苏格拉底的话是对我这种人说的吗? 我似乎看到的哲学,它是为我预备的吗? 我的天性适合哲学吗? 如同我们说,苏格拉底的所有对话者都没有合适地进入到苏格拉底的真正言辞中,在这里,我们也可以说,我们,柏拉图对话的几乎所有读者,都没有真正合适地进到柏拉图对话所呈现的实事中。据说,柏拉图对苏格拉底交谈的摹仿,是严肃性与喜剧性的统一,我们阅读柏拉图的生存经验,也应该是严肃的与戏谑的。

在苏格拉底受死前两天与克力同的交谈中,苏格拉底没有使用他任何的哲学,甚至避免在交谈中提到"灵魂",但是,在对事情的看法上,他们达到了高度的一致:苏格拉底留下来等待终了,这更好。我们可以说,在这两个非常亲近的朋友这里,让他们得到一致看法的理由完全不在一个点上,但它们竟然如此奇妙地相聚相合,他们是终生亲近的朋友,这样的情况想必在他们一生中总在发生。克力同被苏格拉底吸引,苏格拉底也把克力同当作值得托付的人(尽管也许只在私事方面)。我们读柏拉图的生存经验,不论怎么严肃或戏谑,应该也会走到这种亲近,这大概也是柏拉图所喜欢的吧。这也是实现柏拉图写作设计的意图吗?

重视柏拉图对话的戏剧特征,虽然渊源古远,但在现代却是在施特劳斯和克莱因那里才确立的重要诠释学方法。基于克莱因①和施特劳斯②对方法论所做的经典表述,我们做了上面的叙述和思考,当然并不一定准确、全面、合适。这里只需指出,重视对话戏剧特征的读法,最近几十年已经在所谓主流的读法之外逐渐发展壮大,根深叶茂,影响必将

---

① Jacob Klein, *A Commentary on Plato's* Meno, Chicago and London: The University of Chicago Press, 1965, pp. 1–31.

　 ___, *Plato's Trilogy*: Theatetus, the Sophist, and the Statesman, Chicago and London: The University of Chicago Press, 1977, pp. 1–6.

　 中译本:克莱因,《柏拉图〈美诺〉疏证》,郭振华译,北京:华夏出版社,2012,页1–35。

　 克莱因,《柏拉图的三部曲:〈泰阿泰德〉、〈智者〉与〈政治家〉》,成官泯译,上海:华东师范大学出版社,2009,页1–8。

② Leo Strauss, *The City and Man*, Chicago and London: The University of Chicago Press, 1964, pp. 50–62.

深远。①

四　历史的与哲学的苏格拉底

阅读柏拉图是一种生存上的经验,柏拉图的戏剧把我们带向与苏格拉底的交谈。对苏格拉底或柏拉图的这种生存上的体验,不同于所谓主流读法对苏格拉底或柏拉图的哲学上的体验,后者从概念、命题、论证、学说上把握苏格拉底或柏拉图,它其实是偷偷地假定了唯一一种生存体验:每一个读柏拉图的人都能够,并且正在与苏格拉底或柏拉图进行辩证法的或哲学上的交流!但实际上,如果我们认真对待柏拉图对话录的戏剧特征,我们就能明白:显然,苏格拉底或柏拉图拒绝这种交流②!

如果说,亚里士多德的哲学论文是专门写给哲学研习者看的,柏拉图的哲学戏剧则是写给一切因某种机缘拿起柏拉图著作的人士的,他仿佛预见到,在文教昌明的今天,以哲学作为一个行当依靠分析柏拉图来谋生的人完全可以不是苏格拉底的追随者,或者阅读柏拉图甚至成了基础的教育(比如通识教育)的必修课。阅读柏拉图作为生存经验,不可避免地把我们引向历史上的那个苏格拉底,那个曾经有血有肉的、活过、想过、行动过、言说过的人。

Who is Socrates?

---

① Charles L. Griswold ed. , *Platonic Writings/Platonic Readings*, New York and London: Routledge, 1988;

Gerald A. Press ed. , *Plato's Dialogues: New Studies and Interpretations*, Lanham: Rowman and Littlefield, 1993;

Richard Hart and Victorino Tejera eds. , *Plato's Dialogues: The Dialogical Approach*, New York: Edwin Mellen, 1997.

② 安娜斯在谈到柏拉图为什么用对话录形式写作时,以女性特有的敏感观察到:"柏拉图极不愿意直接陈述自己的见解。"(《解读柏拉图》,页 30/136)虽然对柏拉图对话戏剧特征的意义的理解与她迥异,但我仍然非常赞赏她的这一深刻观察,一方面,它深入到了对哲人性情的体悟,事实上,哲人之间,更隐秘的性情上的区别常常比概念和观点上的区别更根本、更有决定意义,另一方面,它触及柏拉图展示的哲学的真正路径,柏拉图不要读者依靠权威,"读者必须自行领悟"。但是我们必须清醒,正如《王制》中洞穴比喻所昭示的,柏拉图并没有保证从意见到知识的上升之路对每个人敞开。

苏格拉底是谁？

简单地说，这就是所谓"苏格拉底问题"（Socratic Problem）。它问的是：那个历史上的、真实的苏格拉底是谁？我们如何想见他的样貌、性情、言语、行为、人生境界？

我们了解苏格拉底，如今只能通过记录苏格拉底的文献，其途径不只有一种，而是四种：

1. 喜剧家阿里斯托芬是苏格拉底的同时代人，在其剧作《云》中，他以喜剧的方式呈现了苏格拉底的形象。《云》①上演于公元前423年。

2. 历史学家色诺芬（Xenophon，c. 430–350 BC）是苏格拉底的学生，他专门记述苏格拉底的作品有《回忆录》（通常译为《回忆苏格拉底》②）以及另外三个短篇③。

3. 柏拉图。

4. 亚里士多德有40多处（不算在举例时提及）提到并介绍了苏格拉底的思想观点。

亚里士多德的报道没有涉及苏格拉底的性情与行动，专注于苏格拉底的思想观点，他的报道自然非常重要，尽管学者们并不认为它总是客观、准确的。前面三者对苏格拉底的呈现和见证都是戏剧性的、生动的，但也是不一致甚或相互矛盾的，这给我们了解历史上真实的苏格拉底提出了大难题。看来，"苏格拉底问题"可以进一步具体化为，如何在三种相互矛盾的记述中去发现苏格拉底的"真相"。④

---

① 中译本有罗念生译本（见《阿里斯托芬喜剧六种》，上海：上海人民出版社，2016，《罗念生全集》第五卷）以及张竹明译本（见《古希腊悲剧喜剧集》，南京：译林出版社，2011）。

② 色诺芬，《回忆苏格拉底》，吴永泉译，北京：商务印书馆，1984。

③ Xenophon, *Memorabilia*, translated and annotated by Amy L. Bonnette, Ithaca：Cornell University Press, 1994.

___, *The Shorter Socratic Writings* (*Apology of Socrates to the Jury*, *Oeconomicus*, *and Symposium*), ed. by Robert C. Bartlett, Ithaca：Cornell University Press, 1996.

④ 霍普·梅（Hope May），《苏格拉底》（On Socrates），瞿旭彤译，北京：中华书局，2014，页15–17。

　　如果我们专注于阅读柏拉图,我们必须面对这一事实:我们所得的所有言辞都是柏拉图的言辞、柏拉图的著作,即便如被主流学者认为是忠实历史记录的《苏格拉底的申辩》,也是柏拉图的技艺之作、诗性之作,①然而柏拉图又自言"所有柏拉图之作都属于变得美好(高贵)又年轻(新)的苏格拉底"。那么,结论似乎就是:即便如柏拉图报道的苏格拉底的庭上申辩,也既非柏拉图之作,又非那肉身的苏格拉底之作,而是[在柏拉图笔下]变得高贵、美好、年轻、新鲜的苏格拉底之作,是美化、理想化了的苏格拉底之作。于是我们或许要得出这一结论:在这一维度下,我们不可能在苏格拉底和柏拉图之间做一区分,不可能严肃地关心历史的苏格拉底是什么这一问题,因为它在这里是一无解的问题,所以,我们只能放弃作为历史学问题的苏格拉底问题。

　　作为替代,我们可以通过一个哲学问题进入到柏拉图著作中:纠缠在苏格拉底的生与死之中的,是哲人(苏格拉底是其经典形象)与城邦(雅典是其经典代表),或者说哲人与非哲人之间的关系。苏格拉底作为古代哲学家的典范,他是怎样的人? 他做了什么、说了什么以致被他的母邦处以死刑? 这就是作为哲学问题的苏格拉底问题。在读柏拉图时,扔掉作为史学问题的苏格拉底问题,转而关注作为哲学问题的苏格拉底问题,这似乎是施特劳斯在 1966 年的一个讲座中给我们的建议。②

　　然而,我们不得不问:柏拉图所呈现的苏格拉底问题仅仅是一个纯粹艺术的创作、一场纯粹的思想实践? 哲学的苏格拉底问题与史学的苏格拉底问题关系是什么? 哲学的苏格拉底问题难道不是来自历史上真实的那个苏格拉底问题吗? 史上真实的苏格拉底是什么的问题难道不是仍然具有原初的重要性吗?

---

① 参 William J. Prior, "The Socratic Problem", in: Hugh Benson ed., *A Companion to Plato*, Malden: Blackwell Publishing, 2006, pp. 25-36。
Thomas C. Brickhouse and Nicholas D. Smith, *The Trial and Execution of Socrates: Sources and Controversies*, Oxford: Oxford University Press, 2002.
__, *Routledge Philosophy Guidebook to Plato and the Trial of Socrates*, New York and London: Routledge, 2004, pp. 1-6.

② Leo Strauss, *Plato's* Apology of Socrates *and* Crito (1966), *The Leo Strauss Transcript*, Chicago: Estate of Leo Strauss, 2016, p. 4.

一般来说,当我们面对过往的或者说历史上的人与事,我们所意指的有两种东西,一个是实际上所发生的(历)史(事)实(in fact),一个是对所发生之事的(历)史记(录)(in speech)。这两者的关系,一般来说,后者是对前者的言语或文字上的记录。当我们不加限定地说到历史,我们通常指的就是政治史。当然不是每一个人、每一件事都是载入史册的,在历史流传中被人们铭记,在历史典籍中被记载的,无疑都是一些伟大的,对后来历史产生了巨大影响的人物、言辞、事件、运动,首先是因为它们在事实上的重要性,然后才有对它们的历史记录。

历史记录的任务,首先是把重要的事情记下来,不让被遗忘了,当然,最好同时还要记下它的重要性,这就是说,一方面,"实事"之"是"当然是越真实越具体越好,另一方面,除了记录"实事"之"是",最好还要记录"实事"之"何以是"。比如说,拿破仑取得了奥斯特里茨战役的胜利,这是实际发生的事,那么,当时真实、具体的过程,皇帝的运筹帷幄和英明决策是怎样的?战役对欧洲历史又产生了怎样影响?这便是人们读历史时希望了解到的"是"与"何以是"。再比如,汉武帝"罢黜百家,表彰六经"的一系列举措,这是实际发生的事情,那么,为了进入到这些事的重要性中,我们最好就得理解伟大帝王是怎么想的,理解他的情怀、意图、抱负、境界,这也是在这些事情中同时发生、显现的。

历史记录是我们接触历史实事的唯一途径。不过,当我们读历史记录时,问题是:书写的言辞是否足以呈现那些伟大的人与事?是否足以让我们面对或进入那些伟大灵魂的卓越性情与英明思量?这样的思考让我们或许可以说:史实高于史记。大约是因为对史实与史记之间关系的这样看法,在中华传统中的历史记述,一直以秉笔直书、信实记录作为最高的追求,信守真实,是史家的操守,"实事求是",意味着自觉地克制住去探讨、呈现"何以是"的冲动。希腊的历史记述开始于希罗多德,希罗多德"历史"(historia)的本意,按照 Liddell 和 Scott 明确告诉我们的,却是"探究"、"调查"之所得的意思,现代的历史学家甚至告诉我们,伊奥尼亚人所称的"历史",正是雅典人所称的"哲学"(philosophia)。[①]

---

① 　徐松岩,"新版译序",见希罗多德,《历史》,上海:上海人民出版社,2018,页7。

这里并不是探究中西历史观之不同的合适地方,然而我们或可猜测一下,西方传统下的历史记录或许更看重在言辞中对史实的重演、重构,在叙述时更倾向于探究史实的"何以是",这就是说,西方的历史叙述更多地体现史家的"意图",体现史家对史实的"因果"以及历史的"意义"的理解。往极端里说,"历史"与"哲学"说到底有同一的倾向。这样一种倾向,在我们想要关切的苏格拉底之历史真实这里,呈现出相当奇异的图景。

苏格拉底在西方历史上的重要性,不是因为他在政治上的事功。在色诺芬所著《希腊史》中,只提到一次苏格拉底的政治行动,就是苏格拉底在庭上申辩中提到的那次(《苏格拉底的申辩》32b1-e1),①他的行动一点没影响到事件的结果。在色诺芬所记录的《长征记》②中,苏格拉底也并非是人们通常所想象的那种英雄人物。也许苏格拉底作为一个宗教改革家对雅典公众产生了影响,但据我们所知,他当时在思想上的影响力绝对还赶不上普罗塔戈拉。苏格拉底对西方思想史的重要性是因为他是希腊经典哲学的开创者,其影响是在其身后发生的,当我们谈到希腊哲学的意义,谈到希腊精神,谈到理性与科学对于人类的重要意义,特别是,当我们谈到政治哲学的古老传统,总是可以追溯到苏格拉底。苏格拉底是作为一个大哲,作为一个思想家影响历史的,然而作为一个思想家,他又述而不作,没留下一个字的著作。

孔子也述而不作,然而孔子主要是整理、传承三代的文明典籍,而且《论语》对他的言辞记录从来没有人觉得有门人撰述的嫌疑。述而不作的苏格拉底却是一个创新者,他开创了新的精神气质与生活方式,异于《荷马史诗》传统上对希腊人的教导。一个创新的、述而不作的思想家,我们只能通过别人对他的喜剧式攻击或歪曲以及他的学生对他的美化式记录,来探究他的真实。如同苏格拉底之"新",柏拉图并不秉笔直书苏格拉底的本样,他记述"新的"苏格拉底。这就好比,我们

---

① Xenophon, *A History of My times*, tr. Rex Warner, London: Penguin Books, 1979, p. 88.

② 色诺芬,《长征记》,崔金戎译,北京:商务印书馆,1985 年。Xenophon, *The Anabasis of Cyrus*, tr. Wayne Ambler, Ithaca and London: Cornell University Press, 2008.

想看一个文本,却只有对它的各种评论、解释,根本不可能找到原文本。看起来似乎是这样:苏格拉底激起了他的学生(色诺芬、柏拉图)的激情,他的形象通过他们的记录和赞辞影响了思想史。

　　一方面是历史的、真实的苏格拉底,一方面是色诺芬与柏拉图的记录,如果我们把后者看作对前者的史记,在这里,我们似乎不会怀疑后者是否足以呈现苏格拉底的伟大,因为苏格拉底在思想史上的伟大影响正是通过后者的影响而实现的。我们倒有可能怀疑,也许苏格拉底本来没那么伟大,是他的学生们的史记,他们的创作和美化,成就了苏格拉底的伟大。但是,我们说,毕竟,是苏格拉底教育了他们,开启了他们的思想。

　　根据传统的、习惯上的说法,柏拉图是哲学家,色诺芬是历史学家,那么,也许色诺芬和柏拉图不同,色诺芬的记录更客观、真实、可信? 实际上,施特劳斯晚年出版的最后三部专著——(《苏格拉底与阿里斯托芬》(1966)、《色诺芬的苏格拉底言辞:〈齐家〉释义》(1970)、《色诺芬的苏格拉底》(1972)——都聚焦苏格拉底问题,力图解释阿里斯托芬和色诺芬对苏格拉底的呈现,在最先出版的《苏格拉底与阿里斯托芬》的引言中,施特劳斯说①:

　　　　柏拉图的对话录将苏格拉底"理想化"了。柏拉图从来没有保证,他笔下的苏格拉底谈话是真实的。柏拉图不是一位史家。苏格拉底同时代人中唯一的史家是色诺芬,我们要了解苏格拉底,就必须依赖色诺芬的作品,色诺芬续写了修昔底德的史记,通过引入"我曾经听他说"这样的表述,他至少保证其笔下的苏格拉底谈话的部分真实。那么,表面上看来,下面这个看法更有利:我们要了解苏格拉底,第一手资料就是色诺芬的苏格拉底作品。然而,仔细研究过色诺芬之后,我们或许会被迫修正这一看法,尽管如此,色诺芬作品的价值依然不减。

　　倘若这是真的,那便验证了前面关于"历史"与"哲学"同一的说法,色诺芬的历史记录与柏拉图的哲学记录一样,首要目的都不是呈现史上真实的柏拉图,就是说,他们对苏格拉底的呈现,有其

———————————

①　施特劳斯,《苏格拉底与阿里斯托芬》,李小均译,北京:华夏出版社,2011,页2。

"意图"①在。为了解苏格拉底,我们可以对观色诺芬与柏拉图,不过,他们都不保证历史的真实。

世上可还有历史的真实的苏格拉底?可还有苏格拉底言辞与行动的本义?

柏拉图(或者也可以说色诺芬)是旷世大哲、独立的思想家,他之所以成为独立的大思想家,他的恩师苏格拉底对他的教育起了非常重要的作用。柏拉图表达自己思想的方式是独特的,他将之与对苏格拉底的赞辞合为一体。他通过回忆苏格拉底,通过记录关于恩师的"记忆与印象"②来重构苏格拉底形象,通过艺术的创造和虚构来再造苏格拉底形象,以这样的方式,他把恩师给予自己的财富,把自己对恩师的感恩,最深刻地珍藏起来,他让历史上真实的苏格拉底只为他私人所有,只让别人和后来者看到"又美又新"的苏格拉底!柏拉图对话录是对苏格拉底其人其事的摹仿或艺术再造,我们读柏拉图是对这摹仿或再造的摹仿与再造,借这摹仿与再造,我们被引向"又美又新的"苏格拉底,那是苏格拉底给予柏拉图而柏拉图认为可以传承的财富。

如果说,亚里士多德居于源远流长的柏拉图阐释史的开端,是柏拉图第一个阐释者而非客观报道者,柏拉图则不是苏格拉底的阐释者,也不是客观报道者,他表达苏格拉底或让苏格拉底表达他,在很大程度上,他甚至就是苏格拉底的创造者。柏拉图与亚里士多德的不同,首先

---

① "意图"说对我们阅读的文本提出了很高的要求,因为,古代文本在流传至今的过程中,任何一次转抄、编辑、增删、篡改,等等,都可能损害文本传达作者的"意图"。为了保存古代作者乃至古代转抄者的"意图",对文本的编辑与校勘必须尽量保守,以便比如让像尼采这样的眼光能够看到,伊壁鸠鲁故意写错"戏子"(Dionysiokolax)一词(多加了一个最小的字母 i)其实是在嘲笑柏拉图对叙拉古僭主狄奥尼修斯(Dionysius)的谄媚(尼采《善恶的彼岸》,格言 7,参朗佩特,《施特劳斯与尼采》,田立年等译,上海:上海三联书店,2005,页 52 - 53)。不过,我们所得柏拉图文本的各种现代版本,在编辑、校勘上的原则都是非常激进、大胆的,无一例外都采用"不主一本"、"择善而从"的原则,以编辑者自己的眼光、自己的"善"原则对文本的取舍,并不能保证最新的校勘本恰当地(像编辑者自认为的那样)"重新让所有文本问题得到仔细考量"(参 OCT 新版 *Platonis Opera*,Oxford,1995)。中华书局在新世纪修订《点校本 20 四史》时,便摒弃了原先点校时"不主一本"、"择善而从"的做法,谨守底本(《史记》,点校本 20 四史修订本,"修订前言",北京:中华书局,2013,页 9-12)。

② 史铁生,《记忆与印象》,北京:北京出版社,2004,页 1。

不是概念、观点的不同，而是性情、气质的不同。

读柏拉图，与苏格拉底交谈，想见其人其言，对任何曾经因某种机缘而有爱智冲动的人来说，是一种心灵的陶冶。

早期儒学心志论及其慎独工夫

从简帛《五行》的"一"谈起

龙涌霖*

（中山大学哲学系）

摘　要： 早期儒学的"慎独"一说，应放在以"心"言"志"的心志论脉络中理解。"志"是一个独特的意向性概念，当它定向于"道"时便被界定为"一"，且能分殊为两个维度：一是心志在方向上的唯一，二是心志的定向在君子生命历程中的终始同一。做到唯一，即是"智"；达致同一，即是"圣"。后者殊为难致，这要求一种发自内心而非外在约束的恒力，即是"诚"。但即便如此要求，早期儒门内仍无法避免意志薄弱问题。而"慎独"作为对治工夫，就是立足于生活经验中的典型情境，以警惕（"慎"）心志之"一"（"独"）所碰到的各种薄弱环节，由此弥补心志论所缺少的经验指导力。

关键词： 心志　一　慎独

关于"慎独"的争鸣，可谓以出土文献重探古代思想文明的典范。因为简帛《五行》的独特诠释，与传世文本构成有力的"二重证据"，学界推翻了郑玄以来的权威意见，认为"慎独"与独处的环境无关，而大体指涉某种内心状态。① 其主要依据，是《五行》中与"慎独"密切相关的"一"概念，并被释为"内心专一"。② 但恰恰对于这个关键的"内

---

* 作者简介：龙涌霖（1991—　），男，广东潮州人，中山大学哲学系博士生，主要研究兴趣在早期儒家思想、秦汉古典宇宙论。

① 当然，也有学者另辟途径，作不同解释。如张丰乾教授释"独"为个性，刘信芳教授则释为个体意识等。参梁涛、斯云龙，《出土文献与君子慎独：慎独问题讨论集》，桂林：漓江出版社，2012。

② 这是庞朴先生的解释，并为大多学者所接受。见庞朴，《帛书五行篇研究》，济南：齐鲁书社，1980，页33。

心专一"之"一"：什么在专一？专一于什么？如何专一？似乎一直未得到深究。即便借助帛书说文"以夫五为一"的解释，也仍然相当晦涩。

站在方法论层面看，尽管二重证据与字义训诂十分必要，但可能还不够。因为往往某一说法不是单独出现，而是与其他观念并根丛生的。尤其注意到"慎其独"一语常见的"故君子必"等前缀，就不难看出，它应是从某一更核心的思想衍生而出。这时，就有训诂考证所不及之处，而当借助此一思想作为参照系来进行定位。这一参照系，即本文所力图刻画的早期儒家的心志论。"慎独"及"一"的概念应放在此脉络下理解。过去对此较少重视，而下文将表明，揭示早期儒家心志论的独特意涵，不仅有望梳理出"心"、"一"、"圣"、"诚"、"慎独"这些观念的结构关系，更能看到"慎独"作为一项立足于生活经验的儒门工夫，其对于心志论乃至儒学的理论意义之所在。

一　以"心"言"志"

我们先来看最具争议的《五行》篇及"一"的说法：

> 经："鸤鸠在桑，其子七兮。淑人君子，其宜（仪）一兮。"能为一，然后能为君子，君子慎其独［也］。（帛书本，郭店本略简）
> 说：言其所以行之义之一心也。（帛书本）

这里经文"一"究竟何指，解释者多认为跟内心状态相关，结合说文"一心"的说法来看，大概是对的。关键问题在于，这种内心"一"的状态确切是怎么回事？它与心的何种功能相关？我们知道，"心"作为一个独特的器官，首先有知，其次能思，再者有情，而且藏性，但还有一点较少被重视，即它有志。何者与此"一"相关？解释者大多没有深究。唯王中江教授指出，《五行》篇的"形于内"之"内"，亦即"心"的概念，正是就道德操守意义上的"心志"来谈的，并引日本学者金谷治云：

> 在东周思想中，"心"概念经历了从跟其他感官并行而以思维为职能的器官到对其他感官具有支配力的主导性"心志"，《五行》

的"心"就处在这种新的阶段上。①

按王说甚确。

而实际上,郭店简文献本身就已提供了诸多证据,如谓:

> 凡人虽有性,心亡奠(定)志。……人之虽有性,心弗取不出。凡心有志也,无与不可,性不可独行,犹口之不可独言也。(《性自命出》)

> 容色,目司也。声,耳司也。嗅,鼻司也。味,口司也。气,容司也。志,心司。(《语丛一》)

在《性自命出》里,性中之善要借助心中之志才能取出;而《语丛一》更明言,"心"主要负责的("司")便是"志"。从这也就能理解,《五行》篇里有一段"耳目鼻口手足六者,心之役也"的奇特论述,说六官对心像臣对君一样,"心曰唯,莫敢不唯;[心曰]诺,莫敢不诺",所要突出的正是心的意志能力。则据此以看《五行》篇的"一",似乎就应是"志"之"一"。

这可得到孟、荀的进一步印证。如《孟子·公孙丑上》谓"志壹则动气,气壹则动志也。今夫蹶者趋者,是气也,而反动其心",说的是"气"也能反过来促进人的志向("动志"),使人坚定地前进("蹶者趋者"),则此处"反动其心"即"动志"。② 又如《荀子·劝学》有一段讨论"用心一"与"用心躁"两种为学情况,紧接着推论出"是故无冥冥之志者,无昭昭之明",正表明他是在"志"的意义上来使用"心"概念。值得注意的是,那一段末尾恰好与《五行》一样引用了《鸤鸠》"一"的说法,来佐证其"用心一"之说。那么回到《五行》篇的"一"就应能看出,紧扣以"心"言"志"的思想脉络来谈,所谓"内心专一"才能言之有物。

---

① 见王中江,《简帛〈五行〉篇的"惪"概念》,收于氏著《简帛文明与古代思想世界》,北京:北京大学出版社,2011,页268-269。

② 这里的解释是依据杨泽波教授的说法,与朱熹有所不同,是鉴于如此解释更能符合此段上文文脉。参杨泽波,《孟子气论难点辨疑》,《中国哲学史》2001年第1期。

二 "一"的两个维度

问题是，"志"之"一"又是怎样一种情形呢？不妨先观察一下"志"这个概念。明显的一点，是它的意向性；换言之，这个概念的使用得有其对象，才能构成完整的命题，典型如"志于 X"的表达。而《孟子》"尚志"一说，就很能说明这个特征。按《尽心上》载：

> 王子垫问曰："士何事？"孟子曰："尚志。"曰："何谓尚志？"曰："仁义而已矣。杀一无罪，非仁也；非其有而取之，非义也。居恶在？仁是也；路恶在？义是也。居仁由义，大人之事备矣。"

此章之妙，在于孟子对"何谓尚志"的回答，并非回答"志"是什么，而是落实至"志"的对象"仁义"上，这不正出于对"志"之意向性的体认？但儒家论"志"之意向，已非日常生活中各种意欲与目的，[1]而必然严格限定在其核心追求上，即所谓"仁义而已矣"。更概括地说，因"仁"、"义"、"礼"等相通，则其"志"之意向必然是涵摄"仁"、"义"、"礼"等德目的"道"。这个"道"，绝非杨之"道"、墨之"道"抑或其他，而只能是儒家之"道"。如果将不同的"道"视为不同方向，那么首先可见，心志的专一就是方向上的唯一，即"志于道"。而《五行》篇"能为一"的"一"，正包含了上述意义，也即其内文"五行皆形于内而时行之，谓之君子；士有志于君子道，谓之志士"中"有志于君子道"所显示的方向唯一性。

然而，单从方向上的唯一，还无法看出"志"这个意向概念的独特之处。因为心的其他诸功能，如心知、心思、心情乃至注意力，都能在某种程度上做到专一于"道"。换句话说，心灵诸范畴都有其意向性，而"志"不过是其中之一。但细思之，仍会发现重大差别。因为心思、心情及注意力等，尽管可意向于"道"，却往往只在内心当下呈现。没有人能无时无刻将注意力都放在"道"乃至任何事物上，可以设想，这将

---

① 如《尚书·洛诰》"惟不役志于享"、《左传·桓十七年》"伐邾，宋志也"等等。当然，《孟子》里也有"退而有去志"（《公孙丑下》）这类日常表达，但绝非其"尚志"之"志"。

直接导致日常生活的停顿。换句话说,心思、心情及注意力等,无法在长期意义上定向于"道"。但心志却可以。它无需时常挂在嘴边,而是储存在记忆里,是一连串人生规划,展现为各种具体行事,乃至体现在外在的仪表气度上。进而就可看到,"志"的意向实则更加兼具内在与外表两个层面。而后者,正是学者在解读《五行》"为一"之说往往忽略的。尽管据《说》文"一心"确实涉及内心状态,但"为一"分明从上引经文《鸤鸠》"淑人君子,其仪一兮"引申出来,难道其与仪表的外在表现无关吗?再结合原《诗·鸤鸠》下文"其仪一兮,心如结兮"来看,这种仪表的一致不变,正是心志坚固如结的外在表现。是以可知,"志"之"一"不单指方向的唯一,还尤其强调这种唯一能够长期一致。

但说"一"是长期一致,还不够准确。在早期,"一"的表达与"终始"观念密切相关,如"终始惟一"(《书·咸有一德》)、"终始犹一"(《荀子·王霸》)、"终始若一"(《论衡·书虚》)等。很明显,《五行》篇里的"为一",也是在终始一致的意义上谈的,因为紧接着下文便说:

> 君子之为善也,有与始也,有与终也。君子之为德也,有与始也,无与终也。金声而玉振之,有德者也。金声,善也;玉音,圣也。善,人道也;德,天道也。唯有德者,然后能金声而玉振之。(帛书本,郭店本大同)

"无与终"的问题容后详述。这里正是强调君子立志为善,要像乐曲有"金声"及"玉振"那样有始有终,亦即终始"为一"。实际上这是儒门的信条,如子夏谓"有始有卒者,其惟圣人乎"(《论语·子张》),而孟子论孔子为"集大成",亦云"集大成也者,金声而玉振之也。金声也者,始条理也;玉振之也者,终条理也"(《孟子·万章下》),所论尤其与《五行》此段相似。但亟待指出的是,在儒家那里,为善之"始"与"终",已非一件事、一段时间上的始终,确切说应是君子生命的"生"与"死"这两个特殊标点。[1] 这一点,由荀子的说法可窥一斑,其云:"生,

---

[1] 实际上,这里有两种情况有待分殊。第一种是生而知之的圣人,其为善之始终即是其生死;第二种是学而知之的中人,其为善之始终则是由其"志于道"开始,至死后已。后一种应当更为普遍,事实上孔子亦认为自己"非生而知之者"(《论语·述而》)。不过为了行文表述方便,不妨采取前一种情况。

人之始也;死,人之终也。终始俱善,人道毕矣。故君子敬始而慎终,终始如一。"(《荀子·礼论》)其实,这早在孔子那里就已经定下了基调,故有"守死善道"(《论语·泰伯》)之说;曾子亦强调行仁要"死而后已"(同上)云云。从这种将成德论与个人生死挂钩的意识就能看到,《五行》所论君子为善"有与始"、"有与终",应是一种从生至死的坚持。是故可知,心志之"一"的另一维度,确切而言就是指心志的方向在君子生命历程中的终始同一。

至此,就已呈现出心志之"一"的两个维度,即:(1)方向上的唯一,亦即它只定向于儒家之"道";(2)心志的定向在君子生命历程中的终始同一。有待说明的是,唯一与同一并非截然两物,而是"一"概念的一体两面。因为当说唯一时,往往需放在时间长度中理解;而说同一时,就已预设了方向上的唯一。对之进行区分,不仅能显示"一"的完整内涵,更能如接下来将指出的,揭示其与儒家其他重要观念的结构关系。

三 "智圣"与"诚"

前面的分析,很容易给人造成一种误会,即"一"的二维结构像是一种纯粹抽象运思的产物。其实要做到"志一",恐怕不是在思辨冥想,而是要有将这两个维度协调统一起来的实践能力,它更像是一项复杂的技艺。在《孟子》里有段与此相关的射箭之喻,十分贴切。按《万章下》云:

> 金声也者,始条理也;玉振之也者,终条理也。始条理者,智之事也;终条理者,圣之事也。智,譬则巧也;圣,譬则力也。由射于百步之外也,其至,尔力也;其中,非尔力也。

之前已稍提过此章,已知它与心志的终始为一有关,因而"射于百步之外"所喻指的仍涉及立志。而射箭之喻的贴切在于,把箭射出去就只有一个动作,却需要调动人的两项机能:一是"巧",即要识别、瞄准靶心,而这需要在箭射出去前的一开始就做到;二是"力",即力道要足、弓要拉满,才能确保箭头的方向能够终始如一、射中靶心。类似地,立志也须协调两种能力:一是"智",它负责从一开始把关好心志方向的唯一;二是"圣",它负责心志方向的始终同一。不过"智"与"圣"这两种能力,孟子在此处只是以譬喻的方式说明,其特殊的道德意涵还有待进一步展开。

先看"智"。"智"的词义即便作褒义,也不一定是道德的,如"一事能变谓之智"(《管子·内业》)等。这在《孟子》里亦能找到相似用法,不过与道德相关的"智",在孟子思想里占据更加核心位置。最著名的就是"四端"说中的"智之端",它便是一种辨别善恶的"是非之心"(《公孙丑上》)。而《离娄上》说得最明白:"仁之实,事亲是也。义之实,从兄是也。智之实,知斯二者弗去是也。"则"是非之心"所要识别的道德价值,不是别的,而只能是"仁义"。这种规范于"仁"的"智",早在孔子那就已奠定:"择不处仁,焉得知?"(《论语·里仁》)而后已是儒学共识。因此,这种意向于儒家之"道"的"智",正是确保心志之唯一所需的道德能力。

再看"圣"。尽管其原意可能指某一事之精通,[1]但相对"智"而言,"圣"的道德相关性在儒家那里是显著的,也就是一种能将"道"推向极致的能力,如前揭子夏云"有始有卒者,其惟圣人乎"、孟子云"终条理者,圣之事也"、《五行》云"玉音,圣也"等说法,都强调了"圣"作为一种关乎心志的终始同一的道德能力。不过,个人的终始如一可能还不是真正的"圣"。真正的"圣",不仅成就自己,更要成就百姓乃至万物,如《论语·雍也》所描述的"博施于民而能济众",而《中庸》更谓"天下至圣"是能够

> 声名洋溢乎中国,施及蛮貊,舟车所至,人力所通,天之所覆,地之所载,日月所照,霜露所坠,凡有血气者,莫不尊亲,故曰配天。

一旦圣人将"道"弘扬至这种程度,其教化的影响力无疑将溶入于共同体的集体意识之中;进而,这种塑造文明的影响力便因空间之扩展而进入时间序列,也即因能保存在共同体意识中而世代延绵不绝,正如孟子所谓"圣人,百世之师也","奋乎百世之上,百世之下,闻者莫不兴起也"(《孟子·尽心下》)。那么,圣人的为善就可谓超越了人道生死

---

[1]　按《说文解字》云:"聖,通也。"段玉裁有云:"凡一事精通,亦得谓之聖。"见[清]段玉裁,《说文解字注》,上海:上海古籍出版社,1988,页592。

的有始有终,而像天道一样终而复始、无穷无尽("配天"),也即《中庸》所论天道的"天之所以为天",正是在于其"于穆不已"的特性。基于此,就可理解《五行》"君子之为德也,有与始也,无与终也"的说法。因为据《五行》首章的"德""圣"关联及下文"德,天道也"来看,可知这里君子为德的"无与终",显然应指其"圣"的能力已经超乎人道始终之限制,而像天道的无穷无终一样化育万物、泽及后世。

然而毫无疑问,能达致这种境界的人,诸如尧、舜、禹、汤、文、武、周、孔,绝对属于凤毛麟角。就连孟子也不得不间接承认,"圣人之于天道"是"命也"(《孟子·尽心下》),因为能不能像尧舜一样得志于中国、为法于天下、可传于后世,个中还有个时遇的问题。若不得其时,要进入这个梯队简直难于上青天。但儒家秉持一个基本信念,就是至少对于个人来说,所能做到的唯有勉行其善,在此之上的成圣扬名就要听之于天;假若不能尽人道之始终,就更不用侈谈什么天道之无终,如孟子"若夫成功,则天也。君如彼何哉?强为善而已矣"(《孟子·梁惠王下》)的说法,就典型地反映出这种心态。

不过即便要尽人道之始终,也绝非易事。具体怎么做?首先,有始有终,绝非意味着仅仅有始、有终,而是由始至终的每一事、每一刻均不能松懈,在孔子那里就是他提倡的"恒"(参《论语·述而》《论语·子路》);他老人家韦编三绝、发愤忘食等典故,都是这种恒心的生动诠释。其次,要做到这种一刻不懈的"恒",则绝无可能指望别人来监督,而只能自己发力,孔子很早就强调过要"为仁由己"(《论语·颜渊》)。不过由己与有恒,这两方面在《论语》里显得较松散;若用一个儒家术语概括的话,即是"诚"。

"诚"的概念是在孔子之后,约由《大学》引入儒家视野的。在先秦的日常用法中,它可与"信"互训(参《说文解字》),大概意指一种朋友之间能言行一致的品德。"信"德一般是在我与他人的外在关系中开展的,例如我答应朋友明天要还钱(言),而明天钱准时到账(行),这种言行一致就是"信"。而儒家由"信"而来的"诚"概念,其独特之处在于,这种言行一致,已不是在人己对待关系,而是在我与自己的内在关系中展开的,如《大学》"诚其意者,毋自欺也"、《中庸》"诚者自成"、《孟子·尽心下》"有诸己之谓信"等。这些说法,正是上承孔子"由己"之学而来,而引入朋友一伦的结构加以拓深。之所以引入朋友之伦,是因为"信"乃孔门四教之一(《论语·述而》),具有很深的传统力量。

由是,这种我与自己讲信用的模式,就能蕴涵一种持之以恒的动力。因为我的言行一致,在朋友眼里,就是你的行为倾向有一种长期的可预期性;而当我的志向(言)与行事(行)在我自己审视中,也有一种可预期性的话,意味着我立志后的一生,都是在履行我对自己的承诺,都是在遵守孔门四教之一的"信"德,由此便有一种发于自己的源源不断的恒力,"诚"也就被赋予了动力。如《中庸》谓"至诚无息"、《孟子·离娄上》谓"至诚而不动者,未之有也;不诚,未有能动者也"及《荀子·非十二子》"率道而行,端然正己,不为物倾侧,夫是之谓诚君子"等,都能表达"诚"的动力义。由此动力义,就能成就人道之终始,即《中庸》谓:"诚者物之终始,不诚无物。"而不仅能成就人道,进而像天道一样成就万物就有可能,故《中庸》紧接着便云"诚者非自成己而已也,所以成物也",《荀子·不苟》亦谓"天地为大矣,不诚则不能化万物;圣人为知矣,不诚则不能化万民"。致诚如此,无疑就能达到终始为一的圣人境界了。[1]

综上可见,心志之"一"不是抽象运思;作为一项道德实践,它需要综合调动两种道德能力,即"智"与"圣"。后者殊为难致,它进一步要求一种发于自己的恒力,即"诚"。但即便要求"诚"了,就能确保达致"一"吗?要有孔子那种恒心实际上不容易,怪不得冉求跟他抱怨"非不说子之道,力不足也"(《论语·雍也》);宰我的昼寝,更是典例。同样,公孙丑亦有"道则高矣美矣,宜若登天然"(《孟子·尽心上》)之惑。道理并不难,就是一套道德理论无论多么高明,一旦诉诸行动,都会遇到意志薄弱问题,更何况是这样一种要求生死如一的主张?如何对治呢?似乎就不能进一步在理论上穷究,而应提出具体的行动指导。"慎独"之说,正是在此环节上提出的。不过,我们得先回到《五行》,寻找对"慎独"词义的准确理解。

四　"慎独"的工夫

"慎独"之难解在于其"独"的含义。这就不可避免地要处理《五行》说文一系列玄奥的解释。不过倘若前面对经文的"一"的解释经得

---

[1]　在此意义上,就可理解《说苑·反质》"夫诚者,一也"的说法。

起验证的话,则顺此以下,其说文亦有望读通。

先看帛书说文对"一"的解释:"能为一者,言能以多为一;以多为一也者,言能以夫五为一也。""以夫五为一"的说法相当晦涩,但从心志的角度看,将"以夫五为一"理解为心志专一于"道",似乎就能通。因为据《五行》上文,仁义礼智圣五者("夫五")均捆绑于"君子道"之中,则尽管五者含义有别,在"道"的方向上却是一致的;那么当心志专一于"道"时,亦可谓专一于五行了。既然"以夫五为一"可理解为心志专一于五行,也即专一于"道",紧接着就可由"舍夫五"来理解"慎独"了。按帛书说文释"慎其独"云:

> 慎其独也者,言舍夫五而慎其心之谓也。独然后一。一也者,夫五为[一]心也,然后得之。……独也者,舍体也。

这里的"舍",宜读作《孟子》"出舍于郊"、"舍馆定"之舍,即训居。[①] 如此就可看到,"舍夫五"其实就是孔子"里仁"、孟子"居仁由义"的另一表达;而据前文对心志的意向性分析,就可进一步知,"舍夫五"即"居仁由义",就是"以夫五为一",实质上就是"尚志"亦即"志一"亦即"一心"。而当谨慎持守"一心"时,便是"慎其心"。由此可见,"舍夫五"与"慎其心"其实质相同,而分别从意向对象(五行)与意向主体(心志)的角度,来说明心志的专一状态。进而可见,"独"应是"一",即"独然后一",意指心志方向的独一。明于此,下文"舍体"之说亦可解。因为"体"谓"大体"即"心",那么"舍体"即"舍其心"亦即"舍其志"亦即"尚志"亦即"志一"亦即"一心",则"独"仍是"一"。由此看,《五行》的"慎其独"即"慎其一",即谨慎地保持心志专一。

尽管《五行》"慎其独"之"独"颇费解,但这个短语所要强调的,却恐非独一之"独"而是"慎",否则"慎其独"就没有表达出比"能为一"更多的实质内容。而如何"慎"?经文接着说:"能差池其羽,然后能至

---

① 此处的"舍"在学界一直被训舍弃之舍,读作"捨"。有学者还进一步认为这是一种排斥身体性、物质性的哲学。(参[日]池田知久,《马王堆汉墓帛书五行研究》,北京:中国社会科学出版社,2005,页120。)按,这用来解释"舍其体"尚可,但用来解释"舍夫五"则不通。因为经文明明说君子是"五行皆形于内而时行之"的,"舍夫五"怎么可能反倒是要舍弃五行?

哀,君子慎其独也。"按此句正是在诠释"慎独"之"慎",不过以燕子羽毛之不齐("差池")喻其哀情,意思仍然不明。结合说文"差池者,言不在衰绖"来看,这里实际上指的是孝子丧服的简陋,反而能达到其哀情之真挚;而一旦注重丧服的外在形式,内在的情感便会杀减。这实质是讲礼乐对人情的"节文"。

儒家深信,先王所制之礼是基于人的自然情感,而体现了"仁"的原则,那么遵循礼法的差等秩序(尤其是丧礼),就是在践行"仁"的要求。一旦违礼,说明你在礼乐场合的行为与内在的情感不匹配,便是不诚,更是有违于"仁"的志向了,对此不该特别谨慎吗?进而,《五行》经说对"慎独"的论述,不再是概念式,而是落实至丧礼场合的案例。其所要"慎"的,是执礼的恰当问题。① 而关键要看到,"慎"对"一"与"诚"概念的推进在于:"一"与"诚"关乎生命始终之全局而偏于抽象,而"慎"则关涉到生活中某一特殊情境而具体可感,它需要你调动注意力,去警惕这类可能有害于"志"的情境,从而辅佐心志之"一"与"诚"。则与其说"慎独"是一项理论,不如说它是一种工夫更确切,因其提供了具体的经验指导。

但《大学》《中庸》的"慎独"与《五行》一样吗?过去二篇之"独"作独处解,在《五行》出土后屡遭质疑。不过即便不凭《五行》,从其文脉亦能看出其非独处。尤其先从《中庸》来看:

> 道也者,不可须臾离也,可离非道也。是故君子戒慎乎其所不睹,恐惧乎其所不闻。莫见乎隐,莫显乎微。故君子慎其独也。

作独处解释的依据,关键在于"其所不睹"、"其所不闻"二语。实际上,此二语不是通常所理解的被动义——即君子不为睹、不为闻之意,而应是一种主动义。按《说苑·敬慎》首章云:

> 圣人重诚,敬慎所忽。《中庸》曰:"莫见乎隐,莫显乎微,故君子能慎其独也。"

---

① 《礼记·礼器》那一段"礼之以少为贵者,以其内心者也。……是故君子慎其独也",应该也如同《五行》,是在执礼的情境中理解"慎独"的,请读者自行验证。

比勘二章可见，"所忽"正是"其所不睹""其所不闻"的缩略表达，意谓君子自己所忽略（"不睹""不闻"）的地方。而这正是君子所要"戒慎"、"恐惧"的，它们往往难以察觉（"莫见乎隐，莫显乎微"）。因此二句都与独处无关，则此处"慎其独"之"独"仍宜理解为心志的独一，即于"道"之"不可须臾离"，亦即末章所谓"内省不疚，无恶于志"。结合《中庸》全篇来看，其"慎独"所要戒慎恐惧的，应非个人的独处，而是各种日用场合中的行为举止，即如夫妇朋友昆弟之间的"庸德"、"庸言"；尽管很平常，却容易被忽视而导致须臾离道，便为不诚。故君子对之更"不敢不勉"，做到"言顾行，行顾言"，也就是诚。"慎"的工夫，《中庸》就提供了与《五行》不同的情境。概言之，它是慎其庸常。

而《大学》所"慎"的情境亦有所不同，即所云"小人闲居为不善，无所不至；见君子而后厌然，掩其不善而著其善"。无论这里的"闲居"是否意味他人在场，①它在此段中的功能应是一种例示，而非解释"独"义。其所强调的，是这种场合下的人缺乏公共监督而容易松懈，行一不义或杀一不辜而违背于平生之志，无疑也就是不诚了。一旦不诚，即便"掩其不善而著其善"也没用。因为儒家相信，一个人诚不诚是可以从外貌看出来的，即"诚于中，形于外"；别人见你"如见其肺肝然"，你根本无法掩饰。而荀子进一步指出，君子不诚更无法号令民众，即"民犹若未从也，虽从必疑"（《荀子·不苟》），亦即无法进一步修齐治平。正是基于此，《大学》强调要"诚其意"；要"诚其意"，则"必慎其独"；而"慎"的工夫，在《大学》的情境里，就是慎其闲居。

综《五行》、《大学》、《中庸》可见，"慎独"之"慎"已经没有停留在概念式表达，而是提供看得见、摸得着的各类情境提示，"工夫"的诉求由此登场。不过，所"慎"并非仅执礼、庸常、闲居三种，因为完全可以设想其他许多极易令人违背志向而不诚的场合。实际上，儒家早已预料到各种这样的情景。比如夷狄的场域，孔子就告诫过樊迟"虽之夷狄，不可弃也"（《论语·子路》）；又如乡党的场合，孔子"恂恂如也，似不能言者"（《论语·乡党》）的形象深入人心；但最能考验君子之志的，是穷厄的境遇。而其中最有名的，莫过于"孔子厄于陈蔡"的典故，它反映了君子穷厄之时其志向的益加坚定（"固穷"，见《论语·卫灵

---

① "闲居"不等于"独处"。参梁涛，《郭店竹简与思孟学派》，北京：中国人民大学出版社，2007，页294-297。

公》）。据陈少明教授的研究，这个故事还被孔门后学愈演愈烈，乃至成为儒、道的思想斗法；其意义在于故事本身所包含的古典生活经验，在儒门施教中具有抽象理论所无法替代的力量。[1] 而"慎独"工夫的意义正在于此，通过将丧礼、庸常、闲居、夷狄、乡党、穷厄（当然也可包括独处）等人生情境作为案例典故，并且还可源源不断地编入新的情境，"慎"的要求便富于经验感染力和可操作性。

最后就能看到，"慎独"作为一项儒门工夫，其所要解决的，正是前述心志论作为抽象规范所不及之处。因为前面的分析，从"志"之"一"的两个维度，到"智"与"圣"的道德能力，再到"诚"的要求，尽管愈加趋于实践，却仍是概念式表达，而无法纳入更多经验可能性，无法提供更具体切实的指导。那么，当这样一种心志论诉诸行动时，便要面对意志薄弱问题的严峻挑战，而无法维持心志之"一"。这时，"慎独"作为一项立足于生活经验、提供各类典型情境指示的工夫，以对治儒门心志论及"一"、"诚"诸概念的理论化短板，对于早期儒学就显得是十分迫切了。

---

[1] 见陈少明，《"孔子厄于陈、蔡"之后》，《中山大学学报（社会科学版）》2004 年第 6 期。

沃格林《求索秩序》汉译本指谬

段保良

（陕西师范大学哲学与政府管理学院）

期待已久的沃格林《秩序与历史》第五卷汉译本终于出版了。本书英文版 *In Search of Order* 首次发表于 1987 年，是沃格林（Eric Voegelin，1901—1985）的遗作。凑巧的是，汉译本《求索秩序》也是译者徐志跃先生的遗作。新书大概还未上市，想要网购，遍寻不得。不过，豆瓣网上已贴出两节试读文字。

这两节文字，在译本中所处的位置靠前，想必经过了译者、审校者的精心打磨，就姑且认为它们代表该译本的最高翻译水准和文字水准吧。抱着先睹为快的期待，对照原文细读了第一章第二节。然而，看到这部代表沃格林晚年最深邃的思考的伟大作品，在汉语学界中居然遭到如此无理的翻译，还是很震惊和心寒。

虽然看来有伤雅道，但有几点粗浅的意见，却有申明的必要。毕竟，还有一部沃格林著作的汉译本，据说也要作为徐先生的遗作即将出版。希望从事审校之役的诸师友引以为鉴，戒骄戒躁，临深履薄，整理好徐先生的遗作，为汉语学界引入沃格林思想做出贡献，这是笔者不得不撰写本文的初衷。

首先，这一节题为"意识的悖论"，沃格林凭借 the equivocal use of the term "language" 发问，引出意识的悖论结构。equivocal、equivocation 意为模棱两可、暧昧、歧义，译成"双关"是错误的。双关是一种修辞方式，指人们用词造句时表面上是一个意思，而暗中隐藏着另一个意思。语义"双关"和语义"模棱两可"，绝不是一回事。原文是说，"语言"一词，含义暧昧，既有语种的意义，比如希腊语、英语；也在表达不同存在结构层次的意义上使用，比如哲学语言、数学语言、意识形态语言。那么，是什么导致"语言"一词的暧昧/歧义的用法呢？"哲学家语言"之为一门语言，一种不同语种之人可借以交流沟通的工具，其赖以成立的根据是什么？沃格林试图通过对意识、实在、经验、符号化等问题展开探索来回答这个问题。在这里就不多说了。

其次，这一节短短不到两千字，关键性的术语 thingness，一处译作"事物性"，两处译作"物性"，不知用意何在？这种细节还是统一处理一下比较好。再比如，object，四处译作"对象"，三处译作"客体"。如果统一成"对象"，完全不影响理解，而且应该统一成"对象"。第二段中"被意向的一个对象"（an object intended）和"一个意识所意向的对象"（an object intended by a consciousness），像这种拧巴的说法，可分别改为"意向对象"和"意识的意向对象"。

再次，第二段开头 the paradoxical structure of consciousness and its relation to reality，译成"意识及其与实在之关系的悖论结构"，属于断句错误，应译作"意识的悖论性结构及其与实在的关系"。所谓"意识的悖论性结构"，本节就说得很清楚，是说意识既有意向性的一面，是意向着对象的意识，又有物性的一面，是实在之组成部分，是意识自身的对象。"意识"自身就能形成一个结构，而不是非要拉上它和实在的关系，才能形成一个结构。

最后要谈的是长句子的翻译。

① although it does not seem to be identical with any one of them; and yet, while it is not identical with any one of the considerable number of ancient and modern languages in which it has been spoken, they all have left, and are leaving, their specific traces of meaning in the language used, and expected to be understood, in the present chapter;

徐译：

尽管它并不显得与其中任何一种等同；而且，尽管哲学家语言已经通过很多种古今语言被说出，而且不等同于其中任何一种，但它们在所用语言中留下或正在留下的意义的特殊痕迹，仍有待在当下的章节中被理解；

点评：it does not seem to 是缓和语气的说法，人们发表主观判断时，一般会这样说话。徐先生译成"它并不显得"，很生硬。译成"它似乎不"、"它看来不"之类的，主观判断却不颟顸武断的虚怀若谷的味道似乎就出来了。

这句话中最大的问题在于 the language used, and expected to be understood, in the present chapter, 译成"在所用语言中"，是什么意思啊？原文很清楚，是"在当前这一章里所使用的、而且有望得到理解的语言"，其实就是"哲学家的语言"。由于断句错误，译文"仍有待在当下的章节中被理解"，不知道"有待……被理解"的是什么。徐译的句子主干看来是，"它们留下的意义痕迹……有待在当下章节中被理解"，但这是错的。

整个句子主干十分清晰简单，主语——谓语——直接宾语——间接宾语。它们（诸族群的、帝国的、民族的语言）——留下了或正在留下——它们自家独特的意义的痕迹——于"哲学家语言"中。翻译时可调整一下句子结构，把间接宾语往前提。

试译：

尽管它似乎不等同于其中的任何一种；然而，虽然它不等同于它借以被说出来的相当数量的古代和现代语言的任何一种，但在面前这章所使用的且有望被理解的语言中，它们都留下过或正在留下它们独特的意义痕迹；

② but then again, in its millennial course the quest for truth has developed, and is still developing, a language of its own.

徐译：

但老问题依然存在，在千年进程中，真理之求索得以发展并依然在发展属于自身的语言。

点评：has developed, and is still developing, 由现在完成时和现在进行时所形成的并列谓语，译成"得以发展并依然在发展"，"得以"在汉语中是表示现在完成时吗？译成"已发展出、且正在发展出"就很顺了嘛。

试译：

但话又说回来，在上下千古的历程中，对真理的探索已发展出、且正在发展出它自己的语言。

③ In relation to this concretely embodied consciousness, reality assumes the position of an object intended. Moreover, by its position as an object intended by a consciousness that is bodily located, reality itself acquires a metaphorical touch of external thingness.

徐译：

就此具体身体化的意识而言，实在占据着被意向的一个对象的位置。再者，借着其作为处于身体中的一个意识所意向的对象的位置，实在本身获得了有着外部物性的隐喻性触觉。

点评："外部物性的隐喻性触觉"是什么触觉？这里其实是说，实在是某个具体的人的意识的意向对象，相对于该人的内部意识而言，它就仿佛是一个外在的物一样，所以说实在"具有"（acquire）一种隐喻性的外部物性之色彩/意味/味道。

试译：

就这个具体体现的意识而言，实在处于意向对象的地位。此外，由于其作为寄居于肉身的意识的意向对象的地位，实在本身带有隐喻性的外部物性之色彩。

④ we know the bodily located consciousness to be also real; and this concretely located consciousness does not belong to another genus of reality, but is part of the same reality that has moved, in its relation to man's consciousness, into the position of a thing-reality.

徐译：

我们知道，位居身体的意识也应该是真实的；而这种有具体所处的意识并不属于另一种实在，而是同一实在的一部分，这个同一个实在在其与人的意识的关系中移到了物—实在（thing-reality）的位置。

点评："应该"是译者安的赘言,应该删掉。大的问题是,把修饰"实在"的定语从句独立成主谓结构,原文的一层意思(意识属于同一个实在),在译文中就变成并列的两层意思了(意识属于同一个实在;这个实在相对于人的意识而言走到了物实在的地位)。

徐先生的译文,类似这种把定语从句独立成主谓结构与句子主干并列的情况很多,让人读起来感觉特污秽繁杂,枝蔓琐屑,缺乏原文的清晰条理。

试译：

我们知道,寄居于肉身的意识也是真实的;这个寄居于具体的意识不属于另一种实在,而是同一个实在的组成部分,就是相对于人的意识而言已走到物-实在之地位的那个实在。

⑤ In the complex experience, presently in process of articulation, reality moves from the position of an intended object to that of a subject, while the consciousness of the human subject intending objects moves to the position of a predicative event in the subject "reality" as it becomes luminous for its truth.

徐译：

在复杂经验中(眼下就是在表述的过程中),实在从被意向的对象这一位置转移到主体的位置,而随着意识因其真理而变得明晰(或敞亮),意向着客体的主体意识则转移到主体"实在"中的一个谓语(predictive)事件这样的位置。

点评：漏译了第二分句中的"人类"。In the complex experience,是整句话的定语,而不仅仅是前半句的定语。译文把第二分句的状语 as it becomes luminous for its truth 提出来,横插在两个分句中间,读起来不如原文顺畅。

试译：

在复合的经验——就是当下正在阐明的经验——中,实在从意向对象的地位走到主体的地位,而那意向着对象的人类主体的意识,当它因其真理而变得澄明时,却走到主体"实在"中的谓语事件的地位。

⑥ Moreover, when consciousness is experienced as an event of participatory illumination in the reality that comprehends the partners to the event, it has to be located, not in one of the partners, but in the comprehending reality

徐译:

再则,当意识被经验为实在中的参与性照亮事件,使得诸伙伴都被总括到此事件中时,那么,意识所处之位置就是总括性的实在,而不是处于诸伙伴之一的位置。

点评:译文中凭空横生出一个"使得",是"谁""使得",是"意识被经验为参与性事件""使得"呢?还是"参与性照亮事件""使得"? the reality that comprehends the partners to the event,这个定语从句中 comprehend 和后面的 to 并不构成一个词组。the partners to the event 直译是参与该事件的各方,依据上文 partner 的译法,可译成"该事件的诸伙伴"。因此,the reality that comprehends the partners to the event 可译成"那囊括该事件的诸伙伴的实在"。

译文"意识所处之位置就是总括性的实在,而不是处于诸伙伴之一的位置。"主语是"意识所处之位置",谓语是"就是……而不是处于……"。"意识所处之位置……不是处于诸伙伴之一的位置"?很不通啊。整句话都是在讲"意识",而不是在讲"意识所处之位置"。

试译:

此外,当意识被经验为那囊括该事件的诸伙伴的实在中的一个参与性的澄明事件时,它就不是寄居于诸伙伴中的一个,而是要寄居于那囊括性的实在中。

⑦ consciousness has a structural dimension by which it belongs, not to man in his bodily existence, but to the reality in which man, the other partners to the community of being, and the participatory relations among them occur.

徐译:

意识有这样一个结构维度:靠此维度,意识不属于人之身体生存,而属于实在(在这一实在中,人和其他伙伴的存在共同体及其相互间的参与性关系得以发生)。

点评:原文 the reality in which⋯⋯直接译成"实在",然后再加括弧来解释的行文方式,这是有问题的。一般文本中,括弧里的内容只构成补充性的说明或附注,即使删掉,不影响理解。而原文这个定语从句,带有界定 the reality 究竟是哪种 reality 的实质性任务,不应放在括弧里。

试译:

意识具有一个结构性的向度,根据该向度,意识不属于肉体生存中的人,而是属于人、存在共同体的其他伙伴们,以及他们之间的参与关系得以发生于其中的那个实在。

⑧ To denote the reality that comprehends the partners in being, i. e., God and the world, man and society, no technical term has been developed, as far as I know, by anybody.

徐译:

要指称总括存在中的诸伙伴(即神与世界、人与社会),就我所知,还没有其他人提出过专门术语。

点评:To denote the reality that⋯⋯徐先生漏译了"the reality"。这个错误十分低级,非常严重,简直是致命的。不是吗?

试译:

就我所知,任何人都还没有提出过一个专门术语,来指称那囊括存在中的诸伙伴——即上帝和世界、人和社会——的实在。

最后补充说几句。古人云:"尝一脔肉而知一镬之味,一鼎之调。"以上短短两三页纸的篇幅中包含的错误,可能比其他译本的一整本书中所包含的错误还要多,还要严重。这个译本质量如何,也就可想而知了。真不敢想象,这样一个完全走样的译本,居然就要堂而皇之地走进各大电商网站和实体书店,给对沃格林或政治哲学感兴趣的汉语学子阅读了。借助这个译本,人们会更深入地理解沃格林呢,还是会觉得沃格林更深奥了,故敬而远之呢?就沃格林来说,深奥之处是有的,但他的深奥,绝不同于拙劣的译本会令人感到的那种思维混乱,不可理喻,而是可以借助语言文字去理解的;若是借助译本去理解,那么就要借助正确可靠的译本。徐先生选择译介的文本很重要,本书的译文,却从未能够令人信服。

附:第一章第二节试译

到此为止,开端已从本章开篇漫游到本章的终点,从这个终点漫游到本章的整体,从这个整体漫游到作为读者和作者之间的沟通工具的英语,从以英语沟通交流的过程漫游到哲学家的语言,就是上下千古的真理探索过程的参与者们沟通交流的语言。但开端的道路,依然尚未抵达那作为其真正开端的可理解的终点;因为"哲学家的语言"的出现,引起许多新的疑问,涉及一个开始看上去像是问题群的问题。哲学家的语言有某种独特的东西:为了可理解,它要以自古以来发展出来的许多族群、帝国、民族的语言中的一种说出来,尽管它似乎不等同于其中的任何一种;然而,虽然它不等同于它借以被说出来的相当数量的古代和现代语言的任何一种,但是在面前这章所使用的且有望被理解的语言中,它们都留下过或正在留下它们独特的意义痕迹;但话又说回来,在上下千古的历程中,对真理的探索已发展出、且正在发展出它自己的语言。实在中的什么结构,当被经验到时,会造成"语言"一词的这种歧义的使用呢?

歧义是由意识的悖论性结构及其与实在的关系造成的。一方面,我们说意识是一个寄居于肉身生存的人类中的事物。就这个具体体现的意识而言,实在处于意向对象(object intended)的地位。此外,由于其作为寄居于肉身的意识的意向对象的地位,实在本身带有隐喻性的外部物性之色彩。我们在这样一些短语中使用这个隐喻,诸如"对某事物的意识"、"记起或想象某事物"、"思考某事物"、"研究或考察某事物"。因此,我要把意识的这个结构称为其意向性(intentionality),相应的实在结构称为其物性(thingness)。另一方面,我们知道,寄居于肉身的意识也是真实的；这个寄居于具体的意识不属于另一种实在，而是同一个实在的组成部分，就是相对于人的意识而言已走到物－实在（thing-reality）之地位的那个实在。在这第二个意义上，实在不是意识的对象，而是意识作为一个参与事件——许多伙伴参与存在共同体——发生于其中的那个事物。

在复合的经验中，就是在当下正在阐明的经验中，实在从意向对象的地位走到主体的地位，而那意向着对象的人类主体的意识，当它因它的真理而变得澄明时，却走到主体"实在"中的谓语事件（a predicative e-vent）的地位。因此，意识不仅具有意向性这一结构层面，而且具有澄明性（luminosity）这一结构层面。此外，当意识被经验为那囊括事件的诸伙伴的实在中的一个参与性的澄明事件时，它就不是寄居于诸伙伴中的一个，而是要寄居于那囊括性的实在中。意识具有一个结构性的向度，根据该向度，意识不属于肉体生存中的人，而是属于人、存在共同体的其他伙伴们以及他们之间的参与关系得以发生于其中的那个实在。如果还可以用空间的隐喻的话，那么意识的澄明就是在这二者之间，一是寄居于肉身生存中的人的意识，一是在物性的模式中被意向的实在。

对于以上分析的这些结构而言，当代哲学话语没有约定俗成可接受的语言。因此，为了指称实在的居间性质，我要使用希腊词 metaxy，这是柏拉图在他对结构的分析中提出的一个专门术语。就我所知，任何人都还没有提出过一个专门术语，来指称那囊括存在中的诸伙伴——即上帝和世界、人和社会——的实在。然而，我注意到，当哲学家们在探索其他题材的过程中偶然碰到这个结构时，他们习惯于以中性的"它"来指涉这个实在。被指的那个大写的"它"，乃是在日常用语中像"下雨了"（it rains）这样的短语中出现的那个神秘的"它"。我将要称其为"它－实在"（It-reality），以区别于"物－实在"。

"语言"一词的歧义使用，指向一个会在这一用法中表达自身的实在经验；接下来继续探索作为生成歧义的经验的意识结构。但这个回答是否离开端更近一步？初看之下，它似乎扩大了歧义。存在一个具有双重结构性意义的意识，被区分为意向性和澄明性。存在一个具有双重意义性结构的实在，被区分为物－实在和它－实在。因此，意识是一个意向着作为其对象的实在的主体，但与此同时，意识也是一个囊括性实在中的某物；实在是意识的对象，但与此同时也是主体，意识要作为它的谓语。在这个歧义复构中我们在哪里寻找一个开端呢？

Abstracts

Desire for Royal Power and Legitimacy
in Pierre Corneille's Drama

Ding Ruoting

(School oF Foreign languages, University of Electronic
Science and Technology of China)

Abstract: Corneille's drama often involves royal successions and the struggle for power. These themes are important for the development of the tragic plot and the creation of characters. They also reflect the author's interpretation of the royal legitimacy. In addition to a deep analysis of the plays, reconsideration of the concepts of heroic qualities and tragic mistakes, an understanding of the principles of French king's succession, and a study of the political works about ruling arts and royal virtues will help to understand the complex relationship between aesthetic concept and political position in Corneille's drama. This article shows that Corneille often refers to the French art on succession of the crown to create dramatic conflicts, and introduces the desire for power as the essential element that constructs the tragic situation and drives the plot. All of these tragedies end in the final victory of the perfect princes: their kindness and magnanimity are different from the ruling art in the 17th century adrocating mysteries and calculations, through the celestial protection they receive echoes the concept of the divine right of kings.

Key words: Corneille; tragedy; kingship; legitimacy; desire for power

History and Tragedy:

A Reading of Racine's *Athalie*

Wu Yalin

(Institute of Religious Studies, Shanghai Academy of Social Sciences)

Abstract: After the success of *Esther*, Jean Racine wrote in 1691 another play *Athalie* drawn from Old Testament stories (2 King 8, 2 Chronicles 21). Based on a Chinese translation of the principal verses by the present author, this article offers a careful reading and analysis of Racine's last tragedy, discusses the choice of the theme and the potential influence of *Discourse on Universal History* by Bossuet, Racine's contemporary and acquaintance at the court of Louis XIV, and intends to look for a legacy of the tradition of Ancient Greek tragedy in the French classical drama of the 17th century.

Key words: Jean Racine, *Athalie*, Bossuet

What is "the Misanthrope"?

Moliere's *Le Misanthrope* and Rousseau's *La lettre à D'Alembert*

He Fangying

(Institute of Foreign Literature, CASS)

Abstract: At the age of Enlightenment, when J. -J. Rousseau wrote *La lettre à d'Alembert* (1758), the absolute monarchy of France had appeared to be in decline and faced with internal crises. In this special political context, dramas wrote by Enlightenment thinkers had occupied the stage of Paris. J. - J. Rousseau, however, in this open letter took Moliere's *Le Misanthrope*, which was wrote nearly half a century ago, as the target of criticism on comic poets and the drama of Enlightenment. This paper focused on this poetics question: why did Rousseau criticize Moliere? By exploring the complexity of discussions on the drama of Enlightenment, this paper tries to reveal the controversy behind the thought and political struggle.

Key words: J. -J. Rousseau; Moliere; *Le Misanthrope*; Camedy; Enlightenment

G. E. Lessing and His Contemporaries
in the Age of Enlightenment

Wen Yuwei

(Faculty for Linguistics and Literary Sciences, University of Bielefeld)

Abstract: It was the engagement of the Freemasons in the American War of Independence that forced the Enlightenment thinkers to make intensive investigation of Freemasonry per se and its political Ambitions, which were regarded to be hidden. Having closely examined the outlined background of Lessing's "Ernst und Falk" and the "Pantheism Controversy" caused by a posthumous speech between Jacobi and him, we would recognize that the political ambitions of Freemasons were revealed in the Sturm-und-Drang Movement. Additionally, facing the complexity and vagueness of civilization, it is worthwhile paying attention to Lessing's philosophical insight of distinguishing between exoteric and esoteric teachings.

Key words: G. E. Lessing; the Pantheism Controversy; Sturm und Drang; Freemasonry

The *Nibelungenlied* and the *Ilias*
The *Nibelungenlied* in the Early Years of Its
Rediscovery in the 18th century

Li Rui

(Department of German, Peking University)

Abstract: The present paper is dedicated to the early reception of the *Nibelungenlied* in the 18th century after its rediscovery by Jakob Hermann Obereit on June 29, 1755 in the Gräflichen Bibliothek zu Hohenems in Vorarlberg. An attempt is made to give a general overview of important reception models of Johann Jakob Bodmer, Johann Jakob Breitinger, Christoph Heinrich Müller (Myller) and Johannes von Müller in the Age of the Enlightenment. Here, one aspect proves to be central: the comparison of the *Nibelungenlied* with Homer's *Ilias*, which, according to Annegret Pfalzgraf, is directly linked to the association of the Middle High German text with the highly regarded genre Epos.

Key words: the *Nibelungenlied*; Middle High German; the *Ilias*; reception models; Enlightenment

Some Problems in Reading Plato

Cheng Guanmin

(Department of Philosophy, Party School of
the Central Committee of C. P. C)

Abstract: Given the fact that the mainstream views concerning the authenticity and the order of Plato's works as well as the development of his thoughts since the 19th century is nothing but completely groundless imagination, it is reasonable to turn back to the "Canon" of Thrasyllus, and to give up the conjectured three-period ("early", "middle" and "late") ordering and explanation of Platonic works. A full consideration on the dramatic character of Platonic dialogues will turn the reading of plato into a cerfain kind of existential experience, in which involves the tension between the reader and Socrates. Reading Platonic dialogues is also *psychagogia* for whoever motivated once by the love of wisdom, far Plato shows and introduces to them "Socrates having become fair (noble) and young (new)", cherishing and even hiding his teacher, the true, historical Socrates only for himself.

Key words: Socrates; plato; the problem of Socrates

Early Confucian Theory of Mind-Will and Its Effort of *Shendu*:
An Analysis Beginning From the Concept *Yi* in the
Bamboo Slip and Silk Text of *Wuxing*

Long Yonglin

(Department of Philosophy, Sun Yat-sen University)

Abstract: The theory of *Shendu* (慎独) in early Confucianism is better to be understood in the context of the mind-will theory that always meant the concept *Xin* (心, mind) as *Zhi* (志, will). *Zhi* is an unique concept of intentionality, and when *Zhi* directs to *Dao* (道) it can be defined as *Yi* (一,

one). Such *Yi* can be analyzed into two meanings. First, *Yi* means that the mind-will keeps only one direction towards *Dao*. Second, *Yi* means that the moral agent is able to keep this only one direction from the beginning to the end. The accomplishment of the former *Yi* needs the virtue of *Zhi* (智 , wisdom), while the latter the virtue of *Sheng* (圣 , sage). But these, especially the requirement of *Sheng*, are very difficult to achieve, which requires a constant force from internal heart rather than any external constraints. Such force is called *Cheng* (诚). Even provided with such a theory of mind-will, the problem of frailty is still inevitable to those early followers of Confucianism. As a kind of moral effort, the theory of *Shendu* was thus put forward to provide more daily guidance that the theory of mind-will lacked, by paying attention to many types of scenarios in everyday life, and keeping vigilant (慎) to many situations that may do harm to the only one direction (一 , 独) of the mind-will.

Key words:mind-will; *Yi*; *Shendu*(慎独)

征稿启事暨匿名审稿说明

《古典学研究》辑刊由比较文学学会古典学专业委员会主办,专致于研究、解读古典文明传世经典,旨在建立汉语学界的古典学学术园地,促进汉语学界对中西方经典和其他传统经典的再认识。

本刊立足于中国文明的现代处境,从跨文化、跨学科的视角出发,力求贯通文学、哲学、史学和古典语文学,从具体文本入手,研究、疏解、诠释西方、希伯来和阿拉伯等古典文明传世经典。

本刊全年公开征稿,欢迎学界同仁(含博士研究生)投稿,来稿须为未经发表之独立研究成果(已见于网络者亦不算首次发表)。来稿注意事项如下:

一、本刊仅刊发论文和书评两类。论文以八千至一万二千字为宜,书评以三千至五千字为宜(编辑部保留学术性修改和删改文稿之权利)。

二、本刊同时接受中文稿件和外文稿件,中文稿件请使用简体字。

三、投稿请以电子文件电邮至本刊邮箱,谢绝纸质稿件。

四、来稿须注明作者真实中英文姓名、电邮联系方式,作者可决定发表时的署名。

五、作者文责自负,一切言论,不代表本刊观点。

六、本刊在三个月内对来稿给出评审结果,逾期未获通知者,可自行处理。

七、来稿通过编辑部初审后,将匿去作者姓名,根据所涉论题送交二位本刊编委复审;主编将依据匿名评审书处理稿件。

八、文稿一经刊登,作者将获赠当期刊物两本,不另致稿酬。

九、投稿撰写格式及顺序:

1. 中英文题名和作者联系方式(中英文姓名、现职及通讯地址、电话、电邮等）。

　　2. 中英文摘要（中英文均以三百字为限）、中英文关键词（各以五项为限）。

　　3. 正文及注释格式，按"《古典学研究》体例"（见"古典文明研究中心"官网：http://wenxueyuan. ruc. edu. cn/cfcc/article/? id = 148）。

　　投稿电子邮箱：researchinclassics@ foxmail. com

《古典学研究》辑刊

刘小枫　主编

第一辑《古典哲学与礼法》　　　　　　林志猛　执行主编

第二辑《荷马的阐释》　　　　　　　　彭　磊　执行主编

第三辑《尼采论现代学者》　　　　　　林志猛　执行主编

第四辑《近代欧洲的君主与戏剧》　　贺方婴　执行主编

第五辑《色诺芬的政治哲学》　　　　　彭　磊　执行主编

第六辑《赫尔德与近代德国启蒙》　　　贺方婴　执行主编

第七辑《论语中的死生与教化》　　　　林志猛　执行主编

第八辑《肃剧中的自然与习俗》　　　　贺方婴　执行主编

图书在版编目(CIP)数据

古典学研究:近代欧洲的君主与戏剧/刘小枫,贺方婴主编. --上海:
华东师范大学出版社,2019

ISBN 978-7-5675-9732-7

Ⅰ.①古… Ⅱ.①刘…②贺… Ⅲ.①古典戏剧—戏剧研究—欧洲—近代
Ⅳ.①I503.4

中国版本图书馆 CIP 数据核字(2019)第 197571 号

华东师范大学出版社六点分社

企划人 倪为国

第四辑
古典学研究:近代欧洲的君主与戏剧

编　者　刘小枫　贺方婴
责任编辑　王　旭
封面设计　卢晓红

出版发行　华东师范大学出版社
社　　址　上海市中山北路 3663 号　邮编　200062
网　　址　www.ecnupress.com.cn
电　　话　021 - 60821666　行政传真　021 - 62572105
客服电话　021 - 62865537　门市(邮购)电话　021 - 62869887
地　　址　上海市中山北路 3663 号华东师范大学校内先锋路口
网　　店　http://hdsdcbs.tmall.com

印 刷 者　上海盛隆印务有限公司
开　　本　700×1000　1/16
插　　页　1
印　　张　14
字　　数　160 千字
版　　次　2019 年 10 月第 1 版
印　　次　2019 年 10 月第 1 次
书　　号　ISBN 978-7-5675-9732-7
定　　价　48.00 元

出 版 人　王　焰